Le brigand aux yeux d'or

KAREN ROBARDS

DÉSIRS FOUS	*J'ai lu* 2928/**5***
LA LUNE VOILÉE	*J'ai lu* 2979/**5***
MISSISSIPPI BELLE	*J'ai lu* 3070/**4***
LE BRIGAND AUX YEUX D'OR	*J'ai lu* 3142/**5***
PROMISE AU BÛCHER	*J'ai lu* 3221/**5*** *(mai 92)*

Karen Robards

Le brigand aux yeux d'or

traduit de l'américain
par Isabelle TOLILA

Éditions J'ai lu

À mes amis bien-aimés, Rusty et Iris.
Et, comme toujours, avec tout mon amour à Doug et Peter.

Titre original :

TIGER'S EYE
Avon Books

1

Le tonnerre gronda. Un immense éclair déchira le ciel, sa lumière blanche et brillante éclairant brièvement la route boueuse. Mais ce délai suffit à révéler les cinq inquiétantes silhouettes à cheval qui surgissaient du couvert des arbres et fonçaient vers le coche.

— Rendez-vous !

Ce cri sauvage, perçant le tumulte de la nuit orageuse, mit une touche finale à la plus éprouvante des journées qu'aient connues les quatre occupants du coche. L'ordre fut ponctué du claquement sec d'un mousquet. Le véhicule tangua violemment quand Will Coachman, extirpé par surprise de sa demi-somnolence, tira machinalement sur les rênes. Assis à côté de lui, Jonas, le jeune piqueur, tomba presque alors que les roues glissaient dans la boue. Se retenant de justesse, il tâtonna à la recherche du vieux fusil de chasse que Will avait casé derrière eux, juste avant le départ. Mais sa main avait à peine effleuré l'arme qu'un autre coup de mousquet retentit, la balle sifflant assez près de sa tête pour qu'il abandonne toute velléité d'héroïsme.

Quant à Will, il envisagea un moment de fouetter les chevaux et de tenter la fuite, mais les bêtes n'avaient pas fait de halte depuis Thetford et étaient aussi épuisées que lui. Le comte avait exigé que ce voyage ne dure pas plus d'un jour. Sa Grâce ne tenait pas à payer les frais inutiles d'une nuit d'auberge et souhaitait voir milady à Londres en cette date précise du 26 février. Will et tout l'équipage, y compris la dame, avaient fait de leur mieux pour respecter les instructions du comte, bien que milady n'ait disposé que de deux journées de préparatifs. Et voilà où leur méritoire obéissance les avait conduits : à une rencontre nocturne, sur une route déserte, avec près d'une demi-douzaine de brigands armés jusqu'aux dents ! Ce voyage se déroulait vraiment sous le signe du mauvais sort...

Pour commencer, l'un des chevaux s'était mis à boiter — ce qui signifiait qu'il aurait dû être remplacé à une étape, dépense que l'avarice du comte n'aurait pas appréciée. Puis la pluie était arrivée, un déluge glacial qui avait transformé la route en marécage et avait envoyé le coche dans le fossé. Il avait fallu la solide assistance d'un fermier et de son fils pour redresser le véhicule, et cet incident, évidemment, les avait considérablement retardés. Il était maintenant près de dix heures, et voilà qu'un autre empêchement se présentait !

Une agression de ce genre n'était peut-être pas comparable à un simple « incident », mais ce fut ainsi que Will vit tout d'abord les choses. Après tout, en cette année 1814, avec Napoléon Bonaparte ravageant l'Europe et l'Angleterre, et ne laissant derrière lui que des hors-la-loi, les attaques étaient monnaie courante. S'ils coopéraient, songea le vieil homme avec espoir, ils ne souffriraient que la perte des objets de valeur de milady.

Les silhouettes enveloppées de manteaux noirs

encerclèrent le coche et Will dut se résoudre à l'inévitable : il stoppa le véhicule. Aussitôt, deux des brigands s'emparèrent des rênes ; les chevaux, peu habitués à un traitement si brusque, se cabrèrent en hennissant.

A l'intérieur, lady Isabelle Georgiana Albana St. Just se redressa sous l'effet de l'arrêt brutal. Ses yeux bleus grands ouverts furent le seul signe de perturbation que son visage trahit. Tout comme Will, elle s'était presque assoupie, laissant aller sa tête contre le dossier de son siège, et des petites mèches de cheveux châtains s'étaient échappées de sa coiffure. Du plus loin qu'elle se souvenait, sa chevelure avait toujours été rebelle. Elle mit un moment à comprendre que les bruits qui l'avaient réveillée ne faisaient pas partie d'un rêve agité, mais étaient bien réels.

Si sa peau blanche devint encore plus pâle, la lumière de l'unique lampe encore allumée était trop faible pour la révéler. Son corps aux attaches fines, vêtu d'une robe de laine bleue démodée, demeura complètement immobile, tandis qu'elle écoutait ce qui se passait au-dehors. Ses longs doigts délicats serraient le réticule posé sur ses genoux. La pointe de sa langue apparut, venant humecter des lèvres bien trop grandes pour les normes de la beauté. Les narines de son petit nez frémirent quand elle inspira profondément, accentuant les taches de rousseur qui, tout comme ses cheveux rebelles, ne l'avaient pas quittée depuis son enfance.

Puis son souffle redevint régulier. Une main s'éleva machinalement pour balayer les mèches qui effleuraient son visage. Relevant à peine le menton, ses frêles épaules rejetées en arrière, elle attendit ce qui allait advenir, d'un air apparemment détaché.

— Milady, qu'est-ce que... ?

En face d'Isabella, Jessup, sa maigre servante au teint jaunâtre, paraissait beaucoup moins à l'aise. Le premier coup de mousquet l'avait tirée d'un profond sommeil. Quand le coche s'était brusquement arrêté, elle avait regardé en tous sens, ses mains si crispées que les jointures en avaient blanchi. Sa respiration haletait tandis qu'elle se demandait ce qui se passait dans l'obscurité du dehors.

— Calme-toi, Jessup, je t'en prie ! Ce n'est pas le moment de paniquer.

— Milady, milady, nous sommes attaquées ; nous allons être enlevées par les brigands et assassinées ! Ô mon Dieu ! Quelle horreur !

Jessup n'était visiblement pas disposée à se calmer, Isabella fronça les sourcils. Une telle peur pouvait être contagieuse, et elle ne tenait pas à perdre contenance.

— Ne sois pas idiote ; ils n'ont aucune raison de nous faire du mal ! Si nous leur donnons ce qu'ils désirent, ils partiront sans tarder. J'ai un peu d'argent dans mon réticule et tu n'auras qu'à leur donner mes bijoux s'ils les demandent. Je suis sûre que nous n'avons rien d'autre à craindre.

Isabella n'était pas aussi sereine qu'elle le paraissait, mais elle avait supporté avec courage les multiples vicissitudes de ses vingt-trois ans d'existence et ne comptait pas faiblir devant ce qui serait un incident, certes, mais probablement bref.

— Ce n'est pas naturel, milady, que vous restiez si calme dans un moment pareil ! reprit Jessup d'un ton presque accusateur.

Isabella, concentrée sur ce qui se passait au-dehors, se dit vaguement que sa servante venait de marquer un point. La plupart des dames de qualité, censées posséder une extrême sensibilité, auraient en de telles circonstances laissé libre cours à leurs vapeurs. Mais Isabella ne connaissait pas ce genre de défaillance. Raisonnable Isabella, avait-elle entendu son père dire à l'homme qu'il allait devenir son époux. En y repensant, elle devait admettre que le jugement de son père était plus juste qu'elle ne l'avait cru à l'époque. En tout cas, exprimer ses émotions ne lui avait jamais servi à rien. Ses larmes et ses supplications ne l'avaient pas sauvée du mariage avec Bernard — ni de Bernard lui-même, une fois qu'il fut son époux. Après l'humiliant désastre de leur nuit de noces, elle s'était juré de n'avoir plus jamais recours aux pleurs, et n'avait pas, depuis lors, failli à son serment.

— Milady... !

La porte s'ouvrit à la volée. Un homme apparut, tenant d'une main le battant, de l'autre un pistolet. Même Isabella sursauta. Jessup poussa un cri strident et se recroquevilla sur son siège. A la faveur de la nuit, la silhouette masquée, enveloppée d'un manteau noir, paraissait terriblement menaçante. Sous les trous du masque, deux yeux d'un marron sombre brillaient.

— Lady Isabella ?

Il la regarda en disant cela, sa voix aussi froide et dure que ses yeux. Isabella sentit le brusque et douloureux aiguillon de la véritable peur. Il connaissait son nom. Mais comment était-ce possible... ?

— Tenez. C'est tout ce que j'ai, articula-t-elle péniblement en lui tendant son réticule. Prenez-le et partez !

— Vous ne vous débarrasserez pas de moi comme ça, milady.

Il s'empara néanmoins du réticule et le fourra dans une poche intérieure de son manteau. Puis il fixa à nouveau Isabella. Bien qu'elle ne vît pas son visage, elle eut l'impression qu'il souriait. Un sourire de démon...

Ils s'affrontèrent un long moment du regard. Le cœur d'Isabella battit plus vite et son ventre se noua.

— Jessup, donne-lui les bijoux, dit-elle d'une voix coupante, car c'était le seul moyen de l'empêcher de trembler.

Jessup blêmit quand le regard de l'homme se porta sur elle, et sortit le coffret de dessous le siège.

— Les voilà, hoqueta-t-elle.

Le brigand prit le coffret, le soupesa avec satisfaction et le lança à son acolyte derrière lui. Puis ses yeux se tournèrent à nouveau vers Isabella.

— Maintenant que vous avez tout, vous pouvez partir, déclara celle-ci avec une assurance étonnante.

— Non.

A la grande horreur d'Isabella, il avança une large main charnue qu'il referma durement sur son avant-bras.

— Lâchez-moi ! cria-t-elle en essayant de se dégager.

Mais elle ne pouvait rien contre la puissance de cet homme...

Jessup hurla et se recroquevilla dans un coin tandis qu'on tirait sa maîtresse hors du coche.

Seule la main qui la tenait empêcha Isabella de tomber sur la route boueuse. Une pluie glaciale s'abattit sur elle, la pénétrant bientôt jusqu'aux os. Des frissons de terreur et de froid l'envahirent.

Quand elle reprit son équilibre, elle ne discerna tout d'abord que des silhouettes à cheval encerclant le coche. Regardant alentour, elle aperçut ensuite

Will et Jonas, ligotés, gisant sur le bord de la route, sous la pluie battante.

Inquiète de leur sort, elle entrevoyait cependant pour l'instant des problèmes bien plus graves. D'ordinaire, les bandits de grand chemin ne connaissent pas les noms de leurs victimes et ne se soucient pas non plus de ligoter de malheureux serviteurs. Une seule conclusion s'imposait : leur coche n'avait pas été attaqué au hasard et ces hommes avaient un but bien précis...

— Qu'attendez-vous de moi ? demanda-t-elle d'une voix moins posée.

Tremblant de froid, elle leva les yeux vers son ravisseur avec toute la dignité que lui permettait encore sa croissante panique. Sa frayeur commençait à prendre des proportions démesurées. Instinctivement, elle lutta pour se maîtriser.

L'homme éclata d'un rire brutal et la saisit par une épaule pour la forcer à se retourner. Puis il lui attacha les poignets dans le dos et serra un bandeau malodorant sur ses yeux. La terreur d'Isabella décupla. Les intentions de ces brigands n'étaient manifestement pas le vol...

Au milieu du bruit de la pluie et du vent, elle perçut le galop de chevaux qui approchaient. Au moins deux...

— Que voulez-vous ? répéta-t-elle, à bout de nerfs.

Un grognement fut la seule réponse. Il y avait des hommes et des chevaux autour d'elle ; elle pouvait sentir leur présence, les entendre...

Soudain, on la saisit à bras-le-corps. Elle cria, se débattit, mais ses cris furent étouffés par un morceau de chiffon qu'on lui fourra entre les dents. Puis on la souleva pour la charger brutalement sur des épaules. Son instinct lui dicta de ne pas bouger tandis que l'homme l'emportait, la tenant fermement par les jambes. Derrière elle, les hurlements de Jessup que l'on sortait du coche furent brusquement arrêtés par un retentissant coup de poing. Isabella sentit que le même sort — ou pire — lui serait réservé si elle ne se tenait pas tranquille. Mieux valait qu'elle garde ses forces et son calme pour saisir une éventuelle opportunité de s'enfuir.

Toujours sans le moindre ménagement, on la jeta en travers d'une selle. Le cuir grinça quand un homme s'y installa. Isabella détourna tant bien que mal son visage de l'odeur du poil humide du cheval qui prit le galop.

Maintenue en place par une main pressée sur son dos, la tête cahotante et l'estomac retourné, Isabella se rendit à l'évidence : dans quelque but que ce fût, elle venait d'être kidnappée !

2

Quand la chevauchée éreintante se termina enfin, l'homme sauta à terre et, comme s'il transportait un vulgaire sac de grains, chargea à nouveau Isabella sur son épaule. Il pénétra dans ce que la jeune femme devina être une maison, à en juger aux odeurs qui assaillirent ses narines : épices cuisinées, tourbe d'un fourneau, poussière, suif et moisissure.

— Tu l'as eue ?

C'était une voix de femme, rugueuse et basse.

— Comme tu vois.

— Elle est pas aussi bien habillée que j'le croyais, pour une comtesse. T'es sûr que c'est la bonne ?

— Y a pas de doute.

— Alors emmène-la là-haut. J'ai préparé la chambre.

On monta Isabella par un escalier si étroit que sa tête cogna le mur à plusieurs reprises. Puis une porte grinça, juste avant qu'on ne la laisse brutalement tomber sur un mauvais matelas. Son cri de surprise et de douleur fut à peine audible à travers le bâillon.

— On pourrait lui enlever ça, remarqua la femme. Même si elle pleure, y a personne pour l'entendre.

L'homme dut acquiescer silencieusement, car on retira le chiffon de la bouche d'Isabella. Ses lèvres sèches et engourdies eurent du mal à se refermer.

— Elle est toute mouillée, dit la femme tandis qu'on retournait Isabella pour lui détacher les poignets. Elle serait mieux si on la débarrassait de ses vêtements.

— Quelle importance qu'elle soit mouillée ou non ?

— C'est toi qui t'occuperas d'elle si elle tombe malade ?

— Fais comme tu veux, répondit l'homme avec indifférence.

— En plus, cette robe m'irait très bien. (Elle toucha l'étoffe.) C'est de la bonne qualité, hein ?

L'homme ricana.

— Oui. Mais faudra d'abord maigrir pour rentrer dedans !

La femme poussa un cri indigné, puis le bruit d'une petite tape résonna. Isabella, les mains libres, se tourna prudemment, espérant qu'ils étaient trop absorbés pour la remarquer. Instinctivement, ses doigts se portèrent sur le bandeau qui l'empêchait de voir...

— Non !

L'homme repoussa violemment sa main avant de la saisir par les épaules et de la secouer.

— Essayez de faire ça encore une fois et vous le regretterez ! Vous m'avez compris ?

— Je... j'ai compris !

Il la rejeta sur le matelas.

— Que faites-vous ? demanda Isabella en le sentant au-dessus d'elle.

Il ne répondit pas, mais lui saisit un poignet, le leva et enroula une corde autour. Le cœur battant, Isabella comprit qu'il l'attachait aux barreaux du lit.

— Mais comment je vais lui enlever sa robe, maintenant ? demanda la femme, manifestement déçue, tandis que l'homme ligotait l'autre poignet et les chevilles d'Isabella.

— C'est ton affaire. Mais tu n'as pas intérêt à la détacher. Tu le paierais cher si elle s'échappait. Compris ?

— Ne me menace pas, espèce de...

— Compris ? répéta-t-il d'une voix glaciale.

La femme se calma aussitôt.

— C'est d'accord, soupira-t-elle. Je pourrais couper la robe — mais à quoi servirait une robe déchirée ?

— De toute façon tu devrais la couper pour entrer dedans, remarqua l'homme d'un ton dénué de sympathie.

Le bruit de leurs pas indiqua à Isabella qu'ils s'en allaient. Puis la porte grinça à nouveau et elle entendit le cliquetis d'une clé qu'on tournait. Elle se retrouva seule dans le noir, pieds et mains liés à de solides barreaux de fer, tremblant de froid et effrayée comme elle ne l'avait jamais été de sa vie.

Qu'allait-il advenir d'elle, maintenant ?

3

Les interminables jours de captivité plongèrent Isabella dans un état constant de misère physique et de peur. On la détachait deux fois par jour et elle n'avait la permission de retirer son bandeau que pour utiliser le pot de chambre. A ces moments de relative intimité, l'homme laissait la porte de la chambre ouverte et attendait dans le couloir. Puis il ordonnait à Isabella de remettre elle-même le bandeau et venait lui fourrer dans la main un morceau de pain ou, parfois, de poisson. Il la pressait ensuite d'avaler son frugal repas, de boire un peu d'eau, et la ligotait à nouveau. Les muscles d'Isabella protestaient de douleur, mais elle ne disait rien. La brutale indifférence de son geôlier lui faisait pressentir qu'il n'hésiterait pas à la battre si elle osait se plaindre.

La pièce où elle se trouvait était petite et ne possédait d'autre mobilier que le lit en fer, un chandelier, un broc à eau, et une cuvette dont on ne lui permit jamais de se servir. Du plafond couvert de toiles d'araignée au plancher poussiéreux, tout était immonde. En d'autres circonstances, Isabella aurait refusé de s'allonger sur le crasseux matelas dépourvu de toute literie, sauf une couverture en lambeaux noircie par le temps et la saleté. Mais, au fil des nuits glaciales qu'elle passait à l'abri de cette répugnante couverture, Isabella redoutait des dangers pires que l'insalubrité de l'endroit. Elle craignait pour sa vie...

La femme — Isabella avait entendu l'homme l'appeler Molly — lui ordonna d'enlever sa robe, la première fois qu'on la détacha. Isabella objecta qu'elle n'avait rien d'autre à se mettre et Molly remédia aussitôt à ce problème en lui apportant une de ses propres robes. Celle-ci, d'un marron délavé, était taillée dans une toile grossière et deux fois trop grande pour Isabella. Molly l'avertit qu'on la déshabillerait de force si elle n'obéissait pas. Horrifiée à cette idée, la jeune femme ôta rapidement ses vêtements et enfila la robe crasseuse qui lui arrivait à peine aux mollets mais qui, par contre, ne manquait pas d'ampleur. Molly était sans aucun doute une personne de forte corpulence ! Elle lui permit de garder ses bottines — ayant certainement renoncé à compresser ses pieds dans les étroites chaussures d'Isabella —, mais ce fut tout. Même ses bas lui furent enlevés ! De sorte qu'après cet échange elle souffrit plus que jamais du froid.

Quand Molly eut obtenu ce qu'elle voulait, elle se désintéressa complètement d'Isabella. Elle entrait parfois dans la chambre, occupée à quelque tâche, mais ne s'approchait plus d'elle et ne lui adressait plus la parole. La jeune femme supposa que le rôle de Molly consistait à cuisiner pour les hommes, et à contenter leurs autres besoins. Si ce dernier point était vrai, elle ne pouvait qu'être soulagée de la présence de cette femme dans la maison. Car, même si la menace d'un viol semblait s'écarter de jour en jour, cette éventualité la tourmentait malgré tout.

A en juger aux voix qui lui parvenaient parfois d'en bas, Isabella estima que les brigands devaient être au nombre de cinq ou six. Les bribes de conversation qu'elle capta lui indiquèrent qu'elle était détenue pour une rançon. A priori, elle représentait la candidate idéale pour ce genre de transaction : la très jeune épouse d'un comte et la fille aînée d'un duc. Comment ses ravisseurs se seraient-ils doutés qu'elle n'avait de prise ni sur l'un ni sur l'autre ? Son mari avait ouvertement admis qu'il l'avait épousée pour sa dot. Quant à son père, il l'avait livrée en mariage pour plaire à Sarah, sa jeune épouse. En six ans, cette dernière lui avait déjà donné trois enfants, dont l'indispensable héritier mâle qui avait relégué Isabella au second plan. Aucun des deux hommes ne se réjouirait à l'idée de sacrifier une forte somme pour récupérer ce qu'ils considéraient comme sans valeur.

Cependant, Isabella était presque certaine qu'ils paieraient la rançon. Au moins pour sauver les apparences. Sarah en tomberait sûrement malade, mais l'argent serait donné, même à contrecœur. Ou peut-être le comte emploierait-il ce qui restait de sa dot pour régler la totalité. Une solution que Sarah préférerait assurément.

Dans tous les cas, malgré les querelles de famille que cette affaire entraînerait, le problème se résoudrait tôt ou tard, Isabella n'avait qu'à garder son sang-froid et se montrer docile en attendant sa libération. Elle pourrait ensuite continuer son voyage vers Londres — bien qu'elle ne comprît pas clairement pourquoi son mari souhaitait sa présence là-bas —, comme si rien ne s'était passé. Ou peut-être lui serait-il permis de retourner à Blakely Park. Quoi qu'il en soit, elle aurait à subir les foudres de son mari, si jamais il était forcé d'utiliser sa dot. Rien ne mettait Bernard plus en rage que de devoir faire des dépenses à cause de son épouse.

Au sixième jour de sa captivité, un changement se produisit. L'homme vint la détacher pour lui laisser quelques instants d'intimité, mais à son retour, contrairement à ses habitudes, il omit de vérifier si le bandeau était bien serré. Isabella, qui avait légèrement défait le nœud en raison d'un mal de tête persistant, ne nota pas ce manque de vigilance jusqu'au moment où il la ligota de nouveau aux montants du lit. Dans son mouvement de protestation muette contre la douleur, le bandeau glissa et Isabella se retrouva face au visage barbu de son ravisseur.

Elle le fixa avec une terreur croissante, et son ventre se noua quand leurs regards se croisèrent. Allait-il la tuer maintenant qu'elle l'avait vu ?

— Oh, la lumière m'aveugle ! laissa-t-elle échapper, au comble de l'angoisse.

Elle referma rapidement les yeux, espérant que l'homme croirait que la lueur d'une bougie suffisait à aveugler quelqu'un resté aussi longtemps dans l'obscurité.

A sa grande surprise, au lieu de renouer le bandeau, il s'en empara et le jeta à terre.

— Plus d'importance, maintenant, dit-il comme s'il se parlait à lui-même.

— Vous voulez dire que... vous avez eu l'argent ? Vais-je être libérée ?

Rouvrant les yeux, elle le regarda avec espoir. Il s'éloigna vers la porte.

— Pour sûr que nous vous libérerons, lança-t-il d'un ton narquois.

— Quand ?

Un vague geste de la main fut sa seule réponse. Il sortit, ferma la porte à double tour, laissant à nouveau Isabella dans l'obscurité totale. Pendant un moment le soulagement la pénétra comme un baume bienfaisant. Bientôt ce cauchemar prendrait fin !

Puis, lentement, ses sourcils se froncèrent. Sa première réaction de joie disparut tandis qu'elle se rendait compte que quelque chose ne sonnait pas juste.

Elle avait clairement vu l'homme, pouvait identifier chacun des traits de son visage. Il le savait et s'en moquait. Que signifiait cette indifférence ?

Il n'y avait qu'une seule interprétation possible, conclut-elle, tremblante : ils avaient obtenu la rançon, mais allaient la tuer au lieu de la relâcher. Comment expliquer autrement le soudain manque de vigilance de cet homme ? S'ils avaient eu l'intention de la libérer, ils auraient au contraire redoublé de précautions pour cacher leur identité et ne pas risquer qu'elle les dénonce ensuite aux autorités.

Plus elle y pensait, plus Isabella avait la certitude qu'ils avaient prévu de l'éliminer.

Son cœur manqua un battement. Ligotée comme elle l'était, elle ne pourrait leur opposer aucune résistance. D'un instant à l'autre, l'un d'eux entrerait et lui logerait une balle dans la tête, ou l'étranglerait, ou...

Submergée par la panique, elle commença à se débattre comme une furie. Les cordes solidement serrées lui sciaient la peau tandis qu'elle tentait de s'en défaire. Mais, incapable de raisonner, elle continua son inutile lutte. Ses mouvements convulsifs firent cogner le lit contre le mur...

— Qu'est-ce qui se passe ici ?

L'homme était de retour. Un chandelier à la main, il la regardait s'agiter. Jusqu'à présent, croyant qu'une attitude coopérative lui ouvrirait plus facilement les portes de la liberté, elle avait été une prisonnière idéale. Mais elle n'avait plus rien à perdre, maintenant. Elle s'immobilisa, essayant de se calmer.

Les yeux grands ouverts, elle guettait la réaction de son ravisseur. Comprendrait-il qu'elle avait deviné leurs intentions ? Si c'était le cas, la tuerait-il tout de suite ? Elle ne devait plus laisser libre cours à sa panique. Réfléchir. Trouver un moyen. Il devait bien y avoir quelque chose à faire...

— Je vous ai demandé ce qui se passe, reprit l'homme en s'avançant.

Derrière la lueur de la bougie, son visage paraissait menaçant. Isabella réprima le cri de terreur qui lui montait à la gorge. Si elle ne gardait pas son sang-froid, elle était perdue.

— Il... il y a une souris dans le lit, hoqueta-t-elle d'une voix suraiguë.

Elle exploita cette subite inspiration, espérant et priant de tout son cœur...

— Oh ! je vous en supplie, elle s'est glissée sous la couverture ! Aidez-moi !

Elle recommença à s'agiter en tous sens en poussant de petits cris effrayés. L'homme s'approcha en ricanant.

— Aidez-moi ! Aidez-moi ! Oh ! Elle est juste sous moi !

L'homme murmura un juron et posa le chandelier sur la table de nuit. Isabella continua de pleurnicher tandis qu'il détachait ses chevilles. Quand ses pieds furent libres, elle repoussa vivement la couverture, jouant à merveille le rôle d'une femme rendue folle par la présence d'une souris.

— Calmez-vous ou je...

La menace fut accompagnée d'un grognement, alors qu'il libérait ses poignets. Isabella se jeta hors du lit, tremblante, sous le regard narquois de l'homme. Puis il reporta son attention sur la couverture.

C'était le moment, la seule chance à saisir. Elle devait neutraliser ce géant au moins deux fois plus fort qu'elle. Mais comment ?

— Je ne vois pas de souris.

Isabella repéra le broc et la cuvette, à un seul pas de distance sur sa gauche.

— Elle est là ! cria-t-elle tandis qu'il lui lançait un regard suspicieux par-dessus son épaule.

Il se pencha à nouveau sur le lit. Isabella se déplaça et saisit le broc. L'homme tourna la tête au même instant.

— Vous...

Elle ne sut jamais ce qu'il allait dire. La peur galvanisant ses forces, elle lui avait violemment abattu le broc sur le crâne. Il eut seulement un clignement de paupières, tandis qu'Isabella le fixait avec horreur. Si le coup n'avait pas suffisamment porté, il la tuerait sur-le-champ.

Puis il s'effondra comme un pantin désarticulé, face contre le lit.

4

Isabella, figée par la terreur, se força à se ressaisir. Ce géant ne resterait certainement pas longtemps inconscient. Devait-elle le ligoter ? Non. Ce serait une perte de temps inutile : les nœuds qu'elle ferait ne seraient pas assez solides pour le retenir. Mieux valait utiliser ces précieuses minutes pour se glisser hors de la maison.

Elle courut à la porte, s'arrêta et écouta. Des voix lui parvinrent d'en bas. Évidemment, tous ses ravisseurs devaient être là et, si leur acolyte ne réapparaissait pas bientôt, ils monteraient le chercher.

A cette pensée, Isabella ferma la porte et tourna la clé. Sur le lit, l'homme grogna en s'agitant. Il se réveillait déjà !

Se précipitant vers le chandelier, elle s'en empara et l'abattit de toutes ses forces sur sa tête. Il redevint aussi immobile qu'une pierre...

Traverser la maison était impensable. Il ne restait donc que la fenêtre. Isabella se dirigea vers les hautes et étroites vitres crasseuses.

Priant pour que la fenêtre veuille bien s'ouvrir, elle tira sur la poignée. Après bien des efforts, les battants grincèrent et s'écartèrent. Finalement, la jeune femme réussit à pratiquer une ouverture suffisante pour s'y glisser.

L'homme grogna encore. Le front d'Isabella était moite d'une sueur froide. Retournant vers le lit, elle leva bien haut le chandelier et l'abattit à nouveau sur le crâne du brigand. Cette fois, le coup fut si fort que sa tête rebondit contre le matelas.

Isabella regagna la fenêtre. Elle ne mesura la hauteur où elle se trouvait que lorsque ses pieds se balancèrent dans le vide. Les deux étages de la maison lui parurent une distance infranchissable, mais elle n'avait pas le choix. Il fallait sauter et prier pour ne pas se casser une jambe, ou pire. En implorant le ciel, elle se laissa glisser pour se retrouver uniquement suspendue par les mains.

Elle ne pouvait tenir longtemps dans cette position, mais elle eut soudain peur de sauter et chercha frénétiquement un point d'appui sous ses pieds. Il n'y en avait pas. Le vent la fouettait, menaçant de lui faire perdre son fragile équilibre.

Jetant un regard terrorisé vers le bas, elle regretta d'avoir eu une idée aussi folle. Comment pouvait-elle espérer survivre à une telle chute ?

Un grognement retentit à l'intérieur. Elle se laissa tomber.

Elle atterrit durement sur ses pieds avant de

retomber à genoux. Ses jambes lui faisaient terriblement mal, mais fonctionnaient encore. Sans perdre une seconde, elle s'éloigna de la maison.

Personne ne semblait la poursuivre. Après un dernier regard à la fenêtre éclairée, elle franchit la lisière des arbres qui délimitaient la propriété. Elle avait à peine parcouru quelques mètres dans la forêt, courant comme un animal traqué, qu'une ombre gigantesque surgit devant elle.

Elle poussa un hurlement.

5

— Tout doux, petite! murmura l'ombre. Ne crie pas!

Isabella, à bout de nerfs, n'était pas en mesure de raisonner. Elle hurla à nouveau, mais l'homme plaqua une main sur sa bouche.

— Bon Dieu, Paddy, fais-la taire! Pourquoi pas une fanfare pour nous annoncer?

Un autre homme avait surgi de nulle part, moins massif que le premier, mais assez grand et robuste pour intimider Isabella.

Dans l'étau de ces énormes bras qui la serraient sur une poitrine deux fois plus large que la normale, Isabella ne pouvait que s'avouer vaincue. Elle cessa de s'agiter, les yeux grands ouverts par-dessus l'impressionnante main qui lui couvrait presque entièrement le visage. Le dos plaqué contre le torse du géant, elle ne pouvait voir sa figure. Mais, même sous la faible lueur de la lune, elle put détailler l'autre homme. Il était grand, large d'épaules, avait un regard dur et des traits aussi arrogants et parfaits que ceux des antiques portraits grecs. Ses cheveux d'or luisaient sous les rayons de la lune et, si le manque de lumière ne la trompait pas, ses yeux brillaient du même éclat doré.

D'autres hommes les rejoignirent. Cinq au total. Ils la regardèrent, leurs expressions passant de la suspicion à l'hostilité. L'homme aux yeux d'or la détaillait d'un air sceptique qui l'effraya. Comme s'il se demandait que faire d'elle...

Avec une sensation de nausée, Isabella dut se rendre à l'évidence : elle venait d'être à nouveau kidnappée. Avaient-ils appris sa fuite ? Ou n'était-ce qu'un hasard ? Elle aurait juré qu'au moins trois de ses ravisseurs se tenaient en bas quand elle avait passé la fenêtre. Et le quatrième, celui qui s'occupait d'elle, ne l'avait certainement pas devancée pour l'attendre, caché dans les bois. Alors, étaient-ils plus nombreux qu'elle ne l'avait cru ? Ces hommes étaient-ils spécialement chargés de surveiller la forêt ? Mais ils avaient eu peur que ses cris n'alertent les occupants de la maison...

De toute façon, qui ils étaient importait peu. Seule sa survie comptait. Elle ouvrit la bouche pour les interroger sur leurs intentions mais, à travers l'écrasante main, les mots se transformèrent en une plainte inarticulée.

— Paddy ! lança l'homme aux yeux d'or dans un murmure rauque.

Le géant comprit aussitôt l'avertissement.

— Reste tranquille, petite, souffla-t-il à son oreille, d'un ton mêlé de prière et de sourde menace.

Entre ses bras, elle était réduite à l'impuissance d'une enfant. Pourtant, il semblait exercer sur elle une infime partie de son incroyable force, comme s'il ne voulait pas la blesser et usait d'une douceur délibérée. Serait-il désolé quand l'autre homme lui ordonnerait de lui tordre le cou ? Même si c'était le cas, Isabella ne doutait pas qu'il obéirait sans poser de questions. L'autorité de l'homme aux yeux d'or avait été évidente dès son apparition. Le géant et les autres exécuteraient ses ordres.

— Que diable cette maudite femelle fait-elle dans ces bois, en pleine nuit ? Le plus proche village est à cinq miles ! Bon Dieu, il ne manquait plus que ça !

L'homme aux yeux d'or avait davantage marmonné pour lui-même que pour Paddy. Mais ce dernier répondit.

— Nous pourrions la laisser partir...

— Pour qu'elle se remette à hurler ou aille avertir Parren et ses hommes de notre présence ? Regarde ses vêtements ! Elle n'a pas l'allure d'une servante honnête. Elle appartient sûrement à l'un d'eux.

Il planta ses yeux dans ceux d'Isabella. Une lueur menaçante y brillait.

— Pousse un seul cri, et Paddy te brisera le cou. Il va enlever sa main de ta bouche et tu vas répondre à quelques questions. Si tes réponses sont crédibles, nous te laisserons peut-être partir.

A son signal, Paddy retira lentement sa main. Isabella inspira une grande bouffée d'air. Paddy la tenait plus serrée que jamais, mais au moins pouvait-elle respirer.

— Combien sont-ils dans la maison ?

Isabella ravala sa salive, à la fois pour soulager sa gorge sèche et pour prendre le temps de réfléchir. Visiblement, ils ignoraient qui elle était. Et même s'ils savaient que lady Isabella St. Just avait été kidnappée, ils ne l'associaient manifestement pas à la jeune femme en haillons qu'elle était devenue. Cependant, tant qu'elle n'en saurait pas plus, mieux valait qu'elle garde son identité secrète. Ce groupe de brigands, tout comme l'autre, pourrait voir en elle une excellente prise.

— Alors ? s'impatienta l'homme aux yeux d'or.

Isabella le regarda avec une expression qu'elle espérait candide.

— Cinq, je crois.

— Qui sont-ils ?

— Je... je ne connais pas leurs noms. Trois ou quatre hommes, et une femme. Je crois qu'elle s'appelle Molly.

— Pourquoi fuyais-tu la maison en pleine nuit ?

— J'avais peur. Je... voulais rentrer chez moi.

C'était la pure vérité. Saisissant l'avantage d'un soudain vacillement des yeux d'or, elle poursuivit en hâte :

— Si vous me laissez partir, je ne dirai à personne que je vous ai vus. Vous avez ma parole.

— De quoi avais-tu peur ?

Il la détailla à nouveau des pieds à la tête et fronça les sourcils.

— As-tu été violée ?

— Non ! dénia-t-elle, indignée.

Son visage s'embrasa sous la gêne. Jamais un gentleman n'aurait osé poser une telle question à une lady. Mais, bien sûr, cet homme n'était évidemment pas un gentleman — et ignorait qu'elle était une lady.

— Tu es nue sous cette robe. Pourquoi ?

— Je ne suis pas... ! Comment osez-vous... ? Oh !

Ignorant ses dénégations, il venait de se pencher pour vérifier par lui-même. Les pointes de ses seins déjà durcies par le froid réagirent instantanément au contact brûlant de ses doigts. Isabella tenta de se dérober, mais le géant lui interdisait tout mouvement. De toute façon, avec une nonchalante indifférence, l'homme aux yeux d'or avait déjà retiré sa main.

— Il n'y a absolument rien sous ce vêtement. Tu t'enfuyais à moitié nue et tu prétends que tu avais peur. Es-tu à Parren ? Il paraît qu'il est dur avec les femmes.

— Non !

Il poussa un soupir d'impatience.

— Si tu me disais qui tu es et pourquoi tu fuyais. Et je t'avertis, je ne supporte ni les mensonges ni les menteurs.

Isabella hésita. Si elle prétendait être une servante, il s'apercevrait tout de suite qu'elle mentait.

Comme elle ne répondait pas, il porta son regard au-dessus d'elle, vers Paddy.

— On perd notre temps, et on n'a pas besoin de ça si on veut être à Londres avant le jour. Mais il est trop dangereux de la laisser partir. Ramène-la dans les bois et fais-la tenir tranquille.

Sans un mot de plus, il se détourna et s'éloigna, suivi de ses hommes, sauf de Paddy qui, immobile, la tenait toujours fermement.

— Sois une bonne fille, maintenant, et je ne te ferai pas de mal.

Il la relâcha, juste le temps de l'attraper par le bras pour l'entraîner dans la forêt. Isabella resta docile jusqu'à ce qu'ils s'engagent dans un petit chemin. Là, il lui apparut que si elle devait tenter de s'enfuir, le moment était idéal : non seulement la prise de Paddy était presque douce, mais en plus il gardait les yeux fixés sur le chemin devant eux.

Faisant mine de buter contre une racine, elle tomba à genoux. La main de Paddy glissa de son bras. En une seconde, elle lui échappa et dévala le chemin avec la rapidité qu'elle avait toujours eue depuis son enfance.

— Reviens, maudite femme ! s'écria Paddy en s'efforçant de la rattraper.

Elle espérait que son énorme poids le ralentirait. Sa chevelure flottait derrière elle comme une bannière. Son cœur battait à tout rompre. La lune ne pénétrant pas le feuillage touffu de la forêt, celle-ci était aussi obscure qu'une cave. Une branche lui fouetta le visage ; elle tituba, laissa échapper un cri, mais se remit à courir. Au même instant, elle entendit des pas qui se rapprochaient. Cependant, ils semblaient trop légers pour appartenir à Paddy.

Elle lançait un regard apeuré par-dessus son épaule quand une main la saisit par les cheveux, lui faisant perdre l'équilibre. Instinctivement, elle poussa un hurlement qui perça le silence des ténèbres. Un bras de fer lui encercla aussitôt la gorge et la plaqua contre une puissante poitrine masculine. Une odeur de cuir mêlée de tabac assaillit ses narines quand elle chercha à aspirer de l'air. Il la tenait si fort que les boutons de son manteau lui meurtrissaient le dos. Elle se débattit, tentant vainement d'échapper à l'emprise implacable de cet homme...

Avant même de lever les yeux vers le regard d'or qui étincelait de rage, elle sut qui il était... et se sentit soudain privée de toute force.

6

— Crie encore et je te tords le cou, petite garce ! Compris ?

Dans sa fureur, sa voix rauque ne possédait plus

aucun vernis. Isabella en conclut une fois de plus que, quel qu'il fût, il n'était certes pas un gentleman. Un accent des rues perçait dans sa manière de s'exprimer.

Il relâcha légèrement son emprise et Isabella inspira une profonde bouffée d'air, tandis que Paddy débouchait en courant du petit chemin. La poitrine haletant sous l'effort, il ralentit quand il les aperçut.

— Désolé, Alec, marmonna-t-il, l'air honteux. Heureusement que tu es plus rapide que moi.

Alec n'eut pas le temps de rétorquer : un sifflement précéda l'arrivée de l'un des autres hommes.

— Il se passe quelque chose à la maison, les prévint-il, tout essoufflé.

Alec se raidit et poussa Isabella contre Paddy.

— Tiens-la bien, cette fois, veux-tu ? J'ai autre chose à faire qu'à courir après elle.

Sur ce, il s'éloigna en direction de la maison, l'autre homme trottant sur ses talons comme un chien docile.

Paddy saisit d'une main de fer le poignet d'Isabella. Il n'avait manifestement pas l'intention de la laisser s'enfuir à nouveau. Isabella ne pouvait l'en blâmer ; elle venait juste d'affronter la colère d'Alec et cette seule expérience avait suffi à la terroriser.

— Ce n'était pas gentil de faire ça, marmonna Paddy d'un ton de reproche en l'entraînant sur le chemin.

Il s'arrêta à la lisière des arbres, près de l'endroit où se trouvaient Alec et ses acolytes, et observa ce qui se passait. Isabella n'eut pas d'autre choix que de regarder elle aussi. Une intense activité s'était soudain déployée autour de la maison.

Il était clair que les habitants avaient découvert sa fuite. Debout devant la porte, l'homme qu'elle avait assommé se tenait la tête à deux mains et fouillait des yeux les alentours. Une lanterne était posée à ses pieds. Deux autres, également munis de lanternes, examinaient le terrain découvert. Un quatrième était posté près du premier, qui hurlait sa colère.

— Bon sang! La garce s'est enfuie! Qu'est-ce qu'on va faire, maintenant ?

— La retrouver, voilà ce que *tu* vas faire! Toi, le gros bras, tu n'as même pas été capable de garder ce brin de fille! Ça te coûtera ta tête s'il se rend compte qu'elle nous a échappé!

— Elle m'a eu par la ruse!

— Évidemment! T'as qu'un p'tit pois à la place du cerveau... Alors, qu'est-ce que vous attendez pour la retrouver ? Elle a pas dû aller bien loin!

Isabella comprit que ses anciens ravisseurs ignoraient la présence de l'autre groupe d'hommes dans la forêt. Ces derniers ne faisaient donc pas partie de leur bande. Mais alors, qui étaient-ils ? Peut-être avaient-ils été payés par son père ou par Bernard pour venir à son secours ? Ou étaient-ils membres de l'ordre public ? Elle écarta immédiatement cette hypothèse: ces gens n'avaient visiblement rien à voir avec les autorités. En tout cas, s'ils étaient là pour la sauver, ils connaissaient à présent son identité. Un sourire lui échappa. Alec serait consterné d'avoir si gravement insulté la fille ou la femme de son employeur... L'arrogant personnage méritait bien cela... Mais son sourire s'évanouit. Avec toute la bonne volonté du monde, elle ne pensait pas qu'il était là pour la sauver.

Alec quitta le couvert des arbres et s'avança vers la maison. La lune imprimait des reflets argentés à sa chevelure. Isabella, qui voyait sa silhouette se détacher dans la clarté de la nuit, nota le ruban noir rassemblant ses cheveux sur la nuque. Il était bien vêtu, d'une redingote noire mettant en valeur ses larges épaules et ses hanches étroites. Son pantalon moulant révélait de longues jambes musclées. Des bottes couvertes de boue lui montaient presque jusqu'aux genoux et il tenait un pistolet dans sa main droite.

Le cœur d'Isabella battit plus fort quand elle vit que les trois hommes à sa suite étaient également armés.

Molly et un autre homme sortirent de la maison, ce qui portait leur nombre total à six. Chacun tenait une lanterne — et un pistolet.

— Dispersez-vous et trouvez-la. Mais ne tirez qu'en cas de nécessité absolue. Il veut du travail propre.

Isabella reconnut la voix. Elle appartenait au brigand qui l'avait tirée du coche et était apparemment le chef. Mais qui était ce « il » dont il parlait ? Le grand patron ? Peut-être... Alec ?

— Bonsoir, Parren.

Les mots d'Alec auraient presque pu paraître affables s'ils n'avaient été dits sur un ton glacial. L'effet sur l'homme qui venait de sortir de la maison fut immédiat. Il se figea, comme s'il venait d'entendre la voix du diable en personne. Ses compagnons laissèrent échapper des commentaires affolés.

— Bon Dieu, c'est le Tigre !

— Je t'avais dit qu'il avait un don de double vue !

— Un pouvoir de démon !

— Fermez-la ! hurla Parren.

Ils se turent aussitôt. Toujours immobile, comme un lapin sous la menace d'un serpent, Parren regardait Alec s'approcher de lui. La lanterne qu'il tenait vacilla. Isabella se demanda si ses mains tremblaient.

— Je, euh... je ne m'attendais pas...

— Essaies-tu de dire que tu ne t'attendais pas à me voir si loin de Londres par une si belle nuit ? Quel manque d'imagination, Parren !

La voix d'Alec était aussi douce que de la soie. Mais quelque chose de sinistre couvait sous cette surface polie. Même Isabella en trembla. La lanterne de Parren s'agita un peu plus.

— On... on n'avait pas l'intention de te doubler, le Tigre. Je... je le jure. On t'aurait donné ta part, dès notre retour à Londres. Mais le client était très pressé, et...

La voix de Parren s'éteignit quand Alec — le Tigre ? — secoua la tête d'un air presque désolé.

— Mais tu sais combien j'aime être informé de ces choses par avance. J'ai bien peur que tu n'aies commis une légère erreur de jugement, Parren. Et tu vas le payer. Très cher.

— Combien ? Par Dieu, le Tigre, tu peux avoir la moitié...

— Je veux tout.

— Tout ? répéta-t-il dans un croassement indigné.

— Et la fille aussi. Vivante.

— Mais... mais on a déjà fait affaire avec son père, et on a l'argent. Ç'a pas été du gâteau. Crois-moi, le Tigre. On n'obtiendra plus rien pour cette fille.

— Aucun marché à Londres ne se conclut sans mon approbation. Tu le sais.

Parren garda le silence.

— Tu n'aurais pas dû essayer de me doubler, Parren. Je déteste ça. Demande à n'importe qui. A Harry Givens, par exemple.

— Mais... il est mort.

— Oui. Et c'est ce qui t'attend si tu réapparais devant mes yeux. Il va falloir que tu fasses ton sale boulot ailleurs, Parren. A partir de maintenant, Londres est fermée pour toi.

— Tu peux pas faire ça ! La ville est pas à toi tout seul !

— Vraiment ?

Il leva presque paresseusement son pistolet. Ses hommes l'imitèrent aussitôt. La tension était palpable dans l'air. Isabella crut soudain entendre un cliquetis métallique...

— Attention !

Parren venait de lancer sa lanterne, Isabella suivait sa trajectoire des yeux quand des coups de feu retentirent.

Paddy jura et la tira sous le couvert des bois.

— Cours, petite ! grogna-t-il.

Tirant une paire de pistolets de sa ceinture, il se précipita vers la maison. D'autres coups de feu claquèrent. Comme Paddy passait la lisière des arbres, Isabella vit qu'Alec était à terre, couché sur le ventre. Certains de ses compagnons étaient à ses côtés, d'autres s'étaient retirés à la limite de la forêt.

Sortant de sa torpeur, Isabella suivit le conseil de Paddy et se mit à courir. Elle évitait une racine émergeant du chemin quand elle fut heurtée violemment entre les omoplates.

Déséquilibrée par le choc, elle poussa un hurlement de douleur et porta les mains à son dos. Elle ne put atteindre l'endroit qui la brûlait si fort, mais sentit que sa robe était mouillée. Ses doigts touchèrent quelque chose de chaud et de collant. Elle les ramena devant elle et regarda avec horreur le liquide sombre qui les souillait.

Elle n'eut que le temps de pousser un gémissement avant de s'effondrer, inconsciente.

7

Alec Tyron se releva et regarda avec un froid désintérêt le corps de Cook Parren. L'idiot n'aurait jamais dû tenter de le duper. D'autres s'y étaient essayés avant lui, et avaient presque tous payé de leur vie.

Alec ne devait pas sa position de chef des bas-fonds de Londres à sa belle apparence ou à sa bonne humeur. Seul un homme solide, impitoyable et d'une intelligence aiguë pouvait s'élever à ce rang et diriger d'une main de fer les districts de Spitafields, Whitechapel et Kensington. Un sourire étira ses lèvres tandis qu'il pensait à l'étendue de son pouvoir. Il était une sorte de roi. Le roi de Whitechapel. Peut-être devrait-il se couronner lui-même...

— Qu'est-ce qui te fait sourire ? demanda Paddy qui venait de le rejoindre.

Paddy était un cœur pur, pas du tout taillé pour fréquenter les assassins et brigands de toutes sortes parmi lesquels il avait grandi. Sa conscience et son sens moral avaient souvent amené Alec à modifier ses décisions. Paddy et lui ne s'étaient pas quittés depuis l'époque où, vêtus de haillons, ils erraient dans les rues de Londres, faisant de leur mieux pour se procurer à manger et rester en vie. Ils se complétaient, Paddy avec sa taille imposante et ses muscles, et Alec, plus jeune de quelques années, avec son esprit vif. C'était ce mélange de force et d'intelligence qui les avait amenés à leur présent statut — et les y maintenait. Paddy était la seule personne au monde, mis à part lui-même, en qui Alec avait une absolue confiance.

— Où est la fille ?

— Quand les tirs ont commencé, je lui ai dit de

s'enfuir. Je t'avais vu au sol et je croyais que Parren t'avait eu pour de bon.

— Cette fripouille n'avait aucune chance contre moi. Et la fille n'est pas une garce, du moins pas de naissance. C'est la lady que nous recherchions.

— Quoi ? s'étonna Paddy, visiblement sceptique.

— Quand nous l'avons trouvée, elle venait d'échapper à Parren. De toute façon, ça ne peut être qu'elle : d'après toi, combien de femmes traîneraient dans ces bois en pleine nuit ?

— Elle ne ressemble à aucune des ladies que j'aie jamais vues, objecta encore Paddy. Pas assez de fanfreluches...

Alec secoua la tête, rengaina son pistolet et posa un genou en terre, près du corps de Parren.

— Ce sont les tenancières qui mettent des fanfreluches et des parfums, pas les ladies. Une vraie lady s'habille avec simplicité.

— Ça, pouvait pas y avoir plus simple ! ironisa Paddy. Tu es même allé vérifier qu'elle ne portait rien sous sa robe...

— Je l'avais prise pour une fille, se défendit Alec.

Le souvenir du contact de ses petits seins dressés le mit subitement mal à l'aise. Il évita le regard de Paddy et continua de fouiller les poches de Parren.

— Elle était presque nue. Comment j'aurais deviné qu'elle était une lady ?

— Tu lui feras tes excuses ? demanda Paddy avec un large sourire, tout en rangeant ses propres pistolets.

Alec ne s'était jamais excusé de quoi que ce soit devant quiconque, Paddy le savait très bien. Son ami lui lança un regard étincelant.

— Je l'ai sauvée de Parren et ça devra lui suffire comme excuses. Il avait l'intention de la tuer.

Le sourire de Paddy s'évanouit.

— Je n'aime pas qu'on s'attaque aux femmes.

— Je sais.

Malgré sa taille impressionnante, Paddy était le plus pacifique des hommes. Il ne lui était pas facile de se montrer rude envers les autres, et encore moins envers les femmes.

Alec se redressa et lui donna une tape sur l'épaule.

— Nous lui avons sauvé la vie, si ça peut te consoler. Mais maintenant tu dois la retrouver.

— Pourquoi moi ?

Alec haussa les épaules et se dirigea vers la maison.

— Tu l'as perdue, tu la retrouves. Sauf si tu n'y tiens pas. Mais ce ne serait pas très galant de la laisser mourir de froid, juste après lui avoir sauvé la vie...

— Mais elle peut être n'importe où dans ces bois !

— Je parie qu'elle n'est pas bien loin. En plus, cette forêt n'est pas très grande.

— Nous l'avons sacrément effrayée. Elle se cachera à notre approche.

— Tu n'auras qu'à annoncer que nous allons la ramener chez elle.

Paddy ricana.

— Ça m'étonnerait qu'elle accepte de discuter... Et puis, on ne connaît ni sa famille ni son nom. Tout ce que nous savons, c'est que Parren a été payé pour kidnapper et tuer une lady. Bon Dieu, s'il avait été régulier, nous n'aurions pas eu à nous inquiéter de cette affaire !

— Les inconvénients du métier...

— Et peux-tu me dire ce que tu comptes faire, pendant que je partirai à la recherche de cette charmante dame ?

— Je chercherai autre chose, bien sûr. Quelque chose qui m'intéresse infiniment plus qu'une petite femelle décharnée.

— La rançon, devina Paddy.

— Oui, dit Alec en souriant.

— Et nous garderons sûrement cette rançon pour nous ? demanda Paddy avec une pointe de sarcasme.

— Que voudrais-tu que j'en fasse ? Parren est mort. La famille de la lady la récupérera saine et sauve, ce qu'ils n'auraient pas obtenu sans notre intervention. Cet argent nous revient de droit.

— Ton cas est désespéré, Alec, nota Paddy en secouant la tête.

— Oui, je sais, et j'en pleure chaque nuit. Allez, va chercher la demoiselle pendant que je fais le ménage ici. On ne peut pas laisser ces corps traîner. Ça ne serait pas propre.

Ils approchaient de la maison. Tout en parlant, Alec sentit un soudain picotement dans son dos. D'habitude, cela le prévenait d'un danger. Un autre des dons de la nature qui l'avaient aidé à atteindre sa haute position. Il continua de marcher, tous ses sens en alerte. Regardant d'un air apparemment détaché autour de lui, il constata que ses ennemis étaient hors d'état de nuire. Les deux qui restaient sur pied, la femme et un homme, se trouvaient sous la garde de ses propres hommes qui les conduisaient à l'intérieur de la maison. Alors, d'où lui venait ce mauvais pressentiment ?

Se rendant à l'inévitable, Paddy fit signe à deux hommes de le suivre et prit la direction de la forêt. Les autres, sous les ordres d'Alec, commencèrent à fouiller la maison, afin de trouver la rançon et de récupérer tout objet de valeur.

Hardy Face-de-Rat, que son surnom décrivait parfaitement, vint s'enquérir des instructions d'Alec au sujet des corps. Ce dernier considéra un moment le problème. Peut-être fallait-il les ramener à Londres et les exposer à la vue de tous ceux qui seraient tentés de suivre l'exemple de Parren ? Mais les autorités risqueraient de s'en mêler et de gêner certains de ses projets. De plus, le fait de transporter des cadavres froisserait certainement les scrupules de Paddy... Toujours dérangé par les picotements de mauvais augure, Alec choisit la solution la plus simple : enterrer les corps sur place, dans une fosse commune. La disparition de cette vermine n'aurait ainsi pas de conséquences sur ses activités, mais délierait suffisamment les langues pour servir sa manœuvre de découragement.

Cela réglé, il était en train de monter au premier étage quand la raison du picotement se révéla enfin. Il sentit un mouvement furtif derrière lui et entendit un cliquetis métallique qu'il aurait reconnu même en rêve : le bruit d'un pistolet qu'on armait.

Il fit volte-face en dégainant son propre pistolet, mais Hardy Face-de-Rat tira le premier.

La balle heurta Alec comme un coup de poing en pleine poitrine. Une sensation d'abord glaciale, puis brûlante envahit son torse. Il tituba, son arme toujours à la main. Comme Hardy jetait son pistolet fumant pour s'emparer d'un deuxième déjà chargé, l'enfer se déchaîna autour d'eux. Les hommes restés fidèles au Tigre accoururent en tirant, essayant dans leur affolement de comprendre d'où venait le danger. Alec entendit Paddy l'appeler. Hardy, apparemment effrayé par cette agitation, renonça à tirer une seconde fois et se retourna pour s'enfuir...

Alec leva son arme. La balle atteignit le bâtard juste entre les omoplates. Alec sourit tandis que

Face-de-Rat vacillait et s'écroulait. Ce n'était pas la première fois qu'il tirait dans le dos d'un homme, mais cela ne lui avait jamais procuré autant de plaisir.

Ce qui se passa ensuite lui échappa totalement. Le monde tourna autour de lui et devint noir. Le pistolet tomba de sa main soudain moite. Il sentit son corps perdre l'équilibre... et sombra dans l'inconscience.

8

Quand Isabella ouvrit les yeux, sa première pensée fut qu'elle était morte et se trouvait au paradis. De grassouillets chérubins pinçant des harpes d'or flottaient devant elle, leurs ailes blanches se détachant comme autant de petits nuages sur le bleu céleste. Elle jouit de cette vue enchanteresse pendant un moment, puis une subite peur la poussa à refermer les yeux. Elle ne voulait pas être morte !

Une sourde douleur lui vrilla le dos quand elle inspira profondément. Elle était presque sûre que les morts ne ressentaient pas de douleur. Et qu'ils n'avaient pas non plus l'occasion d'entendre de tonitruants ronflements.

La présence de ce bruit l'incita à rouvrir les paupières. Maintenant qu'elle était préparée à la vision des anges, elle fut capable de discerner qu'ils étaient délicatement peints sur des tentures de soie, et qu'elle était allongée dans un lit somptueux. Elle parcourut la chambre du regard, cherchant de qui venaient ces ronflements persistants. Peut-être de Bernard... ? Mais, pour autant qu'elle sût, il ne ronflait pas. En outre, avait-il jamais dormi dans la même chambre qu'elle ? Les quelques fois où il avait accompli son devoir conjugal, il en avait vite fini avec elle avant de la quitter pour aller dormir seul.

Le ronflement était de plus bien trop viril pour émaner de Bernard. Soulevant doucement la tête, Isabella inspecta mieux la grande pièce aux murs tendus de soie bleue. Les meubles dans leur ensemble, y compris le grand lit dans lequel elle se trouvait, étaient en bois doré. Une chaise recouverte de ce qui ressemblait à du satin blanc était placée devant la cheminée, unique source de lumière de la chambre. A l'obscurité régnant partout ailleurs, Isabella en déduisit que c'était la nuit.

Mais rien de ce côté ne la renseigna sur l'origine des ronflements. Grimaçant sous la raideur douloureuse de sa nuque, elle tourna la tête vers la droite et aperçut une table de toilette munie d'un broc et d'une cuvette de fine porcelaine. Non loin, se trouvait une porte entrebâillée. Les yeux d'Isabella s'agrandirent quand elle vit, au-delà de l'embrasure, une énorme paire de bottes masculines. A en juger à leur taille, celui qui les portait devait être gigantesque.

Fascinée, la jeune femme fixa un moment ces incroyables bottes. Elle avait rarement couché dans la même pièce qu'un homme. Et voilà qu'elle se retrouvait dans une chambre décorée en surabondance, sur un immense lit aux draps de soie brodée, parfumés à la lavande, en compagnie d'un inconnu qui ronflait.

Que lui était-il arrivé ?

Reposant la joue sur l'oreiller soyeux sans quitter les fameuses bottes des yeux, elle tenta de trouver un sens à cette situation. Elle se souvenait de son kidnapping, de sa terreur quand elle s'était sue en danger de mort, de sa fuite, de son autre capture. Elle se revoyait ensuite en train de courir et d'être touchée par une balle. Ce qui expliquait la douleur dans son dos.

Elle se rappelait aussi deux hommes, un géant relativement gentil dénommé Paddy et un abominable, quoique séduisant, personnage aux yeux d'or, du nom d'Alec.

La question maintenant était de savoir où elle se trouvait. Était-elle en danger ? Et à qui appartenaient ces énormes bottes ?

Bougeant les pieds, elle constata qu'aucun lien ne les retenait. On l'aurait sûrement ligotée si on avait eu de sinistres desseins à son égard. Ou peut-être s'étaient-ils dispensés d'une telle peine, estimant qu'elle serait de toute façon trop faible pour s'échapper.

S'échapper. Voilà ce qu'elle devait faire. Fuir cet endroit inconnu et hostile. Elle souhaitait de tout son cœur rentrer à Blakely Park, retrouver ses dévoués serviteurs et envoyer un mot à son père et à Bernard pour leur raconter ce qu'elle avait enduré. Malgré leur manque d'affection pour elle, ils la protégeraient.

Sa gorge se serra à la pensée de Pressy, sa vieille gouvernante et amie, qui avait remplacé sa mère à la mort de celle-ci. Pressy devait se ronger les sangs, de même que tous les autres serviteurs qui prenaient soin d'elle à Blakely Park. Elle les avait toujours considérés comme sa vraie famille, et eux de même. Will Coachman et Jonas, s'ils vivaient encore, se maudissaient certainement de n'avoir pas su ou pu la défendre. Jessup avait dû sombrer dans d'interminables crises hystériques de culpabilité, pour n'avoir pas aidé sa maîtresse au moment où elle en avait eu le plus besoin. Tous, sans exception, seraient heureux de son retour.

Elle devait même manquer à Russel, l'énorme chien de meute noir qu'elle avait recueilli dans une nichée affamée et qu'elle avait élevé. Oh ! et comme elle se languissait d'eux, elle aussi !

Il fallait absolument qu'elle rentre à la maison !

Remuant avec précaution, autant à cause de la douleur que de la peur d'être découverte, elle parvint finalement à s'asseoir. La tête lui tournait, mais elle se força à ne pas tenir compte de sa faiblesse physique et se soutint aux montants du lit pour poser les pieds au sol et se lever. Elle resta un moment adossée au mur, attendant que la sensation de vertige s'atténue. En dépit du feu de cheminée, la chambre était si froide que la jeune femme frissonna de tout son corps.

Elle fit un pas, puis un autre, ses genoux menaçant à chaque instant de se dérober sous elle. Après un effort qui lui parut surhumain, elle atteignit enfin la porte... pour découvrir que celle-ci était fermée à double tour.

Il y avait deux fenêtres de chaque côté du lit, tendues elles aussi de la même soie d'un bleu céleste. Peut-être pourrait-elle s'échapper par là... ?

Jetant un coup d'œil aux énormes bottes, elle fut soulagée de constater que leur position n'avait pas changé. Les ronflements non plus n'avaient pas cessé. S'appuyant au mur, elle se dirigea vers la première fenêtre et écarta le rideau... Derrière la vitre givrée, se trouvaient des barreaux de fer.

Luttant contre la panique, Isabella avança en titubant jusqu'à la deuxième fenêtre. Les mêmes barreaux...

Que faire ?

Les ronflements lui indiquaient que l'homme dormait très profondément. Il gardait sûrement les clés de la porte sur lui ou, avec un peu de chance, posées à côté de lui. Isabella avait déjà assommé un bandit bien éveillé... Neutraliser quelqu'un pendant son sommeil devait être plus facile...

Cherchant des yeux autour d'elle, elle avisa un chandelier posé au pied du lit et s'en empara. L'objet était suffisamment lourd... Il ne lui restait plus qu'à pénétrer dans la pièce adjacente et... à frapper de toutes ses forces.

L'estomac noué de terreur, le chandelier pressé comme un talisman sur sa poitrine, elle avança. Arrivée devant la porte, elle distingua par l'embrasure ce qui était en fait un cabinet de toilette, décoré avec autant de soin que la chambre. Prenant une inspiration pour se donner du courage, elle poussa la porte, qui s'ouvrit sans un bruit. L'homme était installé sur une chaise apparemment inconfortable, la tête appuyée contre le dossier, la poitrine tressaillant au rythme de ses ronflements.

Elle reconnut aussitôt le géant : c'était Paddy, celui qui l'avait laissée partir et qu'elle allait remercier de sa gentillesse en l'assommant... Mais aurait-il eu des scrupules si son maître lui avait ordonné de la tuer ? Elle en doutait.

Encouragée par cette idée, elle s'approcha de lui et leva bien haut le chandelier...

— Ne bougez plus ! ordonna une voix rauque de l'autre côté de la pièce.

Isabella se retourna d'un bond et aperçut dans la pénombre la forme d'un lit collé contre le mur opposé. Trop concentrée sur le géant, elle n'avait hélas pas pensé à inspecter l'endroit.

Une longue main masculine alluma une bougie sur la table de nuit. Isabella cligna des paupières avant de distinguer l'occupant du lit. Son torse nu était barré d'un bandage, ses cheveux étaient ébouriffés et ses joues assombries par une barbe de plusieurs jours. Appuyé sur un coude, il paraissait se tenir avec difficulté.

Elle le reconnut, malgré l'obscurité qui l'entourait. Ces traits parfaits et ces yeux d'or ne pouvaient appartenir qu'à une seule personne.

Il avait un pistolet à la main et, en dépit de son apparente faiblesse, le tenait pointé droit sur le cœur battant d'Isabella.

9

Son regard glissa sur elle avec un intérêt évident. Baissant les yeux, Isabella comprit pourquoi. Elle était vêtue de la plus indécente chemise de nuit qui se puisse imaginer. D'un blanc immaculé, ce vêtement de voile transparent n'avait de virginal que la couleur. Les manches étaient longues, le col sage... mais Isabella aurait aussi bien pu être nue.

Ses petits seins se tendaient contre le tissu diaphane. Était-ce à cause du froid ou du regard brûlant des yeux d'or ? En tout cas, elle voyait nettement les pointes roses se dresser et, sans aucun doute, lui aussi les voyait.

Son torse délicat, sa taille fine, le doux renflement de ses hanches... tout lui était révélé. Elle suivit son regard qui s'attarda sur son ventre, descendit le long de ses jambes, puis remonta. Quand il s'arrêta sur l'endroit le plus intime de son corps, ce fut plus qu'elle n'en pouvait supporter.

Elle recula vivement derrière la chaise où se tenait Paddy, plaçant ainsi un écran entre elle et cet odieux personnage. Secouant sa longue chevelure pour la ramener comme un rideau sur sa poitrine, le chandelier toujours serré dans ses mains, les joues brûlant de honte, Isabella osa enfin affronter le regard doré.

La lueur qui y brillait fit battre son cœur encore plus fort. Puis, aussi subitement qu'ils s'étaient embrasés, les yeux de l'homme s'emplirent d'un éclat dur et glacial.

— Posez ce chandelier ! ordonna-t-il d'une voix sinistre.

Tremblante, Isabella lui obéit sans le quitter du regard. Il paraissait très faible, presque aussi faible qu'elle-même en cet instant précis. S'accrochant au dossier de la chaise où Paddy dormait toujours, elle l'entendit vaguement, à travers le brouillard où elle se sentait plonger, essayer de réveiller son ami. Les insultes qu'il lui lançait avaient de quoi ressusciter un mort...

Il lui vint soudain à l'esprit qu'elle voyait un homme à moitié nu pour la première fois de sa vie. Bernard la rejoignait toujours dans l'obscurité, et pas complètement dévêtu... Cet homme — Alec — avait une poitrine large et des bras étonnamment musclés. Son torse, couvert d'une toison beaucoup plus sombre que sa chevelure, dessinait un V parfait jusqu'à sa taille dissimulée sous le drap de soie bleu clair.

Un peu honteuse de sa propre curiosité, Isabella détourna vivement le regard pour croiser à nouveau le sien. Ces yeux qui l'observaient étaient toujours aussi froids, mais semblaient si bien lire en elle que son cœur manqua un battement.

— Paddy !

L'appel fut cette fois aussi sec qu'un coup de pistolet. Le géant cessa de ronfler, s'ébroua et cligna des paupières.

— Bon Dieu, Paddy, tu vas te réveiller, oui ? Voilà un sacré garde du corps !

Ces derniers mots avaient été marmonnés avec dégoût.

— Quoi ?

Paddy se redressa, agitant la tête pour s'éclaircir les idées.

— J'ai dit : réveille-toi, gros plein de soupe, et regarde un peu autour de toi. La lady allait réduire ta cervelle en bouillie !

Paddy se retourna et croisa le regard horrifié d'Isabella. Poussant un juron, il bondit sur ses pieds.

Isabella battit en retraite contre le mur, entraînant avec elle la chaise pour se protéger. Au moins deux fois plus grand qu'elle, Paddy avait l'allure d'une brute malgré sa redingote et son pantalon relativement civilisés. Ses cheveux étaient d'un marron presque noir, parsemés çà et là de gris, et coupés à ras. Ses traits n'avaient rien d'ordinaire : un front bas, planté comme une corniche au-dessus de deux yeux enfoncés ; un nez court, qui avait pu être épaté, mais n'avait plus de forme, comme s'il avait reçu trop de coups ; une large bouche et une mâchoire encore plus grande surplombant un menton proéminent agrémenté d'une fossette absurdement décentrée. Un air renfrogné ne s'imposait pas sur une telle figure, mais il y en avait un. Le dos d'Isabella s'aplatit contre la surface froide du mur.

Le froncement de sourcils laissa place à une expression menaçante et Paddy fit un pas en avant. Isabella sentit la peur lui nouer l'estomac.

— Que faites-vous hors du lit, mademoiselle ? lui demanda-t-il gentiment, comme s'il s'adressait à une enfant fugueuse.

Isabella ouvrit la bouche, mais aucun son n'en sortit. Son regard se porta rapidement sur le chandelier avant de revenir au géant.

— Elle était sur le point de te régler ton compte avec ce chandelier. Heureusement pour nous deux, j'ai le sommeil léger.

Paddy tourna vers elle des yeux pleins de reproches. Ils étaient marron et paraissaient refléter une âme curieusement douce chez un tel monstre.

— Hé, Alec, elle est effrayée.

Il aurait aussi bien pu parler d'un jeune chiot.

— Elle ne l'était pas avant que tu te réveilles, ricana Alec. Elle était prête à t'assassiner — et moi ensuite.

— Vous n'alliez pas vraiment me frapper avec ça, n'est-ce pas, mademoiselle ?

— Je... je...

Mentir ne lui avait jamais été facile, mais elle apprenait vite. Avant qu'elle ait pu nier, le bruit d'une clé qu'on tournait l'interrompit.

Tous trois attendirent que la porte de la chambre se referme à nouveau. Puis des pas légers traversèrent la pièce et s'arrêtèrent.

— Grand Dieu, où est-elle passée ?

La voix était féminine, légèrement voilée et embarrassée.

— Ici, Pearl, appela Paddy.

La femme apparut et regarda le trio avec une évidente surprise. Les yeux d'Isabella s'agrandirent devant cette vision. Sa chevelure était si blonde qu'elle semblait presque blanche. Son visage avait la rondeur et la douceur de celui d'une enfant, avec l'indispensable petite bouche, maquillée avec art, pointant joliment sous un délicat nez retroussé. Ses yeux d'un bleu profond étaient bordés de longs cils bizarrement sombres pour quelqu'un d'aussi blond. Mais ce n'était rien de tout cela, ni sa peau blanche et diaphane, ni ses pommettes ombrées de rose, qui fascinait Isabella. Ni même les trois plumes pourpres qui surplombaient sa coiffure savamment étagée, ou le collier d'énormes saphirs qui ceignait son cou.

C'était sa robe. Ou plutôt ce qui n'était pas couvert par sa robe.

Ses seins blancs aux formes généreuses dépassaient largement d'un étroit corsage de brocart pourpre bordé de dentelle noire, au point qu'Isabella discerna la naissance des aréoles plus sombres.

Choquée, elle baissa le regard et vit une taille extrêmement fine soulignée d'un rebondissement de hanches accentué par les plis de la luxueuse étoffe. La robe suivait les courbes harmonieuses des cuisses, puis le brocart pourpre s'écartait au niveau des genoux pour révéler un jupon de dentelle noire. Ce dernier, à moitié transparent, laissait entrevoir des bas de soie blancs retenus par des jarretières.

Jamais de sa vie, Isabella n'avait vu un tel costume. Le terme indécent lui rendait à peine justice. Manifestement conçu pour éveiller le désir d'un homme, il était provocant, tentateur et vibrant de promesses.

Les joues d'Isabella s'embrasèrent quand elle se rappela la présence des deux hommes qui, sans aucun doute, appréciaient cette véritable exhibition.

10

— Pourquoi rougir, mon ange ? minauda Pearl. Nous sommes toutes faites dans le même moule.

— Mais certaines d'entre vous sont... plus abondamment pourvues que d'autres, intervint Alec en souriant.

Les yeux de Pearl se portèrent vivement vers lui.

— Ô Alec, mon chéri ! Tu vas enfin mieux !

Elle se hâta de le rejoindre et s'agenouilla près du lit. Passant les bras autour de lui, les plumes pourpres touchant le mur comme elle penchait la tête, elle l'embrassa longuement sur la bouche. Eprouvant un curieux malaise devant ce spectacle, Isabella détourna les yeux. Puis, quand le baiser se termina enfin et que la jeune femme osa regarder à nouveau, elle vit Pearl presser le visage d'Alec contre sa poitrine en un geste si intime qu'elle rougit à nouveau. Pour la deuxième fois en quelques minutes, son regard fixa le sol.

Apparemment aussi embarrassé, Paddy se racla la gorge et tourna son attention vers Isabella.

— Vous n'auriez pas dû vous lever, vous savez. La fièvre risque de revenir.

Isabella le fixait d'un air accablé. Des bruits de frou-frou et un petit gloussement provenant du lit lui indiquèrent que les effusions avaient pris fin. Pour une raison inconnue, elle mourait d'envie de regarder dans cette direction, mais fit appel à toute sa volonté pour garder les yeux rivés sur Paddy. Si elle voulait conserver l'esprit clair, elle n'y parviendrait certainement pas en se laissant distraire par les jeux lascifs de cette femme et d'Alec. Elle ne saisissait pas vraiment ce qui se passait ici, mais sentait que ces gens n'avaient pas l'intention de lui faire du mal. Bien qu'ils puissent changer d'avis... songea-t-elle en frissonnant.

Tant qu'elle ne serait pas à l'abri de sa maison, elle ne pouvait se fier à personne.

— Je... je crois que je vais me recoucher, dit-elle à Paddy. Si vous aviez l'obligeance de vous tourner... Je ne suis pas habillée, lui expliqua-t-elle d'un ton hésitant, comme il avait l'air de ne pas comprendre.

Quand elle abandonnerait l'abri de la chaise, ses cheveux ne suffiraient plus à cacher sa nudité. Alec et Pearl étaient bien trop occupés pour le remarquer, mais ce n'était pas le cas de Paddy. Elle l'implora du regard. A sa grande surprise, il se retourna.

Risquant un coup d'œil vers Alec et Pearl — elle était couchée à côté de lui, et Isabella préféra ne pas penser à ce que faisaient les mains d'Alec —, elle sortit de derrière la chaise. Comme elle marchait vers la chambre, sa tête se mit à tourner. Ses genoux faiblirent et elle se sentit soudain glacée. Un autre pas, et elle dut se retenir à la poignée de la porte pour ne pas tomber. Un léger cri dut lui échapper, car Paddy se précipita vers elle et la dévisagea avec inquiétude. Malgré sa faiblesse, Isabella tenta de se dérober à son contact.

— Pearl, arrête de te vautrer sur Alec et viens aider cette gosse à retourner au lit, lança Paddy.

— Vas-y, Pearl. Je ne suis de toute façon pas en état.

— Ô Alec ! protesta-t-elle d'un ton boudeur.

— Fais ce que je te dis. Je dois parler affaires avec Paddy.

— Ô toi et tes satanées affaires ! jeta-t-elle en se redressant. Tu ne penses qu'à ça !

Du coin de l'œil, Isabella ne put s'empêcher

de remarquer le geste apaisant dont Alec la gratifia.

— Qu'à ça ? répéta-t-il en lui pinçant les fesses.

Pearl gloussa et se pencha pour planter un baiser sonore sur sa bouche.

— Peut-être pas tout à fait, admit-elle.

Sa bonne humeur retrouvée, elle rajusta une plume chancelante et se dirigea vers Isabella qui la regardait avec une fascination mêlée d'effroi.

— Venez, mon ange, laissons Alec réfléchir et allons vous mettre au lit.

Isabella se raidit instinctivement quand Pearl passa un bras autour de sa taille. Elle n'avait pas l'habitude d'être touchée par des étrangers. Et moins encore par une étrangère aussi scandaleuse que Pearl. Mais elle accepta finalement de se laisser conduire dans la chambre. A l'inverse de sa faiblesse, sa soumission était feinte. Une attitude docile, en étouffant les soupçons de ses ravisseurs, lui avait déjà permis de s'échapper. Cela pourrait l'aider à nouveau.

Elle ne manqua pas de remarquer la clé que Pearl avait laissée dans la serrure. Si seulement elle atteignait la porte... prenait la clé et fermait de l'extérieur... Elle serait libre.

Derrière elles, Paddy ferma la porte du cabinet de toilette, s'isolant avec Alec. Décidée à agir, Isabella prit une inspiration... inhala le parfum entêtant de Pearl, et succomba à une crise inattendue d'éternuements. Pearl sursauta, secoua la tête, et comme les éternuements ne cessaient pas, sortit un mouchoir de son corsage et le tendit à Isabella.

Tout comme Pearl, le mouchoir empestait le parfum.

— Allons, mon ange, au lit maintenant.

Elle glissa à nouveau le bras autour de sa taille. Priant pour avoir la vigueur que cette tâche nécessitait, Isabella la poussa de toutes ses forces. Prise au dépourvu, Pearl tituba en arrière et, trébuchant sur la longue traîne de sa robe, s'écrasa au sol.

— Petite garce ! s'écria-t-elle.

Mais Isabella était déjà à la porte.

— Alec, Paddy, à l'aide ! Vite ! hurla Pearl en rampant vers Isabella.

La porte du cabinet de toilette s'ouvrit à la volée, juste au moment où Isabella tournait la clé d'une main tremblante et bataillait avec la poignée. Paddy déboula dans la pièce. Derrière lui, Alec avait réussi à se lever, mais sa faiblesse l'empêchait visiblement d'aller plus loin que l'embrasure de la porte à laquelle il s'appuyait.

Isabella fut violemment tirée par le bas de sa chemise de nuit. Déséquilibrée, elle tomba à genoux dans le couloir et poussa un cri. Une jeune femme, enveloppée dans un déshabillé aussi diaphane que le sien, passa au même instant en compagnie d'un gentleman dignement vêtu.

— Qu'est-ce... ? s'étonna ce dernier.

Isabella remarqua que Paddy et Alec avaient battu en retraite au fin fond de la chambre, pendant que Pearl se précipitait vers elle.

— C'est seulement une de mes filles... La fièvre la fait délirer : la pauvre petite vient de subir une fausse couche.

Pearl remit Isabella sur ses pieds.

— Puis-je vous aider, mademoiselle Pearl ? proposa la jeune femme d'une voix douce.

— Non, Suzy, occupe-toi plutôt de monsieur, répondit sèchement Pearl avant de sourire au gentleman, comme pour adoucir ses paroles.

Isabella, bien trop secouée et affaiblie, ne lui

opposa aucune résistance tandis qu'elle la ramenait dans la chambre.

— Espèce d'ingrate, marmonna Pearl en la poussant au centre de la pièce.

Isabella tomba à nouveau à genoux, totalement résignée à son sort. Qu'Alec et Paddy la voient presque nue, qu'ils soient en colère contre elle et même son évasion ratée... plus rien ne lui importait.

— Doucement, Pearl, tu vas lui faire mal, dit Paddy d'un ton de reproche en se penchant pour aider Isabella à se relever.

— Si Alec est découvert à cause d'elle, je la tuerai ! menaça Pearl en allant refermer la porte à double tour.

— Ton ardeur me flatte, déclara Alec, toujours appuyé à l'entrée du cabinet de toilette.

— Chéri ! Tu n'aurais pas dû te lever ! le gronda-t-elle en se précipitant vers lui, adressant au passage une œillade assassine à Isabella.

Celle-ci, soutenue par Paddy, se laissa conduire au lit.

— Je vous en prie, ne me faites pas de mal, murmura-t-elle d'une voix fiévreuse.

Quelques secondes plus tard, rompue d'épuisement, elle sombra dans un profond sommeil.

11

Quand Isabella reprit conscience, la chambre était encore plongée dans l'obscurité, hormis la lueur orangée diffusée par les braises de la cheminée. Avait-elle dormi pendant vingt-quatre heures ?

Désorientée, la bouche sèche, la jeune femme scruta les ténèbres, cherchant ce qui l'avait réveillée. Puis elle eut soudain la certitude de ne pas être seule.

Retenant son souffle, le cœur battant, elle guetta le moindre bruit révélateur. Couchée sur le ventre, la tête enfouie dans un moelleux oreiller, elle se sentait terriblement vulnérable dans cette position. Quelqu'un se trouvait dans la pièce, elle en était sûre. Et si ce quelqu'un restait dans le noir, ses intentions ne pouvaient être que diaboliques. Voulait-on l'étrangler ou l'étouffer durant son sommeil ?

Une ombre se déplaça au pied du lit. Isabella ravala sa salive et se retourna vivement sur le dos.

— Pour l'amour du ciel, ne recommencez pas à crier !

Elle aurait reconnu entre toutes cette voix aux intonations rauques. C'était celle d'Alec. Pour des raisons bien peu fiables, cette constatation la soulagea. Si ses intentions envers elle étaient loin d'être rassurantes, du moins ne craignait-elle pas qu'il se charge lui-même de la tuer de sang-froid. En tout cas pas cette nuit, espéra-t-elle.

— Que... que faites-vous là ? chuchota-t-elle en fixant l'ombre de sa silhouette.

— Vous pleurnichiez comme une gamine. Alors je suis venu voir si quelque chose clochait. Apparemment non. Je retourne me coucher.

Il fit un mouvement pour partir. Soudain, l'idée de rester seule dans le noir effraya Isabella, encore plus que la présence de cet homme.

— Attendez !

— Qu'est-ce qu'il y a ?

Sa voix s'était durcie. Elle se souvint que la dernière fois qu'elle l'avait vu, il était à peu près dans le même état d'épuisement qu'elle. Peut-être lui était-ce pénible de rester debout...

— Pouvez-vous me dire où je suis ? Et ce que vous avez l'intention de faire de moi ? Je vous en prie !

Il y eut un moment de silence, puis il bougea à nouveau. Isabella pensa qu'il allait se retirer sans répondre, mais à sa grande surprise il s'assit au bout du lit.

Elle poussa un petit cri et se recroquevilla le plus possible contre les oreillers. Cet homme bousculait sans vergogne les plus élémentaires règles de bienséance ! Seul un mari avait le privilège de s'installer sur le lit d'une femme sans en demander la permission, et encore en de rares occasions.

— Je veux bien parler avec vous, parce que je sais que vous devez être sacrément effrayée. Mais, bon Dieu, ne criez plus. Ma tête me fait un mal de chien.

Sa manière de s'exprimer la choquait tout autant que son attitude cavalière. Mais était-elle en position de s'effaroucher pour des écarts de langage ?

— Je suis désolée. Cela m'a échappé. Mais... vous êtes assis sur mon lit.

— C'est ça, ou je retourne dans le mien. Je ne suis pas exactement en pleine forme, vous savez. Mais je peux vous laisser si vous voulez.

— Non !

A la qualité du silence qui suivit, Isabella devina que sa réaction l'avait satisfait.

— Soit. Si c'est l'idée d'être violée qui vous rend si nerveuse, écartez-la. Même si je le désirais — ce qui n'est pas le cas — et si j'en avais la capacité — ce qui n'est pas non plus le cas pour l'instant —, sachez que je ne force jamais une femme. Il y a beaucoup trop de volontaires.

Isabella était à la fois gênée par son franc-parler et son évidente faculté de lire dans ses pensées. Dès l'instant où elle avait senti une présence dans la chambre, l'éventualité d'une telle agression l'avait effectivement hantée. Elle avait d'ailleurs toutes les raisons de s'inquiéter, au souvenir du regard brûlant qu'il avait porté sur son corps presque nu, et de son comportement scandaleux avec Pearl. Alec aimait de toute évidence les femmes, et il ne fallait pas compter que son sens moral ou ses bonnes manières (elle était persuadée qu'il en était dénué) refrènent ses instincts. Mais il avait affirmé n'avoir jamais forcé une femme et, à sa propre surprise, Isabella le croyait. Même si elle le pensait capable d'ordonner qu'on la tue...

— Maintenant que cela est clair, que voulez-vous savoir ?

Entendre sa voix était curieusement rassurant. C'était bon d'avoir quelqu'un près d'elle, de ne plus être seule dans le noir. Elle se trouverait presque à l'aise en sa compagnie, si seulement il pouvait l'assurer qu'il n'avait pas plus l'intention de l'assassiner que de la violenter.

— Que s'est-il passé ? Coment suis-je arrivée ici, et pourquoi vous... cachez-vous... dans le cabinet de toilette ?

Elle sentait qu'il la regardait.

— Je n'aime pas trop le mot « cacher », déclara-t-il finalement. Mais je suppose qu'il est proche de la vérité. Quelqu'un qui travaillait pour moi depuis des années, et que je croyais loyal, m'a tiré dessus. D'après ses dernières paroles avant de mourir, il aurait été payé pour me tuer par l'un des membres de mon organisation. Hardy — c'était son nom —, Hardy Face-de-Rat est mort avant d'avoir eu le temps de me donner un nom. Dans l'état où j'étais, Paddy a jugé préférable de me mettre à l'abri, sous sa seule garde. Vous aviez vous-même été touchée par un éclat de balle, et Paddy s'est retrouvé avec deux corps ensanglantés sur les bras. Il nous a amenés ici parce qu'il a — comme moi — une grande confiance en Pearl. Durant votre séjour ici, vous serez considérée comme une des filles de Pearl. Quant à Paddy et à moi, notre présence est gardée secrète. Il est préférable que j'adopte un profil bas, le temps que mes hommes découvrent le traître. Avec moi hors circuit, il va certainement prendre des libertés qui le mèneront à sa perte.

— Quel genre d'organisation dirigez-vous ?

Il ne paraissait pas outre mesure dérangé par le fait qu'on veuille l'assassiner. Peut-être le meurtre était-il chose courante dans son existence...

Il hésita à répondre. Jugeait-il sa question trop indiscrète ? Elle-même était étonnée de sa propre audace vis-à-vis de cet inconnu.

— A... allez-vous me tuer ?

Poussés par sa profonde peur, les mots étaient sortis seuls. Portant la main à sa bouche, les yeux agrandis d'horreur, elle se maudit intérieurement. Maintenant qu'il connaissait ses pires craintes, il redoublerait de vigilance. Elle n'aurait plus une seule opportunité de s'échapper...

Contre toute attente, il se mit à rire, d'un rire presque sympathique.

— Vous pensiez que j'étais venu pour vous étouffer sous un oreiller ? Remarquez, l'idée n'était pas mauvaise, vu le vacarme que vous faisiez.

Isabella resta muette. Après un moment, elle le sentit se pencher vers elle dans le noir.

— Je blaguais, vous savez. Vous n'avez pas à craindre d'être tuée. Du moins pas par moi.

— Que voulez-vous dire ? s'inquiéta-t-elle en le fixant à travers les ténèbres.

— Vous et moi sommes dans la même galère, ma chère. Quelqu'un veut aussi votre mort.

Isabella dut émettre un son de protestation, car il continua avec une pointe d'impatience.

— Vous savez que les bâtards qui vous ont kidnappée avaient l'intention de vous tuer.

C'était plus un état de fait qu'une question, mais Isabella hocha la tête, oubliant qu'il ne pouvait la voir dans cette obscurité. Mais apparemment il sentait ses mouvements, comme elle percevait les siens.

— Eh bien, quelqu'un les a payés — Cook Parren n'a jamais rien fait pour rien dans sa vie. L'idée de vous assassiner ne venait pas de lui. Et avant que nous vous rendions à votre famille, mieux vaut que vous sachiez que l'un de vos proches veut votre mort.

Isabella sursauta.

— C'est impossible ! Qui ?

Au léger mouvement du matelas, elle supposa qu'il avait haussé les épaules.

— Je n'en sais rien pour l'instant. Vu que je ne vous connais pas, et encore moins votre famille.

— Ma famille ne voudrait pas ma mort.

Elle eut à nouveau l'impression qu'il haussait les épaules.

— C'est impossible ! Vous devez faire erreur !

— Vous savez mieux que moi à quoi vous en tenir. Mais Parren a d'abord été payé pour vous kidnapper, et payé encore davantage pour vous tuer. Votre mort intéresse quelqu'un. D'après vous, à qui profiterait votre disparition ?

— Profiter ? Vous voulez dire financièrement ? personne. Mon mari a déjà eu ma dot. J'ai très peu de biens personnels. Et mon père... mon père ne ferait pas cela. Hormis le fait qu'il n'y gagnerait rien. Sarah — ma belle-mère — ne m'aime pas, mais elle ne payerait pas quelqu'un pour me tuer. Il n'y a personne. J'en suis sûre. Personne.

— Croyez-moi, il existe bien quelqu'un qui souhaite assez votre mort pour y sacrifier une coquette somme. Je peux essayer de trouver qui, si vous voulez. L'un des avantages de ma position est de connaître les dessous de n'importe quelle vilaine affaire. Mes hommes découvriront tôt ou tard qui a payé Parren. Alors vous serez au courant du pire. Bien sûr, si vous préférez ne pas savoir, c'est votre problème. Je peux vous rendre à votre famille dès que nous n'aurons plus besoin de vous comme couverture. Vous n'aurez qu'à m'indiquer votre nom et la direction à prendre.

— Vous ignorez qui je suis ?

Isabella allait de surprise en surprise. Il ne connaissait pas son identité. Pourtant, elle se sentait plus à l'aise avec lui qu'elle ne l'avait jamais été avec aucun homme.

— Nous avons appris que Parren préparait le kidnapping d'une lady, sans passer par la voie régulière. Je suis la voie régulière, alors je suis intervenu pour remettre de l'ordre. Votre identité était accessoire.

— C'est agréable de l'apprendre ! lança-t-elle, bizarrement piquée au vif.

— Allez-vous me dire qui vous êtes, oui ou non ?

— Ah oui... Je suis Isabella St. Just, lady Blakely.

— Voyez-vous ça, une lady ! Et quelle sorte de lady, exactement ?

— Mon époux est le comte de Blakely.

— Vous êtes mariée à Bernard St. Just ? demanda-t-il d'un ton plus aigu.

Isabella hocha la tête.

— Eh bien ? s'impatienta-t-il.

— Oui.

Il y eut un silence.

— Comment diable êtes-vous devenue sa femme ? dit-il enfin. Vous n'êtes qu'une gamine !

— J'ai vingt-trois ans ! rétorqua Isabella. Bernard en a quarante-cinq. Mon père dit que c'est la fleur de l'âge.

— Et qui est votre père ?

— Le duc de Portland.

— Je vois... Vous êtes un fruit bien juteux à cueillir.

— Je vous demande pardon... ?

— Aucune importance. Votre mariage est-il heureux ?

— Qu'il le soit ou non, cela ne vous concerne sûrement pas ! répondit-elle en s'adossant vivement aux oreillers.

— J'essaie simplement de déterminer qui veut votre mort. Un mariage malheureux est un indice non négligeable.

— Je vous ai déjà dit qu'aucun membre de ma famille ne souhaite ma mort.

— St. Just a misé un paquet d'argent au trictrac, il y a quelques mois.

Dans le contexte de la conversation, cette simple observation paraissait sinistre.

— Comment le savez-vous ?

— Disons que mon métier nécessite que je sache tout ce qui se passe à Londres.

— Qui êtes-vous, à la fin ? Vous n'avez pas l'air d'un...

Elle s'interrompit. Le mot qu'elle avait failli prononcer aurait pu être pris pour une insulte.

— D'un... ? la pressa-t-il avec ce qui lui sembla être une pointe d'amusement.

— D'un bandit.

Cette fois, il éclata franchement de rire.

— Mais j'en suis un, milady, vous pouvez me croire. Bien que je n'aie pas exactement cette opinion de moi-même.

— Je vous prie de m'excuser, si je vous ai offensé.

— Pas du tout. Je suis d'avis d'appeler un chat un chat — ou un bandit un bandit.

Il souriait — elle l'aurait juré. Il semblait beaucoup se distraire en sa compagnie !

— A part « bandit », avez-vous un autre nom ?

— Bien sûr, milady, Alec Tyron, pour vous servir. Et maintenant que ces formalités sont accomplies et que vous n'avez plus peur que je vous assassine, puis-je suggérer d'allumer une chandelle ? Ce serait plus pratique de nous voir, si nous devons continuer cette fascinante conversation.

— Oh non !

Sa suggestion avait soudain rappelé à Isabella toute l'incongruité de la situation. Vêtue d'une autre chemise de nuit, aussi diaphane que la première, elle était pratiquement nue — et il était un étranger.

— Pourquoi non ? demanda-t-il avec le plus grand sérieux.

— Je ne suis pas... habillée.

— Êtes-vous en train de me dire que depuis tout à l'heure vous me parlez... complètement nue ? J'en suis outré !

Au ton exagérément horrifié de sa voix, Isabella comprit qu'il se moquait d'elle. Mortifiée, elle chercha ses mots en bafouillant.

— Non, je... ne suis pas... complètement dévêtue ! Bien sûr que non ! J'ai une chemise de nuit, mais elle est... elle n'est pas...

Il savait parfaitement ce qu'elle voulait dire. Après tout, ne l'avait-il pas déjà vue dans cette tenue ? Le souvenir la fit rougir.

— Vous me rassurez. J'ai cru un instant que j'allais devoir supporter la vue d'une lady nue — oh pardon, le mot était « dévêtue », n'est-ce pas ?

— Vous n'aurez pas à supporter du tout la vue d'une lady, parce que je ne permettrai pas qu'on allume !

— Et si j'insiste ?

Cela la réduisit au silence. Malgré son sympathique sens de l'humour, il avait tout de même tous pouvoirs sur elle. S'il décidait d'allumer, elle n'aurait aucun moyen de l'en empêcher.

Il dut sentir ce que signifiait son silence, car au bout d'un moment il soupira.

— C'était juste une taquinerie. J'oublie que vous n'êtes qu'une gamine. Je vous donne ma parole que vous n'avez rien à craindre de moi. Si vous souhaitez rester dans le noir, qu'il en soit ainsi. On ne pourra pas dire que je n'ai pas accédé aux désirs d'une lady.

— Je voudrais que vous me laissiez rentrer chez moi, plaida-t-elle dans sa confusion.

— Vous le pourrez dans un jour ou deux. Je vous donne aussi ma parole là-dessus. Cependant, si j'étais vous, j'essaierais d'abord de savoir qui veut abréger mon existence, avant de me remettre à sa portée.

— Je ne peux pas croire...

Il y eut le bruit d'une clé qu'on tournait. Isabella fixa la porte obscure qui s'ourla peu à peu d'un filet de lumière. A ses pieds, elle sentit Alec se raidir.

12

L'homme qui entra tenait une lampe à huile dont la veilleuse lui permettait juste d'éclairer son chemin devant lui. Son visage n'était pas visible, mais il n'y avait aucun doute sur cette imposante carrure.

— Par ici, Paddy, déclara Alec, confirmant la déduction d'Isabella.

Paddy tourna la lampe dans leur direction. Isabella cligna des paupières, puis sursauta en découvrant ce que la lumière révélait. D'un geste vif, elle remonta les couvertures jusqu'à son cou. La masse désordonnée de sa chevelure retomba en vagues magnifiques sur le rebord du drap de soie bleue. Les yeux agrandis d'appréhension, elle regarda tour à tour Alec et Paddy. Comme elle s'y attendait, l'attention des deux hommes était fixée sur elle et elle se demanda ce qu'ils avaient effectivement vu avant sa retraite sous les couvertures.

— Je crains que tu n'aies froissé la pudeur de la dame, nota Alec avec amusement.

— Que fais-tu là ? lui reprocha Paddy en fronçant les sourcils. Les médecins t'ont dit de garder le lit pendant encore au moins une semaine.

Comme si l'idée lui en venait soudain, il retourna à la porte pour la fermer à double tour. Il était vêtu de la même redingote et du même pantalon que la veille, mais paraissait rasé de près et avait changé de chemise. Isabella remarqua la bouteille d'eau-de-vie coincée sous son bras et le suspect renflement des poches de son manteau. Au bruit qui émana de l'une d'elles quand il bougea, elle supposa qu'il s'agissait de verres. La forme du contenu de l'autre rappelait étrangement celle d'un pistolet.

Alec haussa les épaules. La lumière de la lampe jouait sur son puissant torse, découpant les lignes de ses muscles et imprimant des reflets dorés à sa peau. Pendant un instant, Isabella ne put s'empêcher de le contempler. Il était d'une virilité si extrême et semblait pourtant avoir la peau si douce... Elle serra les poings pour réprimer la soudaine impulsion de le toucher. Ses propres pensées la choquaient. Délirait-elle sous l'effet d'une trop grande faiblesse ? Elle décida que c'était la seule explication possible...

Mis à part le drap enroulé autour de sa taille et le bandage sur sa poitrine, Alec était totalement nu. Il n'avait à l'évidence pas pris la peine d'enfiler son pantalon avant de venir la voir. A l'idée qu'ils avaient discuté dans le noir, tous deux dans le plus simple appareil, Isabella sentit sa gorge se nouer.

Son état devait être bien pire qu'elle ne le croyait... Sinon, comment expliquer les étranges symptômes physiques dont elle était victime ?

— Que ces maudits charlatans aillent au diable ! dit Alec d'une voix calme, mais dure.

Cet homme devait détester qu'on lui impose quoi que ce soit. Isabella étudia avec réticence son profil, tandis qu'il regardait Paddy. Ses traits étaient aussi parfaits sous cet angle. Un front haut, un nez long et droit, un menton ferme... Une barbe d'au moins une semaine, qui lui donnait vraiment l'aspect du bandit qu'elle avait vu en lui. Ses cheveux ébouriffés lui arrivaient presque aux épaules.

— J'en ai plus qu'assez d'être ici.

— Tu sais ce que nous avons décidé. Tu dois rester caché, tant que nous n'aurons pas découvert qui a payé Hardy pour te tuer.

— Je me moque de ce que nous avons décidé. Je trouverai moi-même ce bâtard.

— Ils s'abattront sur toi comme des chacals, s'ils peuvent profiter de ta faiblesse. Si nous voulons les pincer, il vaut mieux qu'ils ne sachent pas où tu es, ni même si tu es vivant ou mort.

— Je le sais. Mais je ne supporte plus de rester là à ne rien faire, pendant que tu cours après cette vermine.

— On n'a pas le choix. A moins que tu ne préfères une jolie boîte en pin, plutôt que le gibet qui t'attend sûrement au bout du compte.

Isabella manifesta son étonnement devant la brutale franchise de Paddy et Alec tourna son attention vers elle. Embarrassée qu'il la surprenne en train de l'observer, elle porta vivement son regard sur Paddy. Mais malgré ses efforts pour paraître aussi nonchalante que l'était Alec — pour lui, bien sûr, être assis presque nu près d'une femme en déshabillé ne devait pas sortir de l'ordinaire — elle sentit ses joues s'embraser.

— Allons bon, pourquoi rougissez-vous encore ? lui demanda-t-il avec une réelle surprise.

Ce qui eut évidemment pour effet de la faire rougir davantage...

— Je... je...

Aucune réponse cohérente ne lui vint. Comment expliquer à un inconnu la terrible gêne qu'elle éprouvait devant sa nudité ? Ses yeux croisèrent timidement ceux d'Alec. Il lui rendit un regard si intense qu'elle eut envie de disparaître sous terre.

Paddy s'éclaircit la gorge.

— Bon, on ferait mieux de vous laisser dormir, mademoiselle, Alec n'aurait pas dû vous réveiller.

Alec détacha son regard d'Isabella pour le tourner vers son ami. Mais la jeune femme ne put écarter la sensation que quelque chose de spécial venait de se passer entre eux. Quelque chose qu'elle n'avait jamais éprouvé de sa vie. Une sorte de brûlure, secrète et intense, qui s'était progressivement répandue dans tout son corps.

— C'est exactement l'inverse, nota Alec. Elle m'a réveillé en pleurnichant comme une gosse. Et ce n'est pas « mademoiselle », mais « milady », Paddy.

— Mes excuses, milady, déclara ce dernier avant d'interroger son ami du regard.

— Comtesse de Blakely. Épouse de St. Just.

Paddy ouvrit la bouche pour parler, mais se retint in extremis.

— Un problème, Paddy ?

— J' te dirai plus tard.

Isabella se raidit.

— Si cela me concerne, je préférerais être au courant, intervint-elle d'un ton plein de dignité.

Paddy semblait embarrassé.

— Allez, Paddy, ça ne peut pas être si méchant que ça...

— Alec...

— Dis-lui.

Malgré la tranquillité de la voix, c'était un ordre.

— St. Just était ici la nuit dernière.

— Quoi ?

Isabella ne pouvait en croire ses oreilles. Paddy répéta obligeamment ce qu'il venait d'annoncer.

— Mais pourquoi ? Que viendrait faire Bernard ici ? Me cherchait-il ?

A sa grande surprise, elle découvrit que cette éventualité ne l'enchantait pas du tout. Elle n'avait soudain nulle envie de revoir Bernard, et encore moins de rentrer à la maison avec lui.

Alec et Paddy échangèrent un long regard.

— Je ne crois pas qu'il vous cherchait, dit lentement Paddy en plantant ses yeux dans les siens.

— Alors pourquoi se trouvait-il ici ?

Alec fronça les sourcils. Ses yeux dorés brillaient quand il la regarda.

— Avez-vous jamais été au théâtre, à Londres ? lui demanda-t-il.

— Je ne connais pas Londres, avoua-t-elle.

— Eh bien, nous sommes dans le quartier des théâtres de Londres.

— A peu près, rectifia Paddy, mal à l'aise.

Alec lui lança un regard qu'Isabella ne sut interpréter.

— Dites-moi la vérité, même si elle est pénible à entendre, déclara-t-elle en s'adressant à Alec. Pour commencer, j'aimerais savoir où nous sommes. Précisément. De toute façon, j'ai déjà cru comprendre qu'il ne s'agit pas d'un... endroit respectable.

— Effectivement, admit Alec. Il s'appelle le Manège Doré, et est à la fois un établissement de jeux et une maison close.

Elle avait cru imaginer le pire, mais s'était trouvée bien loin de la réalité ! Une maison close ! Ses yeux s'agrandirent tandis qu'elle se souvenait de la jeune femme dans le couloir... Et Pearl était donc... Ses joues virèrent au pourpre.

— Alors, je suppose que Bernard est venu jouer.

Paddy parut à nouveau embarrassé, mais hocha la tête.

— Il y a autre chose, n'est-ce pas ? reprit-elle en le sondant du regard. S'il est venu pour... pour... trouver une compagnie féminine, vous n'avez pas besoin de me le cacher. Je ne suis pas aussi naïve que vous le croyez. Je sais que ces pratiques sont habituelles chez les gentlemen.

Elle se rendit compte qu'Alec la fixait avec une sorte de désagréable compassion et releva fièrement le menton.

— Ainsi va le monde, conclut-elle avec assurance.

— Alec, je peux te parler seul à seul ? demanda Paddy, l'air toujours gêné.

— Si vous avez autre chose à rapporter sur lord Blakely, dites-le devant moi, insista Isabella. Après tout, il est mon époux.

— Dis ce que tu as à dire, Paddy, déclara Alec d'un ton déterminé. Quoi que ce soit, il vaut mieux qu'elle sache.

Paddy adressa un regard désolé à Isabella.

— St. Just était en habit de deuil, milady. Il a dit à une des filles qu'il venait de perdre sa femme.

— Quoi ? Mais... c'est absurde ! Pourquoi aurait-il prétendu une telle chose ?

— Apparemment, il vous croit morte, remarqua Alec en se levant et en remontant nonchalamment le drap au-dessus de sa taille. Si j'étais vous, ça me ferait réfléchir.

Isabella garda le silence. Qu'aurait-elle pu ajouter ? Bernard avait pu se prétendre veuf pour de nombreuses raisons. Elle devait examiner chacune d'elles avant de savoir quoi en penser.

Alec l'observa un moment, puis se tourna vers Paddy.

— Laissons la lady dormir et allons descendre cette bouteille.

Isabella, trop concentrée sur ce qu'elle venait d'apprendre, remarqua à peine qu'ils s'éloignaient. Bernard la croyait-il morte parce que c'était lui qui avait payé pour qu'on la tue ? Mais pourquoi ? Il y avait sûrement une autre explication...

— Il ne faut pas avoir peur, vous savez. Vous êtes en sécurité ici, et nous vous garderons tant que vous le désirerez.

Alec, debout devant l'entrée du cabinet de toilette,

n'était à nouveau plus qu'une silhouette plongée dans l'obscurité. Isabella ne trouva pas de réponse à lui faire et se contenta de le fixer sans le voir. Il attendit une minute, puis se détourna.

— Bonne nuit, dit-il avec douceur, avant d'ajouter encore plus doucement : Isabella.

13

Isabella passa presque toute la semaine suivante à dormir. Pearl, Paddy et Alec allaient et venaient dans la chambre, mais la jeune femme n'était presque pas consciente de leur présence. Finalement, elle fut réveillée par une main secouant son épaule. Clignant des paupières, elle ouvrit les yeux et vit Pearl penchée au-dessus d'elle.

— Qu'est-ce qu'il y a ? demanda-t-elle en se retournant avec précaution.

Mais elle constata que son dos était beaucoup moins douloureux. Quand elle se redressa, les draps glissèrent, révélant son corps nu sous un déshabillé transparent. L'uniforme des filles du Manège Doré, supposa-t-elle en s'examinant avec gêne.

Pearl la détailla d'un air pensif.

— Si vous avez besoin de travailler, je pourrais vous employer en bas, proposa-t-elle. La plupart des gentlemen apprécient les demoiselles aux airs innocents. Elles doivent leur rappeler leurs filles.

Isabella remonta brusquement les draps.

— Non, je vous remercie, balbutia-t-elle.

Pearl haussa les épaules avant d'aller ouvrir les rideaux. Un pâle soleil d'hiver pénétra dans la chambre et, à travers les vitres givrées, Isabella put voir la glace amoncelée sur les barreaux de fer.

— Pourquoi les fenêtres sont-elles barrées ?

Alec lui avait affirmé que ce dispositif de sécurité n'avait pas été placé spécialement pour elle. Et, aussi bizarre que cela pût paraître, Isabella avait confiance en sa parole. Alec était homme à dire la vérité (ou du moins sa vision de la vérité), aussi pénible fût-elle.

— Il est parfois nécessaire d'enfermer les nouvelles venues, jusqu'à ce qu'elles apprennent les règles de la maison et s'habituent à leur devoir. Je n'ai pas à le faire très souvent, mais la chambre est là en cas de besoin. C'est aussi une bonne chose pour Alec. Il n'a pas à s'inquiéter que quelqu'un entre par la fenêtre.

— Pensez-vous vraiment qu'on essaierait de pénétrer ici pour le tuer ?

— Sans aucun doute, s'ils savaient où il se trouve. Mais ils l'ignorent, et je veillerai à ce que ça continue. Personne n'est au courant de sa présence ici, à part les médecins... et vous.

Appuyant sur ces derniers mots, elle jaugea Isabella du regard.

— Je ne le trahirai pas, déclara hâtivement celle-ci. Même si je le voulais, comment le pourrais-je ?

Pearl pinça les lèvres.

— En essayant de vous enfuir, comme l'autre nuit ! Mais c'est du passé, et je ne vous en veux pas. Paddy m'a expliqué ce que vous avez enduré. Tout ira bien. Si vous ne recommencez pas.

— Je ne le ferai plus, promit Isabella.

Pearl la considéra un moment, comme pour peser la sincérité de ses paroles. Puis elle haussa les épaules et tourna son attention vers le plateau en argent qu'elle avait auparavant posé sur la table de nuit.

Isabella se redressa un peu plus contre les oreillers et l'observa avec fascination tandis qu'elle remplissait une tasse de thé. Ses cheveux blonds rassemblés au sommet de son crâne par un ruban de satin rose retombaient en bouclettes enfantines. Son visage resplendissait toujours du même teint diaphane, mais la lumière du jour révélait le savant maquillage. Les effluves d'un lourd parfum de rose l'entouraient.

— J'ai apporté votre petit déjeuner. Et je ne vous cacherai pas que je déteste jouer les nounous.

— Je suis désolée, déclara Isabella, faute de savoir quoi rétorquer de mieux.

Elle esquissa un sourire. Pearl grimaça, puis poussa un soupir.

— Vous n'y êtes pour rien, je suppose.

Elle souleva le couvercle d'un des plats, parut satisfaite de son contenu et s'apprêta à placer le plateau sur les genoux d'Isabella.

— Attendez, je vous prie ! l'arrêta cette dernière.

Il lui semblait tout aussi impossible de prendre son petit déjeuner ainsi vêtue que de manger tout en tenant le drap d'une main. Et elle avait vraiment faim...

— Je m'excuse de vous déranger davantage, mais n'auriez-vous pas un châle ou quelque chose que je puisse mettre sur cette chemise de nuit ?

— Vous avez froid ? s'étonna Pearl avant de comprendre. Oh, j'oubliais que vous êtes une lady, n'est-ce pas ? Bien sûr que j'ai quelque chose, mon ange. Juste une minute...

Elle se dirigea vers la grande garde-robe faisant

face au lit et revint avec un vaporeux vêtement de satin couleur lavande.

— C'est une liseuse, annonça-t-elle en la déployant devant Isabella. N'est-elle pas ravissante ? Mon couturier en a conçu plusieurs pour les filles — vous savez, pour les matins où elles veulent prendre le petit déjeuner au lit avec ces messieurs.

A son ton détaché, Isabella comprit qu'il n'y avait rien de plus naturel pour elle que de prendre un repas au lit avec un homme. Peut-être l'avait-elle souvent fait avec Alec...

Cette idée et l'image qui l'accompagnait lui furent assez déplaisantes. S'efforçant de les chasser de son esprit, elle murmura quelques mots de remerciement et s'empara de la liseuse. Elle eut besoin de l'aide de Pearl pour l'ajuster correctement et ne ressentit qu'une légère gêne dans le dos quand elle bougea.

Le satin était d'une douceur agréable et, à son grand soulagement, ne dégageait qu'un discret parfum de lilas. La jeune femme en déduisit que ce vêtement ne devait pas appartenir à Pearl, dont les préférences allaient vers des senteurs plus entêtantes.

— Est-ce la vôtre ? demanda-t-elle en nouant les rubans de l'encolure.

— Oh non. Elle appartenait à Lilas. Chacune de mes filles a sa couleur et son parfum distinctifs. Lilas, c'était lavande et lilas. Elle avait beaucoup de succès.

— Qu'est-il advenu d'elle ?

— Elle a trouvé un protecteur qui l'entretient. La plupart de mes filles en arrivent là un jour ou l'autre. Ça ne me dérange pas : ça fait mieux tourner le Manège. Les gentlemen aiment la variété, vous savez.

Elle posa le plateau sur les genoux d'Isabella qui, humant l'odeur appétissante des petits pains chauds, en eut l'eau à la bouche. Saisissant l'un d'eux, elle mordit dedans à belles dents après l'avoir tartiné de confiture. Puis son attention se tourna à nouveau vers Pearl.

Ce matin-là, elle portait une robe rose bordée de dentelle argentée qui, mis à part le vertigineux décolleté, n'avait rien d'extravagant. Isabella adorait les jolis vêtements, bien qu'elle n'en possédât pas beaucoup. Comme Bernard le lui avait raisonnablement fait remarquer, la coquetterie était inutile à la campagne. Mais elle avait toujours rêvé d'une garde-robe remplie de beaux atours, et elle ne put s'empêcher de se demander comment la robe de Pearl lui irait — avec un décolleté plus sage, bien sûr.

— Votre robe est jolie, dit-elle avec une pointe d'envie. Le rose est-il votre couleur ?

L'autre nuit, elle avait vu Pearl vêtue de pourpre...

Celle-ci lui lança un regard acéré, comme si elle la soupçonnait de vouloir la vexer. Quand elle s'aperçut qu'Isabella était sincère, son expression s'adoucit.

— Je porte les couleurs que je désire. Je suis la patronne de l'établissement, pas une des filles.

Pendant qu'Isabella tartinait un autre petit pain. Pearl alla se planter devant le miroir en pied posé dans un coin de la pièce.

— Elle me va bien, ne trouvez-vous pas ? dit-elle en s'examinant. Je l'ai spécialement fait faire pour Alec. Le rose est sa couleur préférée.

— Vrai... vraiment ? parvint à articuler Isabella en avalant une bouchée soudain dénuée de toute saveur.

Le ton de Pearl ne pouvait pas indiquer plus clairement qu'elle était la maîtresse d'Alec — à moins qu'elle ne fût son épouse ?

Isabella se surprit à détester cette éventualité.

— Vous et lui n'êtes pas mariés, n'est-ce pas ? demanda-t-elle.

Pearl éclata de rire et vint s'asseoir au bout du lit, presque à la même place qu'avait occupée Alec une certaine nuit.

— Non, mon ange, bien que cela ne me déplairait pas. Mais Alec est une anguille.

— Il semble beaucoup vous aimer.

— Oh, bien sûr. Et je suppose qu'il en viendra au mariage tôt ou tard...

— Le connaissez-vous depuis longtemps ?

— A peu près vingt ans. Depuis notre enfance.

— C'est très gentil à vous de le laisser — ainsi que moi — se rétablir dans votre maison.

Pearl rit à nouveau.

— Le Manège ne m'appartient pas. Il est à Alec, tout comme la moitié de Londres.

— Vraiment ?

Oubliant la tasse de thé près de ses lèvres, Isabella fixa Pearl avec de grands yeux étonnés.

— Vous ne connaissez pas grand-chose, mon ange. Où étiez-vous donc, pour ne jamais avoir entendu parler d'Alec Tyron, le Tigre ?

Son ton était presque scandalisé.

— Je ne suis jamais sortie du Norfolk, avoua Isabella. Pourquoi l'appelle-t-on le Tigre ?

— A cause de ses yeux — ne trouvez-vous pas qu'ils donnent le frisson ? Et parce qu'il est le chef de Londres.

— Je ne comprends pas.

— C'est simple : Alec dirige les établissements de jeux et les maisons closes, comme le Manège, ainsi que les mouchards, les blouseurs, les chipeurs, les...

— Tu en as assez dit, l'interrompit soudain Alec.

Il venait d'apparaître à la porte du cabinet de toilette, pieds nus, mais vêtu d'un pantalon noir et d'une chemise blanche à moitié ouverte. Il s'était rasé et ses cheveux étaient soigneusement serrés sur sa nuque par un ruban. Son regard d'or brillait en direction des deux femmes. Gênée qu'il l'ait surprise en train de parler de lui, Isabella baissa les yeux.

Quant à Pearl, qui avait bondi du lit au son de la voix d'Alec, son visage avait l'expression d'une petite fille prise en faute. Laissant échapper un gloussement, elle se précipita vers lui.

— Ô Alec, il n'y a pas de mal à bavarder un peu. Ne devrais-tu pas rester au lit ? Tu sais ce qu'ont dit les médecins.

— Tu ne vas pas commencer, toi aussi, marmonna-t-il en lui permettant de déposer un baiser sur sa bouche avant de la tenir enlacée à son côté. Je crois entendre Paddy...

— Je ne peux m'empêcher de m'inquiéter pour toi, minauda-t-elle en avançant boudeusement ses petites lèvres rouges.

Elle était tout à fait consciente du pouvoir de ses charmes, comme elle l'était du chatoiement de sa robe rose et de l'attrait de ses seins blancs pressés contre le bras musclé d'Alec. Bien qu'elle la connût à peine, Isabella aurait juré que le moindre de ses gestes était calculé.

— Je le sais bien... Ce doit être la faim qui me rend nerveux. Où est mon petit déjeuner ?

Il baissa vers elle un regard si brillant d'affection qu'Isabella, soudain mal à l'aise, détourna les yeux.

— Je vais te l'apporter. Je croyais que tu dormirais encore.

— Quand m'as-tu déjà vu dormir aussi longtemps ?

— Jamais. Mais je ne t'avais jamais vu non plus blessé ou malade.

— Je me sens à nouveau en pleine forme. Si en plus tu me nourris, qui sait de quoi je serai capable ?

Le visage de Pearl s'éclaira à cette évidente allusion. Se frottant avec provocation contre lui, elle lui adressa un sourire rayonnant.

— Je vais chercher ton petit déjeuner.

— Et dis à Paddy que je veux le voir, la rappela-t-il tandis qu'elle sortait.

Pearl hocha la tête et verrouilla la porte derrière elle.

— Pearl est une femme merveilleuse, mais bien trop bavarde, remarqua Alec. J'espère que vous oublierez ce qu'elle vous a raconté sur moi.

— De toute façon, je n'ai pas tout compris, rétorqua franchement Isabella. Surtout quand elle a commencé à parler de mouchards, de blouseurs et de... chipeurs.

Alec hocha la tête et vint nonchalamment s'appuyer aux montants du lit. C'était la première fois qu'elle le voyait en plein jour. A l'inverse de Pearl, il était encore plus séduisant sous la pâle lumière du soleil qui faisait briller sa peau bronzée et accrochait des étoiles dorées à ses cheveux. Ses yeux aussi étincelaient, d'une lueur souveraine et sauvage de prédateur. Rien d'étonnant à ce qu'on l'ait surnommé le Tigre...

— C'est aussi bien. Qu'êtes-vous en train de manger ? Ça sent bon.

— Des petits pains et de la confiture d'oranges. Il y a suffisamment de thé si vous en voulez.

Son regard la troublait étrangement et elle se surprit à désirer être le genre de femme capable de retenir son attention. Mais cette idée était ridicule... Ces yeux dorés ne voyaient en elle que ce qu'elle était : une jeune femme trop mince, vêtue d'une nuisette d'un luxe incongru pour elle, aux cheveux plus que jamais indisciplinés et au nez couvert de taches de rousseur. En somme, quelqu'un de tout à fait ordinaire, comparé à la beauté arrogante d'Alec et aux charmes ravageurs de Pearl.

— Merci, mais je vais attendre le retour de Pearl, déclara-t-il d'un ton brusque.

Étonnée par le changement de sa voix, Isabella leva les yeux vers lui. Il fronçait légèrement les sourcils, comme sous l'effet de pensées dérangeantes. Ou peut-être souffrait-il... Il y avait tant de vitalité en lui qu'on avait tendance à oublier sa récente blessure.

Aussi soudainement qu'il s'était renfrogné, son visage se radoucit.

— Avez-vous réfléchi à ma proposition ? Essaierai-je de découvrir qui veut votre mort ?

La question prit Isabella de court. Mais, durant ces longs jours dominés par la fièvre, il semblait que la décision se fût d'elle-même imposée à son esprit.

— Oui, s'il vous plaît, répondit-elle.

Il inclina la tête, acceptant son souhait sans faire de commentaire.

— Si vous voulez bien m'excuser, maintenant, je vais terminer de m'habiller.

Il se dirigea de sa démarche féline vers le cabinet de toilette. Arrivé à la porte, il s'arrêta et tourna la tête vers Isabella, comme s'il voulait lui dire quelque chose. Mais il y renonça visiblement et la laissa seule.

Après qu'il eut disparu, l'image de ses larges épaules et de ses puissantes jambes hanta longtemps Isabella.

14

Un quart d'heure plus tard, Paddy avait rejoint Alec dans le cabinet de toilette et Pearl était revenue avec le plateau du petit déjeuner. Tous trois s'étaient enfermés à côté, donnant à Isabella un pénible sentiment de solitude et d'exclusion.

Elle regarda sans enthousiasme son repas à moitié entamé. Pour une raison inconnue, l'appétit l'avait soudain quittée. Peut-être parce qu'elle venait juste d'admettre l'idée que quelqu'un, très probablement son époux, souhaitait sa mort. Ou peut-être à cause du trouble croissant qu'elle ressentait en présence d'Alec. Comment pouvait-elle se laisser aller à une telle faiblesse, elle, une lady, et de surcroît mariée ?

Le fait qu'il soit l'homme le plus séduisant qu'elle ait jamais vu ne devait pas lui enlever tout bon sens. De toute façon, même si elle n'était pas mariée, Alec ne lui correspondrait pas. Un gouffre les séparait. Elle était une lady de noble lignée. Et lui... qu'était-il ? Certainement pas de son monde.

Isabella se rendait compte qu'elle était restée trop longtemps recluse à Blakely Park. En six années de mariage avec Bernard, elle avait côtoyé très peu de gens hormis ses serviteurs, et en tout cas pas de séduisants gentlemen. Après tout, elle était une jeune femme normale, et son attirance pour Alec s'expliquait peut-être par ce long manque de contacts avec des personnes de son âge.

Bernard s'en était-il aperçu et avait-il souhaité qu'elle vînt à Londres pour y remédier ? L'hypothèse semblait improbable. Bernard ne s'était jamais montré sensible à ce qui la concernait.

Un coup frappé à la porte interrompit ses pénibles pensées et elle en fut soulagée, malgré la panique qui l'envahit. Alec, Paddy et Pearl étant à côté, qui cela pouvait-il être ?

On frappa à nouveau, plus fort cette fois. Que faire ? Surtout ne pas répondre : cela pouvait être un ennemi d'Alec.

Bondissant hors du lit, elle se dirigea à pas de loup vers le cabinet de toilette et cogna doucement à la porte. Cette dernière s'ouvrit devant Paddy, qui la regarda d'un air interrogateur.

— Quelqu'un a frappé, murmura-t-elle en désignant la porte.

Paddy jeta un œil par-dessus son épaule et fronça les sourcils.

— Pearl, si tu laissais Alec un peu tranquille, il guérirait plus vite... Et, si ça peut vous intéresser, il y a quelqu'un à la porte.

Il y eut un bruissement d'étoffe et Pearl apparut aux côtés de Paddy. Se hissant sur la pointe des pieds, elle lui pinça amicalement la joue.

— Plus tu vieillis, plus tu deviens rabat-joie, Paddy.

Il ne sembla pas s'offenser de cette remarque moqueuse, car son air renfrogné s'évanouit tandis qu'il baissait les yeux sur Pearl. Isabella crut même apercevoir une brève et curieuse lueur dans son regard... Était-il possible que Paddy eût un secret penchant pour Pearl ?

Les coups à la porte redoublèrent d'intensité. Isabella, se rappelant soudain sa tenue pour le moins légère, courut se réfugier sous les couvertures. Paddy porta vivement la main à la poche où se trouvait sûrement son pistolet. Pearl secoua la tête.

— C'est M. Heath, le médecin, le rassura-t-elle avant d'aller ouvrir.

M. Heath était un homme petit et si gros qu'il paraissait aussi large que haut. Malgré le froid, son visage rouge dégoulinait de sueur. Sa maigre chevelure rousse était rassemblée en une queue-de-cheval ridicule. Son manteau et sa veste étaient déboutonnés, sa chemise blanche tendue à craquer sur son ventre énorme. Rien en lui n'inspirait la confiance due à un médecin, mais Pearl le remercia de sa présence, le faisant entrer en hâte avant de refermer la porte à double tour.

— Comment va le Tigre ? demanda-t-il avec une certaine déférence.

Il n'avait pas adressé un seul regard à Isabella, qui était sans doute aussi sa patiente, et la jeune femme ressentit ce manque d'intérêt comme un affront. De toute évidence, pour M. Heath, seul le Tigre comptait.

— Il dit qu'il va mieux et qu'il ne veut plus rester au lit, lui rapporta Pearl en le conduisant au cabinet de toilette.

— C'est ce que je craignais, marmonna M. Heath.

Sur ce, il pénétra dans la pièce, suivi de Paddy et de Pearl qui referma la porte derrière eux.

La consultation dura près d'une heure. La seule chose qu'Isabella en perçut fut une furieuse protestation d'Alec, qui « refusait de se laisser charcuter par ce charlatan ! ». Quand M. Heath sortit enfin, il avait l'air retourné et son visage était encore plus rouge qu'avant.

L'examen d'Isabella fut plus rapide. Après lui avoir ôté son pansement et l'avoir remplacé par un plus petit, il déclara qu'elle était en bonne voie de guérison.

— C'est une chance que la balle ne soit pas entrée plus profond, jeune dame. Vous devriez être sur pied dans un jour ou deux. Je suis content de voir que mes potions ont fait baisser la fièvre.

— J'ai suivi vos prescriptions à la lettre, assura Pearl, bien qu'Isabella ne se souvînt pas qu'elle lui ait donné le moindre remède.

— Bien, bien. Gardez-la encore au lit aujourd'hui, et demain elle sera capable de s'asseoir une heure ou deux sur une chaise. Il ne faut surtout pas de précipitation, si l'on veut une complète guérison. Essayez de le convaincre lui aussi, dit-il en roulant des yeux vers le cabinet de toilette.

Pearl lui répondit d'un sympathique murmure et le reconduisit à la porte.

— Souvenez-vous : pas un mot à quiconque, lui rappela-t-elle en lui glissant une grosse liasse de billets dans la main.

— Comme si j'allais trahir le Tigre, rétorqua M. Heath d'un air de dignité offensée en empochant l'argent.

Pearl lui sourit et le salua une dernière fois. Quand la porte fut refermée, Paddy sortit du cabinet de toilette.

— Comment est-il ? demanda Pearl en faisant mine d'aller voir Alec.

Paddy l'arrêta d'un geste.

— Aussi aimable qu'une porte de prison. Il vaut mieux le laisser seul pour l'instant.

— Bon, j'ai à faire en bas. Je vais juste récupérer le plateau et je descends.

Elle pénétra dans le cabinet de toilette et en ressortit quelques secondes plus tard en faisant la grimace.

— Je t'avais prévenue, dit Paddy d'un ton mêlé d'humour et de compassion.

— Enfin, au moins, il récupère vite, soupira-t-elle en allant chercher le plateau d'Isabella. Avez-vous besoin de quelque chose avant que je descende ? demanda-t-elle à la jeune femme.

— Une brosse et des épingles à cheveux, si vous en avez.

— Je dois pouvoir vous trouver ça.

Elle posa les deux plateaux et se dirigea vers la garde-robe. Après avoir fouillé plusieurs endroits, elle revint avec une brosse en argent, un peigne, des épingles et un miroir à main qu'elle laissa tomber sur les genoux d'Isabella.

— Ça vous ira ?

— Oui. Merci, Pearl. Vous avez été vraiment plus que gentille envers moi.

Pearl, qui était en train de reprendre les plateaux, suspendit son geste, visiblement surprise. Puis elle se mit à rire.

— C'est bien la première fois qu'on me trouve « gentille », remarqua-t-elle en lui souriant.

Puis elle quitta la chambre, suivie de Paddy.

Tout en bataillant avec ses cheveux pour en défaire les inextricables nœuds, Isabella n'était que trop consciente de la présence d'Alec dans l'autre pièce. Seule une porte les séparait, et elle s'attendait à le voir la franchir d'un instant à l'autre. Comment réagirait-elle à sa mauvaise humeur ? se demanda-t-elle avec une pointe d'appréhension.

Mais il n'apparut pas et elle réussit à mettre un semblant d'ordre dans sa chevelure. Après l'avoir enroulée sur sa nuque et fixée avec des épingles en un sage chignon, elle s'inspecta dans le miroir.

Son teint encore plus pâle qu'à l'accoutumée rendait ses taches de rousseur d'autant plus visibles. Elle était plus maigre aussi, ce qui faisait paraître sa bouche plus grande que jamais. Mais la couleur lavande de la nuisette rehaussait merveilleusement celle de ses yeux. Auparavant, ils avaient toujours été simplement bleus. Mais en cet instant, ils brillaient de mille feux couleur lavande. Ses cheveux aussi paraissaient plus beaux, probablement parce qu'ils n'avaient pas encore eu le temps de se rebeller. Leur masse sombre encadrait joliment son visage...

La porte du cabinet de toilette s'ouvrit brusquement. Isabella leva les yeux vers Alec et posa le miroir, gênée d'avoir été surprise en train de s'examiner si scrupuleusement. Ses joues s'enflammèrent à l'idée qu'il pût la prendre pour une femme futile.

— Où est Pearl ? demanda-t-il sans préambule.

— Elle est descendue.

Il ne portait pas de chemise et seul le bandage cachait en partie son torse. Mais, comme d'habitude, il semblait n'accorder aucune importance aux convenances. Isabella aurait voulu se montrer aussi blasée que lui, mais ses yeux se rivèrent sur sa puissante poitrine, comme sous l'effet d'un curieux magnétisme.

Il la détailla, puis se retourna pour réintégrer sa « chambre ». Ce fut à ce moment-là qu'Isabella remarqua le bandage autour de son coude.

— Que vous est-il arrivé au bras ? s'enquit-elle.

Il la regarda par-dessus son épaule.

— Pearl et Paddy m'ont persuadé de laisser ce maudit médecin me saigner. Maintenant je me sens aussi faible qu'un nouveau-né.

— Peut-être devriez-vous garder le lit, suggéra-t-elle en essayant de ne pas sourire devant son air ronchon.

— Tout le monde n'a plus que ce mot à la bouche, grogna-t-il avant de disparaître et de claquer la porte derrière lui.

A nouveau seule, Isabella mit de côté les affaires de toilette et prit le livre posé sur la table de nuit. Elle avait à peine lu le titre qu'Alec réapparaissait. Venant se planter au pied de son lit, toujours torse nu, il la fixa sans mot dire.

— Que se passe-t-il ? demanda-t-elle, vaguement inquiète à l'idée de l'avoir offensé de quelque manière.

— Le nœud de ce satané bandage est en train de se défaire. S'il tombe, Paddy et Pearl sont capables de rappeler ce charcutier.

— Voulez-vous que je le resserre ? proposa-t-elle en réprimant à nouveau un sourire qu'il pourrait mal prendre.

— Vous ? dit-il d'un air incrédule.

— Je vous assure que je suis capable de serrer un nœud, affirma-t-elle en relevant le menton.

— Ne montez pas sur vos grands chevaux, comtesse. Je vous avertis que je ne suis pas d'humeur à supporter les caprices d'une gamine.

— J'essaierai de me le rappeler, rétorqua-t-elle de sa plus douce voix, alors qu'elle avait envie de lui jeter le livre à la figure. Voulez-vous que je resserre ce bandage, ou pas ?

Visiblement à contrecœur, il vint s'asseoir au bord du lit, lui tournant le dos. Une étrange chaleur envahit Isabella à la vue de ces puissantes épaules à la peau satinée. Elle devrait le toucher pour rajuster le bandage...

— Alors, qu'est-ce que vous attendez ? s'impatienta-t-il en lui lançant un regard noir.

Isabella réunit ce qui lui restait de sang-froid pour répondre avec calme :

— Si vous arrêtiez de bouger, ce serait plus simple.

Il s'immobilisa. Prenant garde de ne pas effleurer Alec, elle porta les doigts sur le nœud défait. Mais elle était si près qu'elle pouvait distinguer jusqu'au grain de sa peau bronzée. Les lignes de son corps étaient si parfaites, les muscles de ses épaules si puissants, qu'elle en eut le souffle coupé.

Comme elle tentait d'accomplir ce qui semblait tout à coup une tâche insurmontable, ses doigts perdirent soudain toute force. Cet homme et tout le poids de l'expérience qu'il représentait — bien qu'il n'eût peut-être qu'une dizaine d'années de plus qu'elle — l'impressionnait terriblement. Il était tranquillement assis, attendant qu'elle en ait fini, pas plus dérangé par sa présence que par celle de M. Heath. Et elle, osant à peine respirer de peur d'inhaler le parfum musqué de sa peau, sentait son corps si brûlant qu'elle craignait de fondre sur place.

Tirant sur le nœud pour s'assurer qu'il était bien serré, elle effleura accidentellement son dos et retira vivement la main.

— C'est fini ?

Il se retourna pour la regarder, de toute évidence inconscient de son trouble. Avec un sentiment d'horreur impuissante, elle sentit ses joues s'enflammer.

Alec fronça les sourcils et se leva.

— Pourquoi rougissez-vous chaque fois que je vous regarde ? Je jurerais que vous n'êtes pas timide.

Terrifiée à l'idée qu'il découvre l'effet qu'il produisait sur elle, Isabella releva fièrement le menton et planta ses yeux dans les siens.

— Peut-être parce que je n'ai pas l'habitude de voir un gentleman déployer sa... personne... avec autant de désinvolture devant une lady. En vérité, vous êtes très rarement vêtu comme il se doit, et j'avoue que cela me déconcerte.

Passé le premier instant de surprise, Alec serra les lèvres.

— Étant donné que vous êtes une femme mariée, comtesse, j'imaginais que vous ne trouveriez pas la vue d'un homme sans chemise si « déconcertante ». Puisque tel est le cas, je ferai de mon mieux pour ne pas vous offenser, jusqu'à ce que vous trouviez quelqu'un de plus délicat pour vous protéger de votre famille d'assassins.

Appuyant durement sur ces derniers mots, il réintégra l'autre pièce et claqua violemment la porte.

Isabella reprit le livre et l'ouvrit avec détermination. Un temps considérable passa avant qu'elle se rende compte qu'elle n'avait pas compris un seul mot de sa lecture.

15

L'après-midi du lendemain, Isabella était surtout malade de devoir partager le même espace que l'« homme le plus séduisant qu'elle ait jamais vu ». Quant à Alec, forcé à l'inaction tandis que Paddy et ses acolytes parcouraient Londres à la recherche des traîtres, son humeur se dégradait d'heure en heure. Aussi grognon qu'un ours en cage, il s'énervait contre tout le monde et lançait des regards noirs à Isabella — envers qui il semblait particulièrement en colère — chaque fois qu'il émergeait de sa tanière.

Pour sa part, Isabella regrettait leur querelle et se serait excusée s'il lui en avait offert l'opportunité. Mais il ne le fit pas. Paddy et Pearl, ignorant ce qui s'était passé entre eux, attribuèrent son irascibilité constante à la visite de M. Heath. Ils se jurèrent de ne plus le faire venir, à moins qu'Alec ne soit à l'article de la mort.

La mauvaise humeur d'Alec, ajoutée à la culpabilité d'en être partiellement responsable, rendait Isabella aussi nerveuse qu'une chatte sur un toit brûlant. Quand Alec surgissait du cabinet de toilette — ce qu'il faisait fréquemment, arpentant la chambre en maudissant sa condition de prisonnier —, elle l'observait avec des yeux pleins d'appréhension. Et quand son regard assassin tombait sur elle, elle évitait de le croiser.

Depuis leur querelle, il semblait attendre d'elle une remarque sur sa chemise désormais correctement boutonnée. Elle l'avait compris au regard de défi qu'il lui lançait à chacune de ses sorties. Mais elle préféra s'abstenir prudemment de tout commentaire.

Comme il surgissait dans la pièce pour la quatrième fois en une heure, Isabella, qui tentait en vain de se concentrer sur sa lecture, lui adressa une œillade irritée et soupira lourdement.

Ils se regardèrent pour la première fois de la journée. Isabella, à son tour en proie à la mauvaise humeur, refusa de baisser les yeux. Pendant un long moment, ni l'un ni l'autre ne céda. Puis un sourire involontaire apparut au coin des lèvres d'Alec. La jeune femme, décidée à ne faire aucun compromis, haussa un sourcil avec tout le dédain dont elle était capable.

Le sourire d'Alec s'épanouit. Redoublant de rage, Isabella serra les dents et le fusilla du regard. C'est alors qu'il éclata de rire... Ce mufle s'amusait à ses dépens !

— Puis-je savoir, comtesse, en quoi je vous offense, à présent ? Il me semble que ma tenue est correcte.

— Je suis ravie que vous me trouviez amusante, monsieur Tyron. Cela adoucira peut-être votre caractère. Pour ma part, j'essaie de lire, et j'ai l'intention de continuer si vous voulez bien cesser de vous agiter autour de moi.

— Vous pouvez m'appeler Alec, vous savez. En fait, je le souhaiterais parce que désormais je vous appellerai Isabella — au moins quand vous serez sage. Dans le cas contraire, ce sera « comtesse ».

Debout au pied du lit, son irritant sourire la narguant toujours, il la fixait de ses yeux brillants. Décidée à rester de mauvaise humeur, la jeune femme lui rendit un regard rien moins qu'aimable.

— Je souhaiterais que vous me laissiez seule, déclara-t-elle d'un ton hautain. Je ne suis pas habituée à ce que des gentlemen entrent librement dans ma chambre.

Il haussa les sourcils et siffla entre ses dents.

— Voilà de nouveau vos grands airs, comtesse. Pourtant, vu la situation, il serait préférable que nous nous accommodions l'un de l'autre. Ne croyez-vous pas ?

— Cela me semble tout à fait impossible.

Au lieu de s'impatienter devant tant d'obstination, Alec s'installa sur le lit et sourit d'un air engageant.

— Je m'ennuie à mourir, se plaignit-il. Posez ce maudit livre et parlez-moi. Pour commencer, dites-moi comment vous en êtes arrivée à épouser cet arriviste de St. Just.

— Je suis sûre que Pearl ne va pas tarder à revenir vous voir. Si vous désirez discuter, faites-le avec elle. Je voudrais lire. Et j'aimerais que vous vous absteniez d'insulter mon époux en ma présence.

— Parler n'est pas ce que Pearl et moi faisons le mieux ensemble.

— Vraiment ? répondit-elle froidement en reprenant son livre.

— Mais avec vous qui écoutez tout, je ne peux pas faire les choses correctement, remarqua-t-il avec malice.

A sa grande fureur, Isabella se sentit rougir. Il avait eu l'intention de la choquer et elle s'en voulait de lui avoir donné la satisfaction de réussir.

— Votre mauvais esprit est consternant, déclara-t-elle d'un ton glacial, les yeux à nouveau sur sa lecture.

Sans crier gare, il lui arracha le livre des mains, le tenant hors de sa portée tandis qu'elle tentait de le récupérer.

— Monsieur Tyron ! s'exclama-t-elle, à bout de patience.

— Alec, rectifia-t-il, le regard pétillant d'une diabolique malice. Si vous voulez le récupérer, vous devez dire : « S'il vous plaît, Alec. »

— Vous pouvez... le garder, siffla-t-elle, furieuse qu'aucun mot assez grossier ne lui soit venu à l'esprit pour remettre ce monstre à sa place.

— Je vois que je devrai vous apprendre quelques expressions de mon monde, comtesse, nota-t-il doucement en lui rendant le livre avant qu'elle n'explose de rage.

Elle l'accepta et replongea le nez dedans. Il s'étendit confortablement à ses pieds, le visage appuyé dans ses mains, et la regarda lire.

Évidemment, elle ne saisit pas le sens d'une seule ligne.

— Pourriez-vous vous en aller, je vous prie ? dit-elle finalement, les dents serrées.

Il lui adressa alors un sourire si charmeur qu'elle se sentit fondre malgré elle.

— Parlez-moi, insista-t-il.

Voyant qu'elle maintenait son air renfrogné, il ajouta doucement :

— S'il vous plaît...

— De quoi ? soupira-t-elle en s'avouant vaincue.

Reposant la tête contre les oreillers, elle le regarda. En vérité, elle avait davantage envie de discuter avec lui que de lire. Alec était infiniment plus intéressant que ce roman.

— Dites-moi pourquoi vous avez épousé St. Just, demanda-t-il à nouveau en s'installant plus confortablement.

Il se trouvait à présent sur le dos, les mains derrière la nuque, ses jambes étendues dépassant du lit. Ses yeux étaient tournés vers Isabella et semblaient étudier son visage. La jeune femme savait qu'elle devrait refuser une telle familiarité. Mais elle ne le fit pas.

16

— Eh bien ? insista-t-il, comme elle semblait hésiter à parler.

Le visage d'Isabella s'assombrit.

— Ce n'est pas très intéressant, l'avertit-elle.

— Racontez quand même.

— Très bien. (Elle repoussa machinalement une mèche rebelle avant de commencer.) La propriété de Bernard touche celle de mon père, dans le Norfolk. Nos familles se connaissent depuis des années. Quand j'ai eu l'âge de me marier, Bernard a demandé ma main et papa a accepté. Voilà.

Alec paraissait sceptique.

— Pourquoi votre père vous a-t-il laissée épouser un intrigant comme — oh, pardonnez-moi, je ne dois pas appeler un chat un chat dans ce cas, n'est-ce pas ? —, un homme comme St. Just ? Il a déjà été marié et il est beaucoup plus âgé que vous...

Isabella lui lança un regard de désapprobation, mais répondit tout de même.

— Comme je vous l'ai dit, mon père connaissait bien sa famille. A la mort de sa première femme, Bernard était désespéré. A peu près à la même époque, mon père s'est remarié et Sarah — ma belle-mère — lui a rapidement donné un enfant.

— Cela n'explique toujours pas pourquoi votre père vous a mariée à St. Just.

Isabella soupira.

— Pour être franche, je crois qu'il souhaitait me voir quitter la maison. Ma présence irritait Sarah.

— Pour quelle raison ? Vous êtes la personne la moins irritante que j'ai jamais rencontrée.

— Je... je vous remercie, sourit-elle. Mais je ressemble beaucoup à ma mère, vous comprenez. Presque trait pour trait. Apparemment, Sarah ne supportait pas d'avoir chaque jour devant les yeux la réplique de celle qui l'avait précédée.

— Alors votre père s'est débarrassé de vous à cause d'elle ?

Elle secoua la tête.

— Cela ne s'est pas exactement passé ainsi. Moi non plus, je ne voulais plus vivre dans la même maison que Sarah.

— Vous n'étiez pas amoureuse de St. Just ?

Elle secoua à nouveau la tête et eut un petit sourire triste.

— C'était un voisin, mais je ne le connaissais pas vraiment. J'ai bien sûr vu qu'il était très séduisant, mais il était tellement plus vieux et plus expérimenté que moi... A dire vrai, j'avais peur de lui et j'ai supplié papa d'annuler le mariage. Mais Sarah était sur le point d'accoucher et il n'a pas voulu la contrarier.

— Charmant père que vous avez là, marmonna-t-il d'un ton dégoûté.

— Je n'ai jamais été très proche de lui, même du vivant de maman. Je ne pense pas qu'ils fussent heureux ensemble. Il a fait de Sarah son héritière. Ainsi que les nouveaux bébés.

— Les bébés ? Bon Dieu, combien en a-t-elle faits ?

— Trois. Le dernier, Nathaniel, est un garçon. Papa doit être aux anges d'avoir enfin un héritier mâle.

— Vous n'en êtes pas sûre ?

Une ombre passa dans le regard d'Isabella.

— Depuis mon mariage, je n'ai vu papa que deux fois. Il a été... très occupé par d'autres choses, vous comprenez.

— Oh oui, je comprends... dit-il avec une pointe d'ironie. (Ses yeux croisèrent ceux d'Isabella et il nota la tristesse qui les assombrissait.) Dites-m'en plus sur le mariage. Est-ce aussi désagréable que vous le craigniez ? D'après ce que j'ai pu voir de St. Just, il doit représenter un vrai démon pour une gamine comme vous.

Isabella secoua la tête.

— Oh non, ne vous imaginez pas que Bernard n'a pas été bon envers moi. Il vit à Londres la plupart du temps, mais il se montre très aimable avec moi durant ses séjours à Blakely Park. C'est pourquoi je ne peux pas croire qu'il ait payé quelqu'un pour me tuer. Il ne me hait pas, vous savez. Il me traite avec le respect dû à une épouse.

Alec lui lança un regard de dérision, mais s'abstint de tout commentaire.

— Avez-vous des enfants ? demanda-t-il.

Elle secoua la tête et Alec, au grand soulagement de la jeune femme, ne s'attarda pas non plus sur ce sujet.

— Parlez-moi de Blakely Park. Est-ce là que vous habitez ?

Isabella accueillit avec joie le tour plus inoffensif que prenait la conversation.

— Oui, et c'est un endroit magnifique ! Des acres et des acres de lande, avec des pins, des ruisseaux et un merveilleux lac bleu où l'on peut pêcher. J'adore y vivre.

— En veniez-vous quand on vous a kidnappée ?

Elle acquiesça.

— Qui était au courant de votre voyage ? Allez-vous toujours à Londres à la même époque ? (Il fronça les sourcils en la voyant secouer la tête.) Oh, c'est vrai, vous n'étiez jamais venue à Londres auparavant. Alors qu'est-ce qui vous a décidée à y aller cette fois ?

— Bernard m'a envoyé un message me demandant de le rejoindre, répondit-elle en souriant. J'étais si enthousiaste à l'idée de voir la Tour, l'agitation de la Bourse, les théâtres, l'Opéra et...

Elle s'interrompit, riant de sa propre excitation.

— Hinkel, le majordome de Blakely Park, est londonien de naissance et m'a raconté mille histoires sur sa ville, comme vous pouvez le constater.

— St. Just ne vous avait jamais amenée à Londres, et le jour où il décide de vous y faire venir, on vous kidnappe sur la route. Vous ne trouvez pas cela bizarre ?

Isabella lui adressa un regard plein de dignité.

— Les coïncidences existent, vous savez.

Alec ricana et attendit un moment avant de reprendre :

— Cet Hinkel, était-il au courant de votre départ pour Londres ?

— Oui, comme tous les serviteurs de Blakely Park. Pourquoi ?

— Qui d'autre encore ? demanda-t-il, ignorant sa question, ses yeux la sondant avec intensité.

— Je ne sais pas. Ce n'était pas un secret. Je suppose que mes serviteurs ont pu le dire à des gens du village : ou ceux de Bernard, à Londres, qui attendaient mon arrivée, ont pu en parler à quelqu'un.

— C'est possible, déclara Alec, visiblement peu convaincu.

Isabella poussa un soupir.

— Vous êtes déterminé à croire Bernard coupable, n'est-ce pas ? Eh bien, je pense que vous avez tort. C'est vrai qu'il n'y a pas d'amour entre nous, mais il n'a aucune raison de souhaiter ma mort.

— Votre argent, peut-être ?

— Non. Ma dot était déjà assez conséquente. J'imagine mal ce qu'il pourrait gagner de plus si je mourais.

— Il vous a donc épousée pour votre argent ?

Isabella haussa les épaules.

— Je suppose que oui. Mais cela n'a rien d'exceptionnel. Cela ne fait pas de lui un criminel.

— Pourquoi le défendez-vous ? s'enquit-il avec une réelle curiosité.

— Il est mon époux, après tout. Bien que ce ne soit pas une union idéale, cela reste un mariage, scellé devant Dieu et les hommes.

— Nobles sentiments, ironisa-t-il.

— C'est ainsi, quoi que vous en pensiez, insista-t-elle calmement. En outre, rien de ce que vous m'avez dit ne m'a convaincue de la culpabilité de Bernard. Qu'il ait déclaré être veuf à l'une des filles du Manège, ne prouve pas qu'il ait projeté de me tuer. Cela signifie seulement qu'il me croyait morte. Pourquoi ? je l'ignore. Mais il devait avoir une excellente raison, comme il devait en avoir une de souhaiter ma présence à Londres juste à ce moment-là.

— Quelle fidélité de parfaite petite épouse !

Isabella soutint son regard.

— Si vous cessiez d'ironiser, peut-être auriez-vous les idées plus claires, remarqua-t-elle. Vous imagineriez alors que les brigands qui m'ont kidnappée ont pu apprendre, par les bavardages parfaitement innocents d'un serviteur, que j'allais me rendre à Londres et que j'étais la fille d'un duc et l'épouse d'un comte. Ensuite, une fois la rançon obtenue, ils ont décidé — d'eux-mêmes — d'effacer toute trace : moi en l'occurrence. Admettez-le : ce scénario est beaucoup plus plausible que le vôtre.

Alec garda le silence un moment.

— Oui, je suppose que c'est plus plausible, dit-il

d'un ton signifiant qu'il pensait exactement le contraire.

Elle se contenta de soupirer, peu désireuse d'engager une nouvelle querelle.

— Puisque nous ne tomberons de toute évidence pas d'accord sur ce point, mettons-nous d'accord pour changer de sujet, suggéra-t-elle. Parlez-moi de vous. Comment êtes-vous devenu le « Tigre » ?

De manière inattendue, Alec sourit et se tourna sur le côté, calant sa tête sur une main. Ce mouvement l'avait rapproché et sa poitrine touchait presque les petits pieds d'Isabella enfouis sous les couvertures. Elle le regarda, consciente de l'étrange familiarité qui s'était installée entre eux, et son cœur battit plus fort.

— Je détecte un lamentable manque de respect dans votre voix quand vous prononcez mon surnom, déclara-t-il enfin. Sachez que les hommes les plus forts de toute l'Angleterre — et même quelques-uns du continent — tremblent à la seule mention du Tigre.

— Je vois. Mais je ne suis pas un homme fort — et vous ne me paraissez pas très dangereux, remarqua-t-elle, les yeux brillants de taquinerie.

Le sourire d'Alec s'élargit.

— Ah vraiment ! Il faudra que je travaille mon image auprès de vous, milady.

— Alors, dites-moi, le pressa-t-elle, comme il se taisait à nouveau. Vous avez entendu l'histoire de ma vie. La réciproque est le moins que vous me deviez.

— Comme c'est bien tourné, comtesse ! se moqua-t-il. Vous avez de toute évidence l'avantage d'une solide éducation.

— Seulement une gouvernante, l'informa-t-elle. N'avez-vous pas eu de tuteur ? Où êtes-vous allé à l'école ? Vous vous exprimez très bien pour un...

Elle s'interrompit brusquement, craignant de le blesser par ses paroles irréfléchies.

— Pour un bandit ? suggéra-t-il en souriant, mais son sourire était à présent dépourvu d'humour. C'est en effet ce que je suis, mais je ne le dois ni à un tuteur ni à l'école, car je n'ai connu ni l'un ni l'autre.

Isabella l'interrogea du regard et il consentit à poursuivre.

— Quand j'étais jeune homme, j'ai... fait la connaissance d'une vieille maquerelle — euh, une femme — qui avait été actrice. Cecily n'était pas une beauté — elle ne l'avait jamais été —, mais elle possédait l'art du langage. Elle m'a pris un temps sous son aile et m'a inculqué son savoir. Quant à ce que je sais d'autre, je l'ai puisé dans mes diverses lectures. A l'époque, je lisais à peu près tout ce qui me passait sous les yeux.

— Et vos parents ?

Sa voix était lointaine et basse, tandis qu'elle essayait de se représenter le jeune homme qu'Alec avait été. Mince, aussi séduisant qu'aujourd'hui, et avide d'apprendre...

Il haussa les épaules.

— Je ne les ai jamais connus. Du plus loin que je me souvienne, je me suis toujours débrouillé seul. Enfant, je traînais dans les rues en haillons, mangeant ce que je pouvais trouver et dormant n'importe où. Il y avait de nombreux gosses dans mon cas, et nous formions une sorte de bande. C'est là que j'ai rencontré Paddy. J'avais cinq ans et je me battais avec un garçon plus costaud qui convoitait un morceau de viande que j'avais piqué, quand Paddy est intervenu. Il était encore plus costaud que l'autre garçon et il l'a assommé sur place. Depuis ce jour, nous ne nous sommes plus quittés.

— Et Pearl ?

Alec sourit à ce souvenir.

— Ah, Pearl est unique en son genre, n'est-ce pas ? Plus jeune, c'était une vraie petite peste qui traînait avec nous dans les rues. Oh, bien sûr, elle vendait ce qu'elle avait à vendre, mais elle ne s'est jamais tournée vers la bouteille et n'a pas attrapé la petite vérole, comme la plupart des autres filles. Elle avait toujours plus à manger que nous tous parce qu'elle économisait son argent, et elle partageait toujours avec Paddy et moi. Quand nous sommes sortis du ruisseau, nous l'avons emmenée avec nous.

— Elle est très belle.

— Oui. Et elle a un sacré succès avec les clients. Mais aujourd'hui, elle peut se permettre de choisir qui profitera de ses faveurs.

A ces derniers mots, Isabella cligna des paupières avec stupeur.

— Cela vous est égal ? laissa-t-elle échapper.

Comme il la regardait en haussant les sourcils, elle rougit légèrement.

— Je n'ai aucun droit sur Pearl, de même qu'elle n'en a aucun sur moi. Elle est libre de faire ce qu'elle veut, comme elle l'a toujours fait. Je serais curieux de rencontrer l'homme capable de l'arrêter.

Cette idée apparemment inconcevable lui arracha un petit rire. Isabella en conclut que, quels que fussent ses sentiments pour Pearl, il n'avait pas l'intention de l'épouser. A moins, bien sûr, que les bandits n'aient une conception bien à eux de la fidélité dans le mariage.

— Comment êtes-vous devenu le Tigre ?

— Oh, ce n'est qu'un surnom, dit-il en se dérobant.

— Vous savez bien ce que je veux dire, insista-t-elle.

— Oui, je le sais... (Il réfléchit un instant, puis secoua la tête.) Non, comtesse, j'épargnerai ces détails à vos délicates oreilles. Contentez-vous de savoir que j'ai découvert, en grandissant, que j'avais le don de réfléchir plus vite que les autres, de dénicher les meilleurs coups et de diriger les opérations. Comme j'étais un bon chef et Paddy un bon homme de main, nous avons gravi les échelons ensemble, et nous voilà.

Isabella supposa que les « détails » qu'il refusait de révéler devaient être à la fois très intéressants et très répugnants. Elle décida de ne pas insister pour l'instant. Cependant, un autre point avait piqué sa curiosité.

— Monsieur Tyron...

— Alec, rectifia-t-il. C'est pourtant un prénom facile à prononcer, A-lec.

Isabella ne put s'empêcher de sourire.

— Alec, donc. Pourriez-vous me dire ce qu'est un... un chipeur ?

Il éclata de rire.

— Les bavardages de Pearl ne vous sont pas complètement passés au-dessus de la tête, hein ? Très bien, comtesse, faisons votre éducation. Un chipeur est quelqu'un qui prend la montre en or dans la poche d'un gentleman, ou les billets dans votre sac, en plein jour, et si possible dans un endroit bondé, comme Piccadilly par un après-midi ensoleillé. En d'autres termes, un pickpocket.

Isabella semblait fascinée.

— Alors, vous êtes le chef des pickpockets ?

Alec soupira.

— Je suis le chef de toute la fripouille de Londres : les pickpockets, les cambrioleurs et les tueurs à gages, comme ceux qui vous ont enlevée. Je supervise les maisons closes, les prostituées, les souteneurs, les ressusciteurs...

— Les ressusciteurs ? répéta Isabella, ébahie.

— Ceux qui vendent des cadavres pour les leçons d'anatomie, expliqua-t-il. Je dirige aussi la plupart des établissements de jeux, et je connais tous les hommes qui y perdent de l'argent, comme votre Bernard. Quand un travail doit être fait, c'est d'abord à moi qu'on s'adresse. Si j'accepte le contrat, je choisis les hommes qui le rempliront. Rien ne se fait à Londres sans mon accord.

— Alors les hommes qui m'ont kidnappée travaillaient habituellement pour vous...

Il hocha la tête.

— Dans ce cas, ils ont essayé de me doubler. Pas très malin de leur part. Mais Parren et ses sbires n'ont jamais été particulièrement brillants.

— Quelles autres activités avez-vous ? demanda-t-elle en le dévisageant avec de grands yeux craintifs.

La peur qu'elle avait réussi à vaincre au fil des jours resurgissait devant l'énumération de toutes ces horreurs.

Devinant ce qu'elle ressentait, Alec lui adressa un large sourire.

— Je joue très bien au piquet.

— Au piquet ?

Il poussa un soupir.

— C'est un jeu de cartes, comtesse. Je vois que vous n'y avez jamais joué.

— Non.

— Alors je vais vous apprendre.

— Mais...

— Mais quoi ? Avez-vous mieux à faire ? Un rendez-vous urgent, peut-être ?

Isabella ne put s'empêcher de rire.
— Non.
— Alors, vous êtes d'accord ?
Isabella secoua négativement la tête. Elle n'avait jamais touché une carte de sa vie, et jouer avec Alec ne serait certainement pas la façon la plus correcte de passer son après-midi.

17

Bien après la tombée de la nuit, Pearl et Paddy, qui apportaient le dîner des malades, interrompirent la partie. Isabella, complètement décoiffée, était en train de rire, les joues roses et les yeux brillants de plaisir. Alec riait aussi, ramassant la mise pour au moins la douzième fois consécutive. Il maîtrisait parfaitement ce jeu compliqué, et la pile de guinées qu'il avait engagée contre les épingles à cheveux d'Isabella n'avait pas baissé d'un pouce. Mais malgré ses défaites répétées, la jeune femme ne s'était jamais autant amusée de sa vie.
Pearl avait à peine passé la porte qu'elle s'arrêta net, regardant les deux joueurs avec des yeux ronds de stupeur. Paddy, qui la suivait de près, faillit buter sur elle et se figea lui aussi devant cette scène stupéfiante.
Paresseusement allongé sur le côté, une main de cartes étalée devant lui, Alec paraissait plus détendu que jamais. Il abattit une carte d'un geste triomphant, un sourire rayonnant aux lèvres tandis qu'il remportait le tour final. Après son inépuisable agressivité des dernières vingt-quatre heures, sa bonne humeur semblait encore plus étrange.

Quant à Isabella, que Paddy et Pearl s'étaient accordés en privé à trouver insignifiante, elle frétillait comme une enfant, les yeux pétillant de malice tandis qu'elle accusait Alec de tricher. Elle était animée en cet instant d'une vitalité si irrésistible que Paddy et Pearl révisèrent en même temps leur première impression. Finalement, cette fille avait quelque chose d'attachant...

Apparemment, c'était aussi l'avis d'Alec, qui la regardait avec un sourire teinté d'espièglerie. Paddy lui avait déjà vu ce sourire-là et savait ce qu'il signifiait.

Pearl n'apprécierait pas qu'Alec s'intéresse à la petite comtesse. En fait, connaissant Pearl, elle serait folle de rage.

Sentant qu'il fallait agir vite, Paddy s'éclaircit bruyamment la gorge. Comme il l'avait escompté, Alec et Isabella tournèrent la tête de concert, se rendant enfin compte de leur présence. Le géant dépassa alors Pearl avec une étonnante agilité et, lui cachant du même coup la vue de ces jeunes inconscients, leva bien haut son plateau.

— Comme vous voyez, me voilà transformé en servante, annonça-t-il d'un ton faussement plaintif.

Tout en essayant de plaisanter, il attendait avec inquiétude la réaction de Pearl. Cette dernière était très possessive envers Alec et avait un tempérament pour le moins explosif.

— Nous étions sur le point de mourir de faim, déclara Alec en se levant d'un mouvement souple.

Tout en ramassant les cartes, il sourit à Isabella, qui récupérait ses épingles et s'efforçait de discipliner sa chevelure.

— Alec — M. Tyron — m'a appris à jouer au piquet, trouva-t-elle seulement à dire devant les regards scrutateurs de Pearl et de Paddy.

Pearl posa brutalement son plateau sur le vaisselier près de la porte.

— Notre Alec est un très bon professeur. Il m'a appris des tas de choses. (Les lèvres serrées, elle adressa un regard noir à Isabella.) Prenez garde qu'il n'essaie pas avec vous, mon ange. Je doute que vous fassiez le poids.

— Que veux-tu dire exactement ? l'interrogea Alec, les sourcils froncés.

Pearl le toisa d'un air de défi.

— Tu es si intelligent que tu trouveras la réponse tout seul. J'ai à faire en bas. D'autres hommes que toi attendent qu'on s'occupe d'eux, tu sais. La maison t'appartient peut-être, mais je ne suis pas à ton service, conclut-elle avec froideur.

Alec ne dit rien, se contentant de la regarder filer hors de la pièce.

— Quelle mouche l'a piquée ? demanda-t-il à Paddy.

Ce dernier secoua la tête en signe d'ignorance. Il n'avait pas l'intention de se mêler de ce conflit qui, vu les personnalités de Pearl et d'Alec, risquait d'atteindre des proportions insoupçonnées.

Alec haussa lés épaules.

— De toute façon, elle s'en remettra. Comme d'habitude.

Isabella, qui avait aisément analysé la réaction de Pearl, leva vers Paddy de grands yeux pleins de culpabilité.

— Si vous me donnez le plateau, je mangerai et ensuite je reprendrai ma lecture. Je suis assez fatiguée.

— Bien sûr, mademoiselle. Euh, milady.

Alec regarda tour à tour le visage gêné d'Isabella puis celui de Paddy, empreint de la même gêne.

— Est-ce qu'on pourrait me dire ce qui se passe ?

J'ai soudain l'impression d'être à un enterrement. (Ses yeux se reportèrent sur Isabella.) Il y a une minute, vous n'étiez pas fatiguée.

Elle releva le menton.

— Eh bien, je le suis maintenant.

S'il n'avait pas détecté l'évidente jalousie de Pearl, ce n'était pas elle qui la lui signalerait. Elle allait dîner, lire et s'endormir. Et ce qu'en penserait Alec Tyron ne l'intéressait en aucune manière.

— Dois-je comprendre que vous préférez dîner seule ? demanda-t-il d'un ton trahissant son déplaisir.

— Oui, répondit-elle fermement.

La complicité dans laquelle ils avaient baigné tout l'après-midi s'évanouissait comme neige au soleil. Tandis qu'ils se mesuraient du regard, leurs yeux étaient d'une égale froideur.

— Très bien, comtesse. Je vous laisse à votre intimité tant désirée. (Ses doigts se crispèrent sur le paquet de cartes et il se dirigea vers le cabinet de toilette.) Paddy, te joindras-tu à moi ou as-tu, toi aussi, une pressante envie de dîner seul ?

— Je t'accompagne, répondit Paddy, adressant un regard d'excuse à Isabella et prenant l'autre plateau.

Peu après, Isabella se retrouva seule pour dîner, lire et dormir, comme elle l'avait souhaité.

Mais le repas n'eut aucun goût, la lecture fut ennuyeuse et son sommeil troublé de cauchemars où une silhouette qu'elle n'arrivait pas à définir essayait de la tuer...

Elle se réveilla en criant. Une ombre se pencha au-dessus d'elle dans l'obscurité et elle poussa un autre cri.

— A... Alec ? souffla-t-elle d'une toute petite voix.

Mais elle savait que c'était lui. Qui d'autre aurait

pu se trouver dans sa chambre en pleine nuit ? Et surtout, qui d'autre dégageait cette aura qu'elle se sentait désormais capable d'identifier les yeux fermés ?

— Vous étiez en train de faire un cauchemar, dit-il d'une voix neutre.

Elle se redressa brusquement, l'esprit encore obscurci par la mystérieuse menace de son mauvais rêve.

— Je... quelqu'un... ou quelque chose... me poursuivait, murmura-t-elle, serrant ses bras contre elle en frissonnant.

— Avez-vous froid ? demanda-t-il sur le même ton dénué d'émotion.

— Un peu.

Il s'éloigna d'elle. Elle pouvait le voir, à présent, à la lueur des braises de la cheminée. Pieds nus, les cheveux en bataille, il ne portait pas de chemise, mais avait au moins enfilé un pantalon, constata-t-elle avec soulagement. Il remit des bûches et activa le feu avec un soufflet. A la lumière des flammes sa chevelure brillait de mille éclats dorés et sa peau luisait de chauds reflets ambrés. Fascinée, la jeune femme suivait des yeux les mouvements des muscles de ses épaules...

— Ça va mieux ? demanda-t-il en se retournant subitement.

Embarrassée qu'il l'ait surprise en train de l'observer, Isabella ne parvint qu'à hocher la tête. Il posa le soufflet et se redressa. Le cœur de la jeune femme manqua un battement tandis qu'il la fixait. Jamais, même dans ses rêves les plus fous, elle n'avait imaginé que la vision d'un homme torse nu la subjuguerait à ce point.

— Je vous souhaite une bonne nuit, déclara-t-il en se dirigeant vers l'autre pièce.

Une affreuse sensation de vide s'empara soudain d'Isabella. Elle n'avait pas envie qu'il parte...

— Alec, l'appela-t-elle spontanément.

Il s'arrêta et se retourna, attendant la suite.

Mais Isabella ne savait plus quoi dire. Elle était uniquement sûre de ne pas vouloir rester seule dans le noir...

— Je me suis beaucoup amusée cet après-midi.

— Vraiment ?

Il n'avait visiblement pas l'intention de l'encourager à discuter.

— Oui. C'était gentil à vous de m'apprendre à jouer au piquet.

— Je ne suis pas quelqu'un de gentil.

— Mais si, vous l'êtes ! Vous l'avez été en me sauvant de ces assassins, puis en m'abritant ici, et aussi l'autre nuit quand j'étais si effrayée...

— Rien de tout ça ne signifie que je sois gentil. Je ne le suis pas, croyez-moi.

— Non ? dit-elle d'une toute petite voix.

Il émit un grognement teinté de sarcasme.

— Non. Maintenant, rendormez-vous, déclara-t-il en s'éloignant à nouveau.

— Alec ! s'écria-t-elle, presque paniquée.

— Quoi encore ? demanda-t-il avec une pointe d'exaspération.

— J'ai peur.

C'était la vérité, mais pas toute la vérité. Elle ressentait autre chose qu'elle ne s'expliquait pas encore... et dont elle ne tenait en tout cas pas à lui faire part.

Alec marmonna quelque chose, qu'elle supposa être un juron, et s'approcha du lit. Quand il baissa les yeux sur elle, bien que son visage fût presque entièrement dans l'ombre, elle eut l'impression qu'il la considérait avec une certaine ironie.

— Alec ? s'aventura-t-elle, comme il ne disait rien.

— Je ne suis pas votre père, vous savez. Ni votre frère ni votre cousin, ou qui que ce soit d'autre de vos proches.

— Je le sais bien, dit-elle, intriguée par cette curieuse remarque.

— Alors, vous devriez me renvoyer de votre chambre, et non pas m'encourager à y rester. A moins, bien sûr, que ce ne soit ce que vous souhaitiez.

Elle le fixa avec des yeux agrandis de confusion.

— Mais... mais vous disiez que...

— Que je ne force pas les femmes. Mais ça ne signifie pas que je ne prends pas ce qu'on m'offre. Alors si vous n'avez pas l'intention de vous offrir à moi, cessez de me regarder avec ces yeux de biche effarouchée, couvrez-vous et laissez-moi aller dormir.

Tout en disant cela, il avait délibérément baissé le regard sur la poitrine d'Isabella. Suivant des yeux la même direction, la jeune femme s'aperçut avec horreur de l'aspect qu'elle avait eu pendant tout ce temps. Trop occupée à le contempler, elle avait complètement oublié sa propre tenue... qui était des plus suggestives. En fait, le déshabillé diaphane révélait ses seins aussi sûrement que s'ils avaient été nus.

Les joues en feu, elle remonta les draps jusqu'à son cou.

— Isabella, dit-il doucement, comme elle se refusait à le regarder.

Encore sous le choc, elle fixait obstinément ses genoux repliés sous les couvertures. Comment elle, une lady respectable, avait-elle pu se donner ainsi en spectacle ?

— Isabella. Voulez-vous que je reste ?

La question l'ébranla au plus profond d'elle-même. Paniquée à l'idée qu'il devine son trouble, elle évita encore de le regarder et secoua négativement la tête.

Puis elle ferma les yeux, priant pour qu'il n'insiste pas et s'en aille.

— Ô Seigneur, vous êtes si jeune, dit-il d'un ton curieusement brusque.

Avant qu'elle comprenne ce qui se passait, Alec était assis à côté d'elle et plaçait une main sous son menton.

— J'ignorais qu'il existait des êtres comme vous sur cette terre.

Comme il lui relevait le visage, elle fut forcée de le regarder en face. Ce qu'elle vit fit trembler ses genoux. Il était proche, si proche qu'elle pouvait distinguer les petites stries noires dans ses pupilles dorées. Elle se plongea dans leurs profondeurs et se sentit perdue. Ses doigts, soudain privés de force, lâchèrent le drap qui glissa. Alec suivit des yeux son parcours, puis planta à nouveau son regard dans celui d'Isabella. Ses longs cils sombres dessinaient des ombres sur ses pommettes. Il avait les lèvres entrouvertes. Complètement subjuguée, Isabella vit ce regard d'or irrésistible descendre sur sa bouche, comme une caresse brûlante.

— Vous me coupez le souffle, murmura-t-il.

Et il se pencha pour poser sa bouche sur la sienne.

18

Si Isabella avait rendu son dernier soupir en cet instant, elle serait morte heureuse. La sensation des lèvres d'Alec sur les siennes était la plus exquise qu'elle eût jamais ressentie. Une chaleur intense la traversa, enflammant ses sens et faisant vibrer chaque parcelle de son corps. Dans une réaction aussi naturelle que le simple fait de respirer, elle ferma les yeux et entrouvrit les lèvres.

Ce fut le plus rapide des baisers.

Alors que le monde d'Isabella basculait autour d'elle, Alec s'écarta. Tenant toujours son menton d'une main, il lui caressa doucement la joue avec le pouce.

Après un long moment, elle ouvrit les yeux et croisa son regard. Il l'avait à peine embrassée, et pourtant tout paraissait différent. Elle était différente. Pour la première fois de son existence, elle avait envie qu'un homme pose ses mains sur elle.

Il la fixait avec une drôle d'expression, comme s'il venait de recevoir un choc... mais pas un choc particulièrement agréable.

Voyant qu'il s'apprêtait à dire quelque chose, Isabella, qui ne désirait pas que le charme soit si vite brisé, leva la main pour toucher son visage. Elle effleura très légèrement sa joue rugueuse sous l'effet d'une barbe naissante, mais cela suffit à l'embraser à nouveau. Son visage était si chaud qu'il lui brûlait les doigts... Elle retira vivement la main.

La saisissant au passage, il la porta à ses lèvres pour en baiser la paume. Puis, captant un début d'abandon dans les yeux d'Isabella, il se mit à embrasser chacun de ses doigts avec une douceur et une lenteur enivrantes. Quand il eut fini, la jeune femme retenait son souffle. Jamais elle n'avait ressenti une telle chose...

— Alec...

Alors qu'il s'emparait de son autre main pour lui faire subir le même sort, elle se déroba timidement en secouant la tête. Une sorte de panique venait de l'assaillir, comme si elle était emportée dans le courant d'une rivière démontée et perdait pied inexorablement.

Alec lui sourit, d'un sourire aussi lascif et séducteur que ses baisers l'avaient été.

— Timide, comtesse ? demanda-t-il d'un ton qui la fit frissonner.

Il lui tenait les mains, les caressant doucement. Le reflet des flammes allumait des étoiles d'or dans ses yeux et soulignait les traits parfaits de son visage. Ses cheveux défaits retombaient en une lourde cascade dorée sur ses épaules et sur une partie de sa puissante poitrine plongée dans l'ombre. Les muscles superbement galbés de ses bras étaient redessinés par la lueur orange du feu. Il était si beau qu'Isabella en avait la gorge sèche.

— Vous êtes magnifique, murmura-t-elle, tremblante, en levant la main pour faire ce dont elle rêvait depuis si longtemps : le toucher.

Ses doigts se posèrent sur son bras, s'attardant juste à l'endroit où le muscle se renflait sous la peau satinée. Il ne bougea pas tandis qu'elle remontait jusqu'à son épaule, mais elle crut le sentir retenir son souffle. L'idée qu'elle ait autant d'effet sur lui que lui sur elle l'impressionna. Lui adressant un petit sourire craintif, elle écarta la main, qu'il captura aussitôt dans la sienne. Puis, sans la quitter des yeux, il se pencha très lentement pour s'emparer à nouveau de ses lèvres.

Le cœur battant à tout rompre, Isabella ne tenta

pas de se dérober. Fermant les yeux, elle attendit que cette bouche irrésistible se pose sur la sienne.

Alec lui libéra les mains, qu'elle plaça naturellement sur ses larges épaules. Il passa les doigts dans sa chevelure et s'arrêta sur sa nuque, la tenant au creux de sa main pour mieux garder sa bouche contre la sienne.

Cette fois, son baiser fut plus appuyé. Il força le barrage de ses lèvres, mais Isabella garda les dents serrées.

— Offrez-moi votre bouche, murmura-t-il sans s'écarter d'un millimètre.

L'espace d'une seconde, le délicieux tumulte qui s'était emparé d'Isabella menaça de s'évanouir. Elle avait déjà été embrassée ainsi, par Bernard. Son haleine avinée avait été un vrai calvaire...

Mais la chaude douceur des lèvres d'Alec éclipsa le souvenir de Bernard. Ce baiser ne ressemblait à aucun autre. Elle avait envie qu'il ne cesse jamais. Soumise, elle le laissa pénétrer sa bouche.

Il l'embrassa avec une lenteur exquise qui la fit fondre de l'intérieur. Le souffle court, elle s'enivrait du parfum de sa peau et de sa subtile odeur de tabac mêlé de cognac.

— Vous êtes censée m'embrasser aussi, se plaignit-il d'un ton à la fois moqueur et vibrant de désir.

Sans lui laisser le temps de répondre, il emprisonna sa lèvre inférieure entre les siennes et joua si savamment avec qu'Isabella en trembla. Des vagues brûlantes déferlaient en elle, la privant de toute volonté.

— Je ne sais pas quoi faire, confessa-t-elle dans un murmure, alors qu'il parcourait sa joue de baisers.

Il s'écarta pour la regarder, les sourcils froncés.

Redoutant soudain que son aveu d'inexpérience ne le fasse fuir, elle noua les mains autour de son cou et l'attira vers elle.

Cette fois, ce fut elle qui pressa ses lèvres contre les siennes.

Alors, elle se livra entièrement, lui permettant d'utiliser sa bouche comme il l'entendait, et lui rendant son baiser avec toute la fougue dont elle était capable.

A son grand étonnement, elle l'entendit gémir de plaisir, et comprit du même coup qu'elle savait embrasser un homme. Il suffisait de suivre son instinct...

Cet instant était le plus érotique qu'elle eût jamais vécu.

Avec Bernard, elle avait toujours été allongée sur le dos, aussi immobile qu'une statue, attendant que son désagréable et rapide assaut se termine. Dans ces moments-là, elle avait dû se retenir pour ne pas hurler sa répulsion et s'était toujours consolée en pensant à son devoir d'épouse. Après tout, une lady de bonne naissance ne devait pas accorder d'importance à cet aspect du mariage...

Mais les baisers brûlants d'Alec lui faisaient tourner la tête et mettaient son corps en feu. Était-ce bien elle, Isabella Georgiana St. Just, comtesse de Blakely, qui désirait se livrer aux mains d'un homme n'ayant absolument rien d'un gentleman ?

Oui, c'était elle. Et, soudain, sa perception du monde, et du rôle qu'elle y tenait, se brisa comme un miroir. Sous la douce insistance d'Alec, elle se sentait changer, s'évader du moule dans lequel on l'avait si longtemps confinée, revenir à la vie.

Le serrant plus fort contre elle, elle lui rendit son baiser avec une passion renouvelée.

Il lâcha sa nuque pour glisser sa main le long de

son dos et l'allonger sur le lit. Puis il s'étendit à ses côtés. Isabella sentit avec un trouble croissant les courbes de son corps puissant contre elle. Son épaule était blottie au creux de son bras, son sein droit touchait son torse, sa cuisse était pressée contre les muscles durs de la sienne, et ses pieds effleuraient la peau plus rugueuse de sa jambe.

Jamais elle n'avait été aussi proche d'un homme, jamais elle n'avait imaginé qu'une telle douceur puisse exister entre une femme et un homme.

Elle leva les yeux vers son visage. Il la regardait avec intensité. Incapable de dire un seul mot, elle laissa son regard se perdre dans le sien. D'une main, il écarta tendrement une de ses mèches rebelles, puis toucha le bout de son nez, sa bouche...

— Vous avez la plus merveilleuse des bouches, dit-il en en redessinant les contours du bout d'un doigt.

— Elle est trop grande, murmura-t-elle, frissonnant à la fois sous l'effet du compliment et de cette caresse.

Alec secoua la tête.

— Dieu l'a conçue pour embrasser, émit-il en retour.

Puis il se pencha pour s'emparer à nouveau de ses lèvres. Isabella poussa un petit gémissement avant d'accueillir son baiser. Les doigts enfouis dans sa chevelure soyeuse, elle s'abandonna de nouveau à ce délicieux vertige.

Quand il s'écarta d'elle, elle le sentit aussi haletant qu'après une course folle et vit des flammes d'or brûler dans ses yeux.

Ils se dévisagèrent un moment. Puis, lentement, Alec caressa son cou délicat, suivit la ligne de l'encolure du déshabillé, descendit plus bas... pour emprisonner l'un de ses petits seins dans sa main.

Légèrement honteuse, Isabella sentit la pointe se durcir sous sa paume. Mais comme elle adorait cette sensation !

Il resta ainsi longtemps, sans bouger, son regard ardent fixé sur elle. Isabella baissa les yeux vers la puissante main posée sur sa poitrine.

— C'est très agréable, dit-elle, le souffle court.

Alors il se pencha pour prendre sa bouche dans un baiser plus exigeant. Isabella lui répondit avec une passion dont elle ne se serait jamais crue capable. Son cœur battait si fort qu'elle le sentait cogner.

— Je crois que nous pouvons nous passer de ça, murmura Alec en soulevant la fine chemise de nuit.

Sans protester, Isabella le laissa ôter cette dernière et fragile barrière. Puis elle s'allongea, nue, tandis qu'il la parcourait des yeux.

— Vous êtes belle, souffla-t-il d'une voix vibrante d'émotion.

Il posa la main sur son ventre, remonta lentement vers ses seins qu'il caressa tour à tour, en tourmentant les petites pointes dressées. Isabella gémit et se cambra, effrayée par l'intensité de ce qu'elle ressentait.

La rassurant en un murmure, il n'en continua pas moins sa délicieuse torture, jusqu'à ce qu'elle ne soit plus qu'un corps fondant de plaisir sous ses doigts. Puis sa main descendit plus bas, s'insinuant doucement entre ses cuisses et se pressant contre son sexe brûlant de désir.

— C'est bien, mon amour. Donnez-moi tout, maintenant.

Isabella ne put qu'obéir à cette voix à la fois douce et rauque qui l'enivrait comme la plus sensuelle des caresses. Se livrant à lui, elle le laissa explorer l'endroit le plus intime de son être, poussant de petits gémissements sous les allées et venues de sa main experte. Il fit si bien qu'il l'emmena bientôt aux limites du supportable. Mais quand elle s'agita, comme pour lui échapper, il ne lui permit aucune trêve, redoublant au contraire l'intensité de ses caresses. Finalement vaincue, Isabella s'abandonna tout entière.

Il pouvait faire d'elle ce qu'il voulait.

Ses doigts continuaient à bouger à l'intérieur d'elle, pendant qu'il capturait un de ses seins dans sa bouche. Foudroyée par cette nouvelle sensation, Isabella ouvrit subitement les yeux. Tandis qu'elle l'observait, Alec passait de l'un à l'autre sein, taquinant leur pointe du bout de la langue avant de l'enfouir entre ses lèvres.

La vision de sa bouche sur ses seins était la plus indécente, mais aussi la plus excitante des sensations.

19

Les vagues de désir s'intensifièrent, la faisant trembler au plus profond d'elle-même. Instinctivement, elle posa les mains sur la tête d'Alec pour la presser davantage contre ses seins. Elle pouvait le sentir frémir de plaisir, lui aussi, et cette sensation était délicieuse.

Au bout d'un moment, il releva le visage et ne la quitta pas des yeux tandis qu'il commençait à défaire les boutons de son pantalon.

Quand il fut au-dessus d'elle, le cœur d'Isabella manqua un battement. Elle savait ce qui allait arriver maintenant. Il la pénétrerait et se servirait d'elle jusqu'à atteindre la jouissance.

Elle connaissait cela. Bernard l'avait fait plus d'une fois et cela avait été de plus en plus désastreux.

Pourtant Alec la regardait toujours, comme pour lui donner le temps de changer d'avis si elle le voulait. Il ne la forcerait pas : elle en était sûre.

Mais elle n'avait pas envie de se refuser à lui. Alec n'était pas Bernard.

Elle se tendit vers lui. Le regard d'or continuait de la sonder, hésitant encore malgré le désir brûlant qui l'animait.

Poussant un gémissement, Isabella s'arqua davantage et ferma les yeux.

— Isabella, souffla-t-il en la pressant sous son corps lourd et puissant.

Quand il la pénétra, la jeune femme crut que le monde basculait sous elle. S'agrippant à lui, elle enfouit son visage au creux de son épaule et se laissa conduire vers un univers encore plus vertigineux.

Ils atteignirent ensemble les rives de l'extase. Isabella sentit son corps brûlant exploser et poussa un cri.

— Alec ?

La voix, à peine audible, semblait émaner du fin fond d'un rêve. Isabella l'avait-elle imaginée ?

— Alec ?

Cette fois, elle la reconnut. Ce chuchotement lourd de sommeil ne pouvait provenir que de Pearl.

Alec l'entendit aussi et leva lentement la tête.

— Chéri, où es-tu ?

Alec marmonna un juron avant de se dégager d'Isabella et de quitter le lit en un seul mouvement.

— Retourne te coucher, Pearl, tout va bien, répondit-il en reboutonnant son pantalon.

Ce fut à cet instant qu'Isabella comprit où se trouvait Pearl. Elle était dans le cabinet de toilette et dormait de toute évidence dans le lit d'Alec. Cet individu répugnant lui avait fait l'amour, alors que sa maîtresse — à qui il avait certainement dispensé les mêmes honneurs auparavant — dormait dans la pièce à côté !

— Espèce de porc ! siffla-t-elle en remontant les draps sur elle pour se dérober à sa vue.

Il se retourna, la fixant de son regard étincelant, les lèvres serrées en une ligne dure.

— Vous n'êtes qu'une immonde crapule ! poursuivit-elle dans un souffle.

Elle ne tenait pas à ce que Pearl l'entende et soit le témoin de sa honteuse déchéance.

— Isabella... murmura Alec en fronçant les sourcils.

Debout devant le lit, torse nu, les cheveux en bataille, il était d'une beauté démoniaque.

— Goujat !

— Hé, attendez une...

— Alec ?

— Noceur !

— Bon Dieu, Isabella...

— Alec ! Tu reviens au lit ? J'ai froid !

— Vaurien !

— Que le diable vous emporte, maudites femmes !

Il avait enfin perdu son sang-froid, constata Isabella avec un certain plaisir. Elle était bien trop en colère elle-même pour se laisser impressionner par le grondement sourd de sa voix.

— Coquin ! Scélérat ! Fripon !

Les poings serrés sur les draps, elle le fusillait du regard. Jamais de sa vie elle n'avait été dans une telle rage... ni si terriblement honteuse.

— Bon sang, Isabella, je...

— Ale-e-ec !

— Malotru !

Alec la fixa avec fureur, puis ramassa la chemise

de nuit qui avait glissé au sol et la lui jeta au visage. Le voile vaporeux s'enroula autour de sa tête comme un nuage, l'aveuglant momentanément.

— Mettez ça et taisez-vous avant que je vous étrangle !

Isabella se dégagea vivement du vêtement.

— Pervers ! jeta-t-elle.

Alec se dirigeait déjà vers le cabinet de toilette. A cette insulte, il se retourna et toisa Isabella de ses yeux dorés brûlant d'une lueur sauvage.

— Rappelez-moi un jour de vous apprendre à jurer, comtesse, grinça-t-il avant de disparaître dans l'autre pièce.

20

Alec claqua la porte avec assez de force pour ébranler la maison entière. Sa fureur décupla quand il s'aperçut qu'il se retrouvait dans le noir total.

— Alec ? Qu'est-ce qui se passe, chéri ? Où étais-tu ?

Il serra les dents pour se forcer au calme. Avant de laisser exploser la fureur grandissant en lui, il devait d'abord régler le problème Pearl. Si elle apprenait la raison de son absence, nul doute qu'elle sortirait ses griffes. Et il aurait deux femmes déchaînées sur les bras.

— La comtesse a fait un cauchemar. Ses cris m'ont réveillé et je suis allé voir ce qui n'allait pas.

Son ton était intentionnellement indifférent tandis qu'il allumait la bougie près du lit.

Pearl s'étira, leva la tête et le regarda en clignant des paupières.

— Pourquoi est-ce que tu allumes ?

— Maintenant que je suis debout, je ferais aussi bien de travailler un peu. Tu sais que j'ai un mal fou à me rendormir, une fois qu'on a interrompu mon sommeil.

— Oui, je sais...

Pearl et Paddy s'étaient accoutumés depuis longtemps aux insomnies d'Alec. Pendant que les autres dormaient, il continuait de s'activer, abattant deux fois plus de travail qu'un homme normal.

Elle s'assit en s'étirant, bombant la poitrine de manière provocante. La couleur émeraude de sa chemise de nuit transparente rehaussait magnifiquement celle de ses yeux. Les boucles soyeuses de ses cheveux blonds encadraient joliment son visage, et son corps — ce corps superbe qui faisait sa fortune — était effrontément offert à la vue. Sans la moindre émotion, Alec songea qu'il n'avait jamais vu d'aussi beaux seins chez une femme.

Tout en contemplant leurs voluptueuses formes, il se surprit à ne ressentir aucune excitation. Puis, subitement, l'image de deux petits seins au creux de ses mains, de leurs pointes délicates, d'un corps fragile et doux, et d'une paire de grands yeux bleus s'imposa à son esprit. Serrant les dents, il écarta ce souvenir en poussant un juron.

— Qu'est-ce que tu as ?

Il avait juré un peu trop fort, et Pearl le fixait à présent d'un air soucieux. Pour la rassurer, il lui caressa les cheveux et se força à sourire.

— Rien. Je pensais juste à quelque chose. Mais ça n'a pas d'importance. Je ne suis pas de bonne humeur en ce moment, tu as dû t'en rendre compte.

— Oh oui ! glousse-t-elle en levant une main pour lui toucher la joue. Mais je connais un très bon remède...

Alec se souvint d'une autre main, plus petite et

beaucoup plus hésitante, qui avait effleuré sa joue un peu plus tôt... et se déroba au contact de Pearl.

— Qu'est-ce que tu es grincheux ! lui reprocha-t-elle d'un ton boudeur.

Autant par affection pour elle que pour prendre de court d'éventuels soupçons — Pearl était tout sauf idiote —, il se pencha et planta un rapide baiser sur ses lèvres. Puis il la saisit par un poignet et la tira du lit.

— Alec ! protesta-t-elle.

— Je ne serai capable de rien si tu restes ici à me distraire. Va dans ta chambre et rendors-toi, Pearl. Je te verrai demain matin.

— Mais je ne veux pas dormir. Pas tout de suite.

Elle lui sourit, une lueur tentatrice dans les yeux, et lui caressa suggestivement le torse du bout des doigts. La regardant, renfrogné, il repoussa sa main.

— Alec !

— Je ne suis pas d'humeur à ça, cette nuit, dit-il d'un air désolé, conscient qu'elle ne méritait pas un tel traitement.

Mais il ne pouvait pas dormir avec Pearl alors qu'il n'avait qu'une seule envie : aller tordre le cou de cette maudite petite comtesse !

— Très bien ! jeta Pearl en le toisant froidement. Si tu ne veux pas de moi, Alec Tyron, il y a beaucoup d'autres amateurs ! Et il se pourrait que j'aille tout de suite rejoindre l'un d'eux !

— Ô Pearl...

A présent, Alec se sentait vraiment dans la peau du goujat auquel Isabella l'avait (injustement) comparé. Mais tandis qu'il cherchait en vain les mots susceptibles de calmer Pearl, cette dernière gagnait déjà la porte.

— Bonne nuit, dit-elle d'un ton plein de dignité.

Avec une pointe de panique, Alec prit soudain conscience qu'elle allait passer par la chambre d'Isabella. Se précipitant derrière elle, il retint son souffle tandis qu'elle traversait la pièce d'un pas décidé. Elle ne jeta heureusement pas un regard en direction du lit, et même si elle l'avait fait, elle n'y aurait rien vu : Isabella était complètement enfouie sous les couvertures.

Quand Pearl fut partie, Alec attendit que le bruit de ses pas s'éloigne dans le couloir et gagna le lit en trois enjambées.

— Réveillez-vous, comtesse ! gronda-t-il en tirant les couvertures d'un coup sec.

Elle poussa un cri et se redressa. Les larmes qui brillaient sur ses joues auraient attendri Alec s'il n'avait pas été possédé d'une telle fureur.

— Comment osez-vous ! siffla-t-elle.

Les poings crispés sur le matelas, elle le toisait d'un regard étincelant de colère. Elle était toujours coiffée de cette tresse enfantine qui retombait jusqu'à ses genoux. De petites mèches rebelles s'en étaient néanmoins échappées et encadraient délicieusement son visage, la faisant paraître très jeune.

Devant ce spectacle, une partie de la rage d'Alec s'évapora. Isabella semblait si fragile dans ce déshabillé diaphane. Il avait vu — à maintes reprises — ce genre de vêtement sur les filles du Manège, mais cela ne l'avait jamais autant touché. Curieusement, cette constatation raviva sa colère.

— Eh oui... j'ose, grinça-t-il avec sarcasme en jetant les couvertures à terre.

Les mains sur les hanches, il baissa les yeux sur Isabella. Logiquement, elle aurait dû être terrorisée, non seulement parce qu'il était bien plus fort qu'elle, mais parce qu'il était le Tigre et la tenait en son pouvoir. Mais cette petite demoiselle continuait de le toiser comme une châtelaine face au paysan né pour se traîner à ses pieds.

Redoublant de rage à cette idée, il la saisit par le bras et la sortit du lit pour la planter face à lui. Elle se débattit, bien sûr, mais ses efforts furent vains.

— Lâchez-moi, espèce de libertin immoral !

L'évidente incongruité de l'insulte aurait amusé Alec en d'autres circonstances, mais il avait pour l'instant perdu tout sens de l'humour. Furieux ou pas, la proximité d'Isabella avait un effet certain sur lui, et il n'aimait pas beaucoup cela. Malgré lui, son corps réagit à la vision que lui révélait la lueur des flammes à travers le déshabillé.

— Laissez-vous faire, souffla-t-il en la soulevant dans ses bras.

Il la dévorait des yeux, la tenant serrée contre lui au point de l'étouffer sous ses puissantes mains.

— Vous me dégoûtez !

— Même maintenant ? demanda-t-il d'une voix rauque en frottant son corps contre le sien.

Au contact de ses petits seins délicieux sur son torse, il sentit son sang lui brûler les veines. Et cela le rendit plus fou que jamais.

— Oui ! répondit-elle.

— Je ne vous dégoûtais pas, tout à l'heure, « vous êtes magnifique » et « c'est très agréable », disiez-vous quand je vous touchais...

— Arrêtez !

— Oh non ! Je n'ai pas la moindre intention d'arrêter jusqu'à ce que vous cédiez.

— Laissez-moi partir !

Il lui adressa un sourire diabolique avant de se pencher pour s'emparer de ses lèvres.

La bouche d'Isabella était chaude, douce, avec un léger et inoubliable goût de miel. Quand il l'embrassait, plus rien ne comptait que ce désir croissant qui le submergeait. Seigneur, il la voulait...

Et elle le voulait aussi. Frémissante dans ses bras, elle entrouvrit les lèvres pour mieux les lui offrir.

Alec grogna et, glissant une main le long de son dos, fit passer l'autre sur ses seins qu'il caressa avec passion. Elle poussa un petit cri étouffé et se cambra contre lui. Ce contact l'enflamma encore davantage et il pressa presque avec violence les pointes durcies.

Isabella s'écarta subitement et... son poing vint s'abattre sur la joue d'Alec, juste en dessous de l'œil droit.

Hurlant un juron, il recula en portant la main à son visage.

— Espèce de petite garce ! grinça-t-il en la fusillant du regard.

Aucune femme, à part Pearl, n'avait jamais osé le frapper, et encore moins lui envoyer un coup de poing !

— Je devrais vous fouetter les fesses jusqu'au sang !

— Essayez donc ! rétorqua-t-elle en se glissant aussi agilement qu'un chat au centre de la pièce. Là, bien plantée sur ses pieds, elle attendit, les poings serrés.

Alec la regardait, la bouche crispée. Jamais, même dans ses rêves les plus délirants, il ne l'aurait soupçonnée d'une telle force. La petite comtesse possédait des talents cachés, semblait-il.

— Je vous prie d'accepter mes félicitations, comtesse. Vous cognez presque aussi bien que vous faites l'amour.

C'était un coup bas, il le savait, mais il était trop furieux pour s'en soucier.

— Sortez, espèce de crétin ! hurla Isabella, les joues en feu.

Alec éclata d'un rire sardonique.

— Quel vocabulaire varié, comtesse !

— Ne m'appelez plus ainsi ! Et sortez, je vous dis !

— Oh, je m'en vais, ne vous inquiétez pas. Maintenant que nous avons passé un bon moment ensemble et que j'ai vu ce que je voulais voir, je n'ai aucune raison de rester.

— Dehors ! ragea-t-elle au point de s'en étrangler.

Avec un dernier regard brûlant sur elle, Alec tourna les talons et regagna le cabinet de toilette. Cette fois il ferma très doucement la porte derrière lui. Pas question de donner à cette chipie la satisfaction d'une démonstration de colère.

La bougie était encore allumée. Il s'installa sur la chaise que Paddy occupait quand Isabella avait failli lui broyer le crâne — ce qui aurait dû leur mettre la puce à l'oreille sur le genre d'énergumène qu'était cette fille.

S'emparant de la bouteille de cognac cachée sous la chaise, il s'adossa confortablement, avec l'intention de boire tout son soûl.

Ce fut bien longtemps après, quand la bouteille fut presque vide et la bougie près de s'éteindre, qu'il ressentit le petit picotement familier dans son dos.

Il secoua la tête, pensant que son imagination lui jouait des tours. Mais le picotement annonciateur de danger était bel et bien là.

21

Cette dernière entrevue catastrophique avec Alec l'avait trop enragée pour qu'elle verse une seule larme.

Pendant un très long moment, elle resta assise au centre du lit, figée comme une statue, traitant Alec de tous les noms et attendant son retour sur le pied de guerre.

Une heure passa, puis deux, mais il ne se montra pas. Petit à petit, elle commença à comprendre que, quoi qu'il soit en train de faire, seul, dans l'autre pièce, il ne reviendrait pas.

Elle espéra tout de même jusqu'au matin, ce qui lui laissa largement le temps de réfléchir à la situation.

Rester plus longtemps sous la protection d'Alec était impensable. Qu'il ait besoin d'elle ou non comme couverture, il ne pouvait pas la forcer à rester. Pas après ce qui s'était passé. S'il essayait, elle... elle ignorait ce qu'elle ferait, mais elle trouverait.

Puis, il lui apparut qu'il n'opposerait sûrement aucune objection à l'idée de se séparer d'elle. Après tout, comme il l'avait si bien précisé, il avait obtenu d'elle ce qu'il voulait et n'avait plus aucune raison de la retenir.

Elle n'aurait été qu'une maîtresse de plus. Autrement dit, un objet sans valeur.

Dès le lever du jour, elle insisterait pour rentrer chez elle.

Chez elle — où quelqu'un souhaitait sa mort. A cette pensée, sa détermination faiblit. Comment pouvait-elle retourner à la maison si l'un de ses proches voulait vraiment la tuer ? Selon Paddy, Bernard avait revêtu des habits de deuil. Mais Paddy étant le bras droit d'Alec, devait-elle le croire ? Après tout, elle n'avait eu que la parole d'Alec comme preuve que l'intention de se débarrasser d'elle ne venait pas des kidnappeurs. En fait, la vraie question était : pouvait-elle se fier à Alec ?

Il lui semblait incroyable qu'un membre de sa famille ait payé un tueur pour l'assassiner. Donc, soit Alec se trompait, soit il l'induisait volontairement en erreur pour la garder près de lui.

Peut-être avait-il eu depuis le début l'intention de la séduire.

Cette hypothèse la fit frémir. Avait-elle succombé aux avances d'un séducteur professionnel ? Cela en avait tout l'air.

Certes, elle n'était pas belle, mais le fait qu'elle fût une lady avait dû exciter la convoitise de ce débaucheur de femmes. Après être sorti du ruisseau, avoir appris les bonnes manières et accumulé une fortune digne d'un gentleman, il ne lui manquait plus qu'une maîtresse de haut rang pour compléter le tableau.

Comment avait-elle pu permettre une telle chose ?

Bien que son mariage avec Bernard ne fût pas une union d'amour, son époux avait seul le droit de partager son lit et d'obtenir des faveurs.

Inutile de se cacher plus longtemps la vérité : elle venait de commettre l'adultère, de son propre gré, et ne valait pas mieux que les filles travaillant pour Pearl ou que Pearl elle-même.

Et le comble était qu'elle avait pris énormément de plaisir à son horrible trahison. Jamais elle n'aurait imaginé ressentir une telle extase physique dans les bras d'un homme...

Isabella inspira profondément pour se calmer. Elle devait chasser ce brûlant souvenir, ne considérer ce qui s'était passé que comme un déplaisant égarement, et ne plus jamais penser à Alec Tyron.

S'accrochant à cette décision comme un naufragé à son radeau, elle se coucha et sombra dans un sommeil bienvenu... jusqu'à ce que quelque chose vienne troubler son repos.

Elle ignorait combien de temps elle avait dormi, mais savait ce qui l'avait réveillée. Un homme était penché sur elle dans l'obscurité.

Le feu s'était éteint, mais le fait qu'elle ne discerne que la silhouette de l'intrus n'avait pas d'importance. Même les yeux fermés, elle aurait su qui était là.

Alec, qui revenait la persécuter, pour Dieu sait quelle raison encore. Poursuivre leur discussion — ou essayer de la séduire à nouveau ?

— Partez ! ordonna-t-elle en s'asseyant et en fixant l'ombre menaçante.

Alors, contre toute attente, la haute silhouette se pencha sur elle et deux mains se refermèrent sur son cou.

Isabella hurla avant que l'étau ne se resserre et ne lui coupe le souffle.

22

Alec sursauta et faillit lâcher sa bouteille. Marmonnant une injure, il suivit des yeux le liquide coulant de son menton à sa poitrine.

Que cette maudite femelle aille au diable, elle, ses cauchemars et ses cris à réveiller un mort ! La dernière fois qu'il était allé la consoler, cela lui avait coûté trop cher !

Il essuya du plat de la main les gouttes de cognac

sur son torse. Dieu, qu'il avait besoin de se raser et de prendre un bain ! Il se sentait sale, de mauvaise humeur, et le raffut que faisait Isabella n'arrangeait pas les choses.

Elle devait être en train de rêver de lui, supposa-t-il avec un sourire de méchante satisfaction avant d'avaler une grande gorgée de cognac.

Cet alcool était sacrément bon. Et s'il ne lui apportait aucun plaisir, c'était aussi sa faute à elle.

A cet instant, une seule chose aurait pu vraiment le satisfaire : se débarrasser de la vertueuse lady, par exemple en étouffant ses hurlements sous un oreiller.

Mais pourquoi se donner cette peine, alors qu'il n'avait qu'à la laisser rejoindre son assassin de mari ? Il commençait d'ailleurs à mieux comprendre les motivations de ce dernier et même à éprouver une certaine sympathie pour lui.

Le vacarme prenait des proportions inquiétantes dans la pièce à côté, comme si Isabella se débattait furieusement pour sortir de son cauchemar.

Alec fronça les sourcils. Pas moyen d'avoir la paix avec cette maudite femme ! Exercer une quelconque violence sur les représentantes du sexe faible n'était pas dans ses habitudes. Mais s'il devait en venir à de telles pratiques, il choisirait volontiers la petite comtesse comme cobaye. D'autant plus qu'elle ne s'était pas gênée pour lui envoyer un coup de poing en pleine figure.

Sa joue enflée lui faisait mal. Il avait besoin de calme, et avait tous les droits de se soûler en paix.

Les lèvres serrées, il se leva. Aussitôt, les murs de la chambre semblèrent se rapprocher de lui et il dut se retenir à la chaise pour maintenir son équilibre.

Cette fois, il irait la consoler comme elle le méritait et terminerait proprement le travail. Heureusement qu'il avait assez bu pour ne plus s'encombrer d'une once de mauvaise conscience.

La bouteille toujours à la main, il tituba jusqu'à la porte et batailla un moment avec la poignée avant de parvenir à l'ouvrir. Alors qu'il tentait de discerner le grand lit où Isabella paraissait en proie à une véritable frénésie, le picotement familier resurgit avec une telle force qu'il fit un pas en arrière.

Ce recul lui sauva probablement la vie.

Un couteau jaillissant de nulle part vint se planter dans le montant de la porte, juste à l'endroit où Alec se trouvait une seconde auparavant. L'espace d'un éclair, il fixa la lame vacillant encore dans le bois. Puis un juron étouffé et le bruit de pas se précipitant vers lui le forcèrent à réagir.

Un homme surgit de l'obscurité, brandissant un gourdin au-dessus de sa tête. Dans un mouvement instinctif, Alec s'écarta, évitant le coup de justesse. Son esprit avait beau être plongé dans les brumes de l'alcool, il n'en avait pas moins conservé ses réflexes.

Alors que l'homme levait à nouveau son gourdin, Alec utilisa la seule arme à sa portée : la bouteille de cognac qu'il tenait toujours. De toutes ses forces, il la fracassa sur le visage de son ennemi et sentit le verre brisé s'enfoncer dans la chair.

L'homme poussa un juron tandis qu'il laissait tomber le gourdin pour porter sa main à sa figure ensanglantée. Son autre main fouilla l'intérieur de sa veste, sans nul doute à la recherche d'un pistolet.

Alec jeta la bouteille au sol et saisit le poignard planté dans la porte, réussissant à l'en extirper juste au moment où l'agresseur pointait son pistolet...

Il n'eut pas le temps de tirer. Alec venait de lui

enfoncer le couteau dans le ventre. Comme son adversaire s'effondrait, Alec se rendit soudain compte qu'Isabella n'avait plus donné aucun signe de vie. Prenant à peine le temps de récupérer le couteau, il se rua vers le lit...

Mais il n'y parvint pas. Le chemin lui fut barré par un homme si gros que le choc l'envoya à terre. Le poignard suivit la même trajectoire tandis qu'Alec amortissait sa chute des deux mains. Rampant sur le dos, il parvint à atteindre la cheminée, avant que la gigantesque silhouette ne le plaque sous son poids. A la faible lueur des braises, il vit la lame d'un couteau briller au-dessus de sa tête. S'il n'agissait pas vite, il serait égorgé comme un vulgaire poulet. Ramenant les pieds sous lui, il prit appui sur ses talons pour tenter de déséquilibrer son adversaire. Quand le poignard s'abattit sur lui, il se tordit sur le côté et sentit la lame pénétrer son épaule au lieu de son cou.

Il poussa un grognement de douleur. Le couteau s'éleva à nouveau pour porter le coup final...

A cet instant précis, Isabella hurla.

L'attention de l'attaquant fut momentanément distraite, donnant à Alec la chance de lui envoyer un fulgurant coup de poing. Touché au menton, l'homme fut projeté en arrière et Alec en profita pour saisir la main qui tenait le poignard.

L'homme lutta pour lui faire lâcher prise. Il était très fort: même au mieux de sa forme, Alec aurait eu du mal à le battre. Et il ne l'était vraiment pas... Mais sa vie et celle d'Isabella étaient en jeu, et cela lui donna le sursaut d'énergie dont il avait besoin. Peu à peu, il descendit la main de l'homme à hauteur de son visage. Puis, dans un suprême effort, l'abattit violemment contre le rebord de pierre de la cheminée. L'homme poussa un cri et lâcha le poignard.

Alec saisit cet avantage pour le frapper à la gorge, une fois, deux fois... aussi fort que sa position le lui permettait. L'homme vacilla sous les chocs répétés et Alec put enfin prendre véritablement appui sur ses pieds pour le repousser et se dégager.

Quelques secondes plus tard, il maintenait son assaillant sous lui et pointait le couteau sur sa gorge.

Il y eut un bruit à la porte d'entrée, puis celle-ci s'ouvrit à la volée. Les muscles tendus à craquer, Alec tourna un regard sauvage dans cette direction, son bras se resserrant instinctivement sur le cou de son adversaire.

— Alec, est-ce que ça va ?

C'était Paddy, immédiatement suivi de Pearl.

L'homme sous Alec cessa soudain de se débattre. Gardant un œil sur lui, Alec s'assit et toucha son épaule blessée.

— Ils ont encore essayé de me tuer, déclara-t-il, haletant.

Regardant vers le lit, il s'aperçut qu'il était vide. Une sourde angoisse lui serra la gorge.

— Isabella...

Paddy alluma une bougie et la leva bien haut pour éclairer la pièce. Son autre main tenait un pistolet, Pearl se précipita auprès d'Alec qui cherchait toujours à récupérer son souffle, l'esprit tourmenté par une seule question :

Avaient-ils tué Isabella ?

23

— Juste derrière toi, indiqua Paddy, la gorge sèche.

Alec tourna la tête pour voir Isabella, debout contre la cheminée, un chandelier serré dans sa main.

— Grâce à Dieu, murmura-t-il en fermant les yeux de soulagement.

— Je ne voyais pas qui était qui et je ne savais pas où frapper, déclara Isabella d'une voix étrangement rauque.

Comme si ses forces la quittaient soudain, elle lâcha le chandelier et s'assit par terre, la tête posée sur ses genoux.

— Ô Alec, tu saignes !

A genoux à côté de lui, Pearl commença à éponger le sang à l'aide de son extravagante chemise de nuit.

— J'ai connu pire, dit Alec.

Bien que le sang coulât à flots et qu'un terrible mal de tête lui martelât les tempes, il savait que sa blessure n'était pas grave.

— Bon Dieu, Alec, il est mort ! s'écria Paddy en examinant l'homme terrassé près de la cheminée. Tu lui as cassé le cou !

Secouant la tête, il se dirigea vers l'autre corps.

— Celui-là aussi ! Tu peux me dire comment on va les interroger, maintenant ?

— Mille excuses, marmonna Alec en grimaçant. La prochaine fois que je défendrai ma vie, j'essaierai d'être plus délicat.

L'ironie perçant dans ses paroles passa comme d'habitude au-dessus de Paddy qui s'affairait à présent à fouiller les poches du cadavre.

— Je vais faire appeler M. Heath, déclara Pearl.

— Surtout pas ! s'opposa aussitôt Alec. Du moins, pas pour moi, ajouta-t-il plus lentement. Isabella...

Elle releva la tête et croisa son regard.

— Je vais bien. Juste un peu secouée.

— Ils ne vous ont pas blessée ? voulut s'assurer Alec.

— Ma gorge est un peu douloureuse, à l'endroit où il a essayé de m'étrangler, mais c'est tout. (Ses lèvres tremblèrent.) Mon Dieu, qui étaient-ils et que voulaient-ils ? Ils n'étaient pas là pour moi, n'est-ce pas ?

Elle avait dit ces derniers mots d'une petite voix si désarmée qu'Alec eut soudain envie que ces bâtards ressuscitent, juste pour avoir le plaisir de les tuer à nouveau.

— C'est sûr qu'ils étaient après Alec, puisque vos ennemis vous croient morte, intervint Paddy. Vous serez en sécurité tant qu'ils continueront à le croire.

— Tu le reconnais ? lui demanda Alec.

— Non. Bien que quelque chose chez celui-ci...

Intrigué, Alec le regarda se pencher de plus près sur le corps. Lui non plus ne se rappelait pas avoir déjà vu cet homme, mais il y avait effectivement quelque chose...

— Comment ont-ils découvert où j'étais ?

Paddy secoua la tête.

— Personne — à part nous trois — n'était au courant de ta présence ici.

— Je sais ce qui s'est passé ! s'exclama Pearl. La nuit où elle a essayé de s'enfuir, il y avait une fille avec un gentleman dans le couloir. Ils l'ont vue et ont peut-être compris que nous l'utilisions pour te cacher !

Tout en considérant l'hypothèse de Pearl, Alec fixait Isabella d'un air pensif. L'attention de Paddy était aussi rivée sur elle. Si bien que la jeune femme commença à se sentir coupable.

— Ça ne tient pas debout, déclara enfin Alec en

secouant la tête. Personne n'aurait pu faire le lien entre Isabella et moi. Je crois plutôt que les allées et venues de Paddy ont paru suspectes à quelqu'un, qui a dû en tirer des conclusions.

Au grand soulagement d'Isabella, cette explication sembla satisfaire Paddy et Pearl.

— Nous réglerons ça plus tard, décida cette dernière en se redressant.

Alec se leva aussi. Ses jambes étaient faibles et sa blessure saignait abondamment au moindre mouvement.

— Pearl, peux-tu trouver un pansement ?

— Chéri, laisse-moi appeler le médecin ! Tu as l'air vraiment mal en point.

Sa colère contre lui avait complètement disparu, nota Alec avec attendrissement. Pearl possédait vraiment un cœur d'or. Lui adressant son plus beau sourire, il répéta qu'il ne voulait voir aucun médecin. Ce sourire sembla la faire fondre de plaisir et elle s'empressa d'aller chercher tout le nécessaire pour le soigner.

Paddy continuait de fouiller les corps. Après un bref regard dans sa direction, Alec rejoignit Isabella et s'accroupit en face d'elle.

— Laissez-moi examiner votre gorge.

— Ce n'est pas la peine. Je vais très bien.

Comme il insistait, elle lui adressa un regard qu'il ne sut déchiffrer et leva docilement le menton. La rage envahit à nouveau Alec quand il vit les marques rouges striant sa peau délicate. Il approcha la main pour les toucher, mais Isabella se déroba.

— Ne me touchez pas, ordonna-t-elle avec calme.

Ses yeux étaient subitement d'un bleu plus profond. Les taches de rousseur barrant son petit nez ressortaient encore davantage sur l'intense pâleur de son visage. Sa bouche paraissait légèrement gonflée et très douce, comme si elle portait toujours la marque des baisers qu'il lui avait donnés. Tout en la contemplant, Alec se rendit compte qu'il mourait d'envie de l'embrasser à nouveau.

Isabella dut lire dans ses pensées, car elle se recula vivement.

— Ne me touchez plus jamais, dit-elle d'une voix assurée.

Il quitta ses lèvres pour croiser son regard.

— Isabella...

Il aurait voulu qu'elle lui sourie, et était prêt pour cela à s'expliquer au sujet de Pearl et même à s'excuser. Il était capable de tout pour qu'elle cesse de le considérer de cet air méprisant.

— Alec, viens voir ! Je crois que j'ai reconnu celui-là !

La voix de Paddy le ramena à une réalité beaucoup moins agréable. Jetant un coup d'œil ennuyé dans sa direction, il hésita.

— Allez-y, intervint Isabella, manifestement gênée par cette situation.

Alec jura entre ses dents et se leva. Il aurait une discussion franche avec Isabella, mais ce n'était de toute évidence pas le moment.

— J'arrive, annonça-t-il à Paddy avant de se diriger vers le lit.

Il revint avec le couvre-lit de soie bleu et en drapa les épaules de la jeune femme.

— Mettez ceci, dit-il d'un ton presque brusque. Vous tremblez de froid.

Elle leva les yeux vers lui et accepta sans mot dire.

24

Isabella serra le couvre-lit autour d'elle, essayant d'arrêter les tremblements qui l'agitaient. Mais elle n'y parvint pas.

Cette nuit avait été la plus horrible de sa vie.

Alec avait tué deux hommes. Bien sûr, elle avait su qu'il était capable de violence, mais cela ne lui avait pas paru réel jusqu'à présent. Même les coups de feu échangés quand il avait affronté ses kidnappeurs avaient seulement semblé faire partie d'un cauchemar. Mais la réalité de ce bain de sang ne pouvait être niée. Alec s'était battu pour défendre leurs vies, avait poignardé deux hommes, tapissé les murs avec leur sang et subi une autre blessure. Pourtant, il ne paraissait pas particulièrement ébranlé.

La notion même de remords devait lui être inconnue.

Pearl était sa maîtresse, cependant il avait couché avec Isabella, aussi simplement qu'il aurait changé de chemise. Et, tout comme la violence, le fait qu'elle lui ait cédé ne semblait l'affecter en aucune manière.

Quelle sorte d'homme était donc Alec Tyron ? se demanda-t-elle avec un sanglot étouffé.

Se donner à lui avait été un acte considérable, qui la hanterait toute sa vie. Mais lui ne se souviendrait pas plus d'elle que de n'importe quelle autre femme. Voilà quelle sorte d'homme il était : une charmante brute cachant un cœur de glace sous un visage séduisant.

Isabella ferma les yeux pour tenter de retenir ses larmes. Elle n'était pas la première femme à se ridiculiser pour un homme. Et ne serait pas la dernière.

Malgré ses efforts, une larme força le barrage de ses paupières et roula sur sa joue. Se serrant davantage dans le couvre-lit, elle enfouit son visage contre ses genoux.

— Allons, mon ange, vous n'avez aucune raison de pleurer.

Isabella tourna vers Pearl un regard plein de surprise. Assise à côté d'elle, la jeune femme la considérait avec une véritable compassion.

— Je... je suis stupide, je sais. Mais... je ne peux pas m'arrêter.

— C'est le choc, nota Pearl d'un ton connaisseur. Vous avez besoin de vous allonger.

Isabella regarda le lit où tant de choses indicibles lui étaient arrivées en une nuit et frémit.

— Je... Pourrais-je avoir une autre chambre, juste pour cette nuit ? Le sang...

— Bien sûr, mon ange. Vous partagerez la mienne.

— Merci. C'est très gentil à vous.

— Vous n'avez que ce mot-là à la bouche, hein ? Enfin, si vous y tenez, admettons que je sois gentille... Pouvez-vous vous lever seule ?

Les genoux d'Isabella tremblaient quand elle se redressa, mais elle parvint à marcher grâce au soutien de Pearl. Alec, l'épaule à présent bandée, se tenait accroupi près de l'un des cadavres et fouillait ses poches. Sentant les deux femmes se déplacer, il leva les yeux vers elles.

— Où allez-vous ?

— Elle va passer le reste de la nuit avec moi, répondit Pearl.

Le regard d'Alec se porta sur Isabella, qui détourna aussitôt le sien. Il serra les lèvres puis hocha la tête.

— C'est probablement une bonne idée. Pearl prendra soin de vous.

Isabella garda le silence et son visage était dénué d'expression tandis que Pearl la conduisait hors de la chambre.

Deux filles, qui se trouvaient comme par hasard dans le couloir, les observèrent avec intérêt. D'un seul regard, Pearl leur ordonna de regagner leur chambre. Nul doute que le mystère de la « nouvelle fille » avait été l'objet de maintes discussions au Manège. Et l'agitation particulière de cette nuit avait dû exciter encore plus les curiosités.

Elles descendirent deux étages pour arriver dans un immense hall, aux murs tendus de soie rouge. Deux grands salons s'ouvraient de part et d'autre du hall et un maître d'hôtel d'allure très digne était juste en train de reconduire un gentleman à la porte. De nombreux miroirs renvoyaient la lumière d'un superbe lustre de cristal.

Malgré l'heure tardive — ou devait-on considérer qu'il était très tôt, puisque l'aube pointait ? —, les salons grouillaient de monde. D'élégants gentlemen, installés dans des fauteuils confortables, échangeaient des propos en sirotant leur verre. D'autres jouaient aux cartes ou aux dés. Des filles vêtues de manière suggestive se déplaçaient parmi eux, s'asseyant un instant avec l'un pour repartir vers un autre, dispensant au passage un sourire, une caresse engageante ou un mot soufflé à l'oreille.

— Un problème, mademoiselle Pearl ? s'inquiéta le maître d'hôtel en se précipitant vers elle.

— Oui, Sharp. Des hommes qui n'auraient jamais dû être admis au Manège ont réussi à s'introduire au troisième étage. Le Tigre est là-haut, maintenant, et j'imagine qu'il aura deux mots à te dire à ce sujet.

Sharp blêmit instantanément.

— Le... le Tigre est là-haut ? Mais, mademoiselle Pearl, je suis resté à mon poste toute la nuit, et je ne l'ai pas vu arriver. Et vous savez bien que je ne laisse jamais entrer personne qui ne figure pas sur la liste d'admission !

— Eh bien, ils sont quand même entrés. Et le Tigre aussi. Emmène un valet avec toi là-haut. Il y a du ménage à faire.

— Je suis désolé, mademoiselle Pearl, dit Sharp d'un ton misérable.

— Tu expliqueras ça au Tigre, répondit sèchement Pearl en entraînant Isabella.

Les appartements de Pearl — une véritable suite constituée d'une chambre et d'un salon — se trouvaient à l'arrière du rez-de-chaussée. Une femme de chambre au visage vérolé les accueillit, mais Pearl la congédia d'un geste. La servante s'inclina et les laissa seules.

L'arrangement des pièces entièrement décorées en blanc et or impressionna Isabella, qui resta un moment bouche bée devant cet étalage de luxe. Pearl la conduisit vers un canapé de soie dorée et la jeune femme s'y installa avec reconnaissance.

— Un cognac ? proposa Pearl en se dirigeant vers une table où plusieurs bouteilles et verres étaient disposés sur un plateau d'argent.

Isabella secoua la tête, mais Pearl remplit néanmoins deux larges doses d'alcool.

— Buvez. Ça vous fera du bien.

Isabella accepta le verre qu'elle lui tendait. Pearl s'installa à ses côtés sur une chaise et but son cognac à petites gorgées. La jeune femme l'imita, sentant peu à peu les bienfaits du liquide brûlant coulant dans sa gorge. Pearl hocha la tête d'un air approbateur.

— Vous vous sentez mieux ?

— Oui, merci.

Pearl grimaça un sourire.

— Vous êtes une vraie lady, hein ? Toujours si polie et si réservée... J'aurais pu parier dès le début qu'Alec irait renifler de votre côté.

Isabella, incapable de dire un seul mot, ouvrit de grands yeux emplis de culpabilité. Pearl l'étudia un moment, puis sourit à nouveau.

— Pensiez-vous que je ne me rendrais compte de rien ? Je connais Alec depuis l'enfance. Quand il s'entiche d'une femme, je le vois tout de suite.

Tant de franchise mit Isabella au comble de l'embarras. Mais sa gêne diminua quand elle sentit que Pearl s'efforçait de dissimuler une réelle douleur.

— Je suis terriblement désolée, Pearl. Je ne voulais pas vous faire de mal...

Pearl éclata d'un rire amer.

— Ne vous excusez pas, mon ange. Je ne suis pas du genre à vous gâcher votre plaisir. Alec a toujours aimé les femmes, et plus particulièrement les ladies, mais ça ne me dérange pas parce qu'il me revient toujours. Autant que vous le sachiez...

La gorge d'Isabella se serra subitement. Elle savait que Pearl disait la vérité. Pour Alec, elle ne représentait qu'une aventure de passage.

Pearl observa le tressaillement d'Isabella, puis ses yeux se rivèrent à son verre de cognac.

— Il m'épousera un jour et nous aurons des enfants qui vivront comme nous. Nous sommes de la même race, Alec et moi. Vous êtes juste un caprice pour lui, et il en aura fini avec vous quand il vous aura possédée à sa guise. Comme pour tout le reste.

A l'idée qu'Alec l'utilise à nouveau comme une vulgaire fille, Isabella sentit la panique l'envahir.

— Je dois m'en aller d'ici, déclara-t-elle, au bord de la nausée. M'aiderez-vous ?

Pearl sourit et avala une gorgée de cognac avant de répondre.

— Bien sûr, mon ange. Vous pouvez compter sur moi.

25

Isabella se blottit au fond de la voiture, rabattant sur sa tête la capuche du manteau de soie bleue que lui avait donné Pearl. Elle portait en dessous une robe relativement correcte, coupée dans le même tissu. Ces vêtements beaucoup trop larges étaient du moins propres et, surtout, assez chauds pour supporter la température glaciale de ce petit matin de mars.

Pearl s'était gentiment occupée de tout, ordonnant à un valet de commander une voiture, prêtant ses vêtements à Isabella et donnant au conducteur l'adresse de la maison St. Just avant de lui glisser des billets dans la main.

Tandis que le véhicule cahotait sur les rues pavées, en direction de cette maison londonienne inconnue, Isabella, les yeux rivés à la fenêtre, évitait de penser qu'elle était peut-être en train de commettre une terrible erreur.

Le soleil commençait juste à apparaître au-dessus des immeubles de brique, ses rayons changeant la poussière flottant dans l'air en des milliers de points dorés. Des nuages de fumée grise s'échappaient des cheminées et des flocons de suie retombaient, comme des feuilles d'automne s'éparpillant sur la ville. Quelques personnes parcouraient déjà les rues. Des serviteurs pour la plupart, enfouis dans leur manteau et marchant vite pour lutter contre le froid. Une vieille femme poussait une charrette en vendant du beurre et du fromage frais à la criée.

Comme la voiture s'arrêtait devant une élégante maison, Isabella comprit avec une pointe d'angoisse qu'elle avait atteint sa destination.

Le conducteur vint lui ouvrir la porte et attendit, soufflant dans ses mains gelées.

— C'est ici, mademoiselle, dit-il avec impatience en piétinant sur place pour se réchauffer.

Isabella ravala sa salive. Quel choix avait-elle ? C'était soit réintégrer le domicile conjugal, soit revenir au Manège Doré — et à Alec.

Elle ne voulait plus jamais revoir Alec de sa vie... Mais si Bernard avait vraiment essayé de la tuer ? Non ! Cette idée était absurde et illogique ! Pourtant...

Avec un horrible sentiment d'impuissance, elle se rendit compte qu'Alec avait vraiment semé le doute dans son esprit... et qu'elle avait peur de retrouver Bernard.

Et si elle allait voir son père pour le supplier de l'aider à discerner la vérité ? Mais il lui répondrait certainement que la place d'une épouse est auprès de son mari et la renverrait à Bernard.

— Vous sortez, oui ou non, mademoiselle ? demanda le conducteur sans la moindre amabilité.

Isabella prit une profonde inspiration. Elle devait se décider, à présent.

Quittant la voiture, elle leva les yeux sur l'impressionnante demeure à trois étages.

— Ça fera deux shillings, mademoiselle, dit le conducteur en tendant la main.

Elle lui donna les pièces et remarqua à peine qu'il se réinstallait sur son siège et partait, tant son attention était absorbée par ce qu'elle devait faire maintenant.

Franchir les marches menant à la porte et frapper. Un maître d'hôtel l'accueillerait : elle se présenterait et il la laisserait entrer. Le problème serait réglé. Elle réintégrerait son monde, et les lugubres présages d'Alec Tyron ne seraient plus qu'un mauvais souvenir qu'elle oublierait bien vite.

D'un pas déterminé, elle marcha jusqu'à la porte, leva la main pour frapper — et ses yeux s'agrandirent de stupeur.

Le heurtoir avait été enlevé.

Malgré son manque d'expérience des habitudes citadines, elle savait ce que cela signifiait : pour une raison inconnue, la maison était fermée, Bernard était absent.

Presque soulagée, elle frappa quand même. Comme prévu, personne ne répondit à son appel. Avec un léger sourire, elle s'éloigna... pour se figer quelques instants plus tard au milieu de la rue : elle était seule à Londres, avec à peine quelques shillings en poche et nulle part où aller.

Qu'allait-elle faire, à présent ?

26

Plusieurs heures plus tard, Isabella n'avait toujours pas résolu son problème. Après avoir parcouru un véritable labyrinthe de rues, elle se retrouvait totalement perdue et visiblement loin des quartiers résidentiels.

Avisant l'enseigne d'un café, elle décida d'y entrer pour se réchauffer, prendre une tasse de thé et réfléchir à sa situation. Les quelques shillings qu'elle possédait suffiraient sûrement à lui payer ce luxe.

Dès qu'elle eut franchi la porte, elle se rendit compte que l'endroit n'était autre qu'un minable pub. Il y faisait sombre et les tables fourmillaient d'individus dépenaillés. Plusieurs regards curieux se fixèrent sur elle, tandis qu'elle s'installait à une table libre près de la fenêtre.

— Qu'est-ce que ça sera ?

Une femme vêtue d'une robe élimée et d'un tablier malpropre venait d'apparaître devant elle, portant deux grandes chopes de bière sur un plateau. Tout en s'adressant à Isabella, elle avait posé les bières sur la table de derrière, où deux hommes au regard sournois chuchotaient.

— Alors ?

— Une tasse de thé, s'il vous plaît, répondit Isabella à voix basse.

Les yeux de la femme s'arrondirent de surprise, puis la détaillèrent des pieds à la tête avant de revenir à son visage.

— Une tasse de thé, répéta-t-elle en haussant les épaules.

Elle s'éloigna et disparut au fond du café, probablement à la recherche de cette denrée rare. En attendant, Isabella s'efforça d'ignorer les regards des autres consommateurs et de se concentrer sur ce qu'elle voyait à travers la fenêtre. Même si le givre la rendait presque opaque...

— Vous êtes servie, dit la patronne en posant le thé devant elle.

— Combien... combien vous dois-je ? demanda Isabella en redoutant la réponse.

Qu'arriverait-il si elle ne pouvait pas payer ? Mais à sa grande surprise la femme secoua la tête.

— C'est gratuit pour vous. Vous m'avez l'air

d'être dans un sacré pétrin, nota-t-elle en s'éloignant déjà.

La bonté se trouvait parfois là où on l'attendait le moins, songea Isabella en la suivant des yeux.

Tout en savourant la réconfortante boisson chaude, elle considéra les options se présentant à elle.

Il lui serait facile de retourner au Manège : ici, n'importe qui pourrait lui indiquer le chemin.

Elle pouvait aussi louer une voiture et rentrer dans le Norfolk, où elle déciderait soit de rejoindre son père, soit d'aller à Blakely Park. Bernard y serait-il ? Son absence de Londres était-elle due au fait qu'il la croyait morte ?

Elle l'ignorait et ne s'inquiétait pas vraiment de le savoir. La fatigue, la faim et la confusion dans laquelle elle était plongée lui donnaient seulement l'envie de se retrouver quelque part en sécurité.

Dans son esprit, l'idée de sécurité se lia immédiatement à l'image d'Alec. Repoussant aussitôt cette absurde association, elle chassa cet infâme individu de ses pensées, pour au moins la douzième fois de la journée.

Le mieux, décida-t-elle au bout d'un moment, serait de regagner Blakely Park. Au moins, Pressy et tous ses amis seraient là. Même si Bernard avait l'intention de la tuer, il n'oserait pas agir là-bas. Et si c'était quelqu'un d'autre qui souhaitait sa mort, il serait découvert tôt ou tard.

Maudit soit Alec pour lui avoir mis de telles idées en tête ! A cause de lui, elle vivrait désormais dans la peur et la méfiance vis-à-vis de ses proches...

Elle se raidit subitement en regardant par la fenêtre. Un tilbury venait de s'engager dans l'étroite ruelle et les cheveux dorés de son conducteur ne pouvaient appartenir qu'à une seule personne.

Alec !

Sa présence ici n'était peut-être qu'une coïncidence, mais elle ne tenait pas à prendre de risques.

Se levant avec tant de précipitation que la tasse faillit se renverser, Isabella courut vers l'arrière-salle, sans prêter aucune attention aux regards intéressés de ses voisins de table.

— Hé ! Où allez-vous ? s'inquiéta la patronne.

— Y a-t-il une autre sortie ? demanda Isabella, le souffle court.

Tout en parlant, elle aperçut une étroite porte donnant sur un passage à l'arrière du café et s'y précipita.

— Hé ! Attendez ! cria la femme, mais Isabella était déjà dehors.

Le passage sombre et encombré de poubelles dégageait une odeur nauséabonde. Courant aussi vite que les pavés le lui permettaient, Isabella dépassa un ivrogne couché sous une porte cochère.

— Isabella !

Comme elle l'avait pressenti, Alec n'avait pas été là par hasard. Maintenant, il la poursuivait, le bruit de ses bottes résonnant sur les pavés.

Il l'avait attrapée une fois, mais elle n'avait aucune intention de le laisser recommencer.

Ramassant ses jupes à deux mains, elle fila comme si elle avait le diable aux trousses.

27

— Bon Dieu, Isabella !

Il venait de l'agripper par le pan de son manteau et de la faire pivoter face à lui. Récupérant le vêtement d'un coup sec, Isabella, hors d'haleine, soutint son regard. Même dans la pénombre, il paraissait grand, fort et terriblement séduisant. Rageant contre sa propre faiblesse, la jeune femme refoula le sentiment de plaisir et de soulagement que lui procurait sa présence.

— Laissez-moi !

— Vous laisser ? Vous avez sacrément de la chance que je vous aie trouvée ! Vous imaginez-vous ce qui aurait pu vous arriver dans ce quartier ? Non, bien sûr ! Et, de toute façon, où espériez-vous aller ?

— Chez moi !

Ils hurlaient presque. Alec inspira profondément pour retrouver son calme.

— Vous ne pouvez pas rentrer chez vous, et vous le savez.

— Je refuse de retourner au Manège ! Vous ne m'y obligerez pas !

— Cessez d'être stupide et réfléchissez une minute à ce que vous faites !

— Je vais rentrer chez moi !

— Quelqu'un — sûrement votre mari — veut votre mort, Isabella. Tant que nous n'aurons pas découvert la vérité, vous ne pourrez pas retourner chez vous.

— Je ne vous crois pas !

— Vous ne me croyez pas ? s'étonna-t-il en ouvrant de grands yeux.

— Non !

— Pourquoi mentirais-je ?

— Pour me... pour me forcer à... vous savez quoi !

Alec la sonda avec une telle expression qu'elle se maudit d'avoir ravivé sa mémoire sur ce sujet.

— Dois-je comprendre que, selon vous, j'ai l'intention de vous garder à ma disposition aussi longtemps que ma soif de luxure ne sera pas apaisée ?

Décrite avec autant d'ironie, l'idée paraissait totalement absurde, dut admettre Isabella. Mais elle s'obstina quand même.

— Oui !

Alec éclata de rire. Cependant ses yeux brillaient de colère.

— Non. La réponse est non ! Vous êtes très agréable au lit, comtesse, mais je n'irais pas jusque-là pour que vous restiez dans le mien.

Isabella sentit ses joues virer au pourpre.

— Vous n'êtes qu'un malotru ! jeta-t-elle en le fixant droit dans les yeux.

— Et vous n'êtes qu'une sacrée petite idiote, ce qui fait que nous nous complétons à merveille !

— Cessez de m'insulter !

— Je vous insulterai tant que je voudrai !

— Mais je ne suis pas forcée de vous écouter ! dit-elle en se détournant et en commençant à s'éloigner.

— Arrêtez ! ordonna-t-il d'une voix assourdie par la rage.

Isabella l'ignora et continua de marcher.

— Vous mériteriez que je vous laisse ici ! gronda-t-il.

Il n'était de toute évidence pas loin de perdre son sang-froid, mais Isabella s'en moquait. Le dos raide et le menton fièrement levé, elle poursuivit son chemin, sous les regards ébahis des clients du café venus assister à leur dispute.

— Isabella ! C'est mon dernier avertissement ! Revenez ici tout de suite !

Comme elle s'obstinait à ne pas l'entendre, il marmonna un juron et se lança à sa poursuite. Abandonnant son allure digne, Isabella se mit à courir, mais avant qu'elle ait pu comprendre ce qui lui arrivait, Alec l'avait soulevée de terre et jetée en travers de son épaule comme un vulgaire sac de grains.

— Que faites-vous ? hurla-t-elle en le martelant de ses poings. Reposez-moi à terre !

— Vous ne reconnaissez pas la sensation ? demanda-t-il en serrant ses jambes sur son torse pour les immobiliser. Je suis en train de vous kidnapper, comtesse !

28

— Posez-moi par terre !

Il ignora ses protestations tandis qu'il la ramenait dans le café et sortait dans la rue. Derrière eux, les clients chuchotaient, amusés.

Isabella ne trouvait pas cela drôle du tout. Alec donna une pièce à la patronne, la remercia de sa collaboration et lui assura qu'elle pouvait s'adresser à lui en cas de besoin. La femme se confondit littéralement en remerciements et courbettes, tandis qu'Isabella la maudissait intérieurement.

De toute évidence, le Tigre était un véritable dieu pour la racaille de Londres.

Alec donna une autre pièce au gamin crasseux qui gardait son attelage et déposa Isabella sur le siège. Elle tenta aussitôt de s'échapper, mais il la rattrapa d'une main par la jupe et la força à se rasseoir.

— Essayez encore ça et je vous ligote, menaça-t-il entre ses dents.

Elle savait qu'il n'hésiterait pas à le faire. Se rencognant sur le siège, elle rabattit la capuche du manteau sur sa tête et fixa d'un air boudeur les deux chevaux qui les emportaient.

— Si je vous apprenais que j'ai eu la preuve de la culpabilité de St. Just, que diriez-vous ?

Isabella lui adressa un rapide coup d'œil.

— Je dirais : montrez-la-moi, répondit-elle avec froideur.

— Très bien, déclara-t-il, les lèvres serrées.

Ni l'un ni l'autre ne parla plus jusqu'à ce qu'Alec fasse halte et tende les rênes à un autre gamin crasseux, sorti comme par magie de la foule.

— Surveille-les, ordonna rapidement Alec avant de descendre et de tendre la main à Isabella.

Comme elle ne bougeait pas, se contentant de le fixer, il s'impatienta :

— Vous voulez cette preuve, oui ou non ?

Isabella abdiqua.

Comparée à celle-ci, la rue d'où ils venaient aurait pu être l'une des plus élégantes de Londres. Une foule de gens en haillons se pressait autour d'un marché où les étalages n'étaient autres que de vieilles charrettes. Chacun s'interpellait, discutant les prix dans un jargon presque totalement incompréhensible pour Isabella. Les yeux ronds de stupeur, elle observa cette scène étrange, tout en essayant d'ignorer l'odeur nauséabonde qui semblait émaner des rigoles chargées d'immondices qui bordaient la rue.

— C'est ici que j'ai grandi, lui annonça Alec, visiblement satisfait de son étonnement. Mais c'est beaucoup plus joli maintenant, bien sûr.

Isabella leva vers lui un regard ébahi, ce qui lui évita de voir l'entrée peu engageante de l'établissement où il la conduisait.

Quand elle découvrit l'endroit où elle se trouvait, la jeune femme fut prise entre l'envie de fuir et la curiosité d'observer ce qui l'entourait. Des hommes et des femmes qui semblaient n'avoir d'humain que le nom étaient amassés dans cette sorte de cave, où seules quelques bougies perçaient l'obscurité.

L'atmosphère dégageait une odeur insoutenable de bière aigre mêlée de sueur.

Comme ils entraient, un homme près de la porte se leva, jeta un œil sur Alec, et se rassit brusquement. Instinctivement, Isabella s'accrocha au bras d'Alec.

— Reconnaissez-vous cette femme ? lui demanda-t-il d'un ton calme.

Isabella suivit la direction de son regard.

Une petite femme serrée dans une robe trop étroite de laine bleue était vautrée sur une chaise et éclatait d'un rire criard à chaque parole de son voisin. Isabella l'observa un moment, puis secoua la tête.

— Je suis sûre de ne l'avoir jamais vue.

— Regardez encore.

Isabella obéit. Il y avait quelque chose dans le rire de cette femme...

— Molly ! souffla-t-elle, la gorge soudain nouée de terreur.

29

Molly fut de toute évidence terrifiée de voir Alec et ne se fit pas prier deux fois pour raconter son histoire. Bien qu'elle n'ait jamais connu l'identité de l'homme qui avait loué les services de Parren, elle savait qu'il s'agissait d'un « vrai gentleman » et qu'il avait voulu la mort de la lady après que la rançon eut été versée. Elle donna une foule de détails, auxquels Isabella ne pouvait pas penser sans en être malade et qui désignaient tous Bernard.

— Si j'avais su qu'elle était à toi, le Tigre, je

l'aurais traitée comme une reine, je le jure! se défendit Molly d'une voix tremblante, alors qu'Alec écoutait froidement son récit.

Quand il la fixa de son regard le plus noir, elle tomba à genoux, implorant sa pitié.

Finalement, au soulagement d'Isabella, il laissa la femme prostrée à terre et se détourna.

— Bon Dieu, Isabella, allez-vous dire quelque chose ? Voulez-vous toujours rentrer chez vous ?

Ils avaient regagné la voiture et il les conduisait à vive allure hors de cet enfer. La nuit commençait à tomber; l'air était glacial. Isabella écarta une mèche de son visage et regarda franchement Alec. Il tourna la tête et ses yeux s'accrochèrent aux siens.

— Isabella ?

— Je ne peux pas retourner chez moi, n'est-ce pas ?

— Quittez cet air désespéré. Vous savez que je vous protégerai, ajouta-t-il d'une voix rauque.

— Il m'est impossible de rester avec vous.

— Je ne crois pas que vous ayez le choix.

C'était tellement vrai qu'elle ne sut tout d'abord quoi répondre.

— Je dois trouver un emploi, déclara-t-elle enfin. Il y a certainement quelque chose que je puisse faire pour subvenir à mes besoins.

— Ne soyez pas stupide, Isabella.

Il la regarda et elle soutint tranquillement son regard. Toute émotion l'avait quittée depuis le terrible récit de Molly.

— Je ne veux pas que vous m'entreteniez. Ce ne serait pas correct.

— Nous avons dépassé depuis longtemps les limites de la correction, ne croyez-vous pas ?

A nouveau, Isabella mit un moment à répondre.

— Je ne resterai pas avec vous, Alec. Et je ne serai pas non plus votre maîtresse.

Son visage se crispa soudain tandis qu'il la fusillait littéralement des yeux.

— A votre place, comtesse, j'attendrais d'être sollicitée avant de me repousser. J'ai l'intention de vous offrir un travail, rien de plus.

— Quelle sorte de travail ?

S'il lui proposait de devenir l'une des filles du Manège, l'humiliation serait à son comble...

— Professeur.

Elle s'attendait si peu à cela que ses yeux clignèrent stupidement quand elle le regarda.

— Professeur ? répéta-t-elle d'un ton incrédule. Pour qui ?

Si cela avait été possible, elle aurait juré qu'il paraissait légèrement embarrassé.

— Moi.

— Vous ?

— Oui, moi. Vous êtes une femme éduquée et j'ai décidé que j'avais besoin d'un peu... d'éducation.

— Vous plaisantez ? déclara-t-elle, une fois remise de sa stupeur.

— Pas du tout.

Isabella fronça les sourcils.

— Vous êtes vraiment sérieux ?

— Aussi sérieux qu'une tombe. Voilà quelques années, j'ai acheté une propriété à Amberwood et j'ai l'intention de m'y retirer un moment, puisque ma présence au Manège n'est plus un secret pour personne. Vous pouvez m'y accompagner et... euh... m'apprendre ce qu'un gentleman doit savoir, et que j'ignore encore.

Isabella le dévisagea avec méfiance.

— Vous devez comprendre que je n'ai pas l'intention de... que je ne veux pas...

Alec lui adressa son plus large sourire.

— Que vous ne voulez pas répéter la délicieuse expérience que nous avons partagée ? Très bien, comtesse. Accepterez-vous mon offre si je vous assure que notre association se bornera au travail ?

Isabella le considéra longuement. Puis elle inspira une bouffée d'air glacé.

— Oui, dit-elle. Je l'accepte.

30

La nuit commençant à tomber, le voyage pour Amberwood fut repoussé au lendemain matin. A leur arrivée au Manège, Pearl brillait par son absence, mais une armée de serviteurs s'empressa d'accéder au moindre de leurs besoins. On donna à Isabella une chambre au deuxième étage et une servante lui fut attachée. Où Alec dormait, la jeune femme préféra l'ignorer. Certainement pas avec Pearl... Et même si c'était le cas, cela ne la concernait pas. Sa relation avec Alec se bornerait désormais au travail.

Elle passa une grande partie de la soirée à rassembler un semblant de garde-robe. La femme de chambre lui apporta un choix conséquent de vêtements, mais quels vêtements ! Ils semblaient tous conçus dans le but de séduire la gent masculine tout entière !

Quand, à peine l'aube levée, Isabella descendit dans le hall désert du Manège, elle était enveloppée dans une pelisse vert bouteille bordée de fourrure, qu'elle avait boutonnée jusqu'au cou pour dissimuler le décolleté indécent de sa robe. Coupée dans une laine du même vert que le manteau, celle-ci était faite pour être portée de jour — mais pas par une lady. Isabella ne se montrerait pas aisément en public dans une telle robe, ni dans la douzaine d'autres qu'elle avait pourtant soigneusement sélectionnées. Et encore moins devant Alec...

Les doigts crispés sur son bagage, la jeune femme se figea en voyant Pearl traverser le hall. Quel accueil lui réserverait-elle ? Pearl s'arrêta en l'apercevant, puis se dirigea délibérément vers elle. Pendant un moment, elle se contenta de la regarder fixement. Puis elle sourit et secoua la tête d'un air désolé.

— Finalement, vous n'êtes pas partie, mon ange.

Soulagée par cette nuance de regret, Isabella lui rendit son sourire. Il n'y avait rien d'autre qu'amitié dans l'attitude de Pearl, même si, une minute avant, un éclair de colère avait semblé traverser son regard. Mais les rideaux du salon étant encore tirés, on ne pouvait être sûr de rien dans cette pénombre.

— Non, Bernard n'est plus à Londres.

— Alec était fou de rage quand il a appris votre départ. Il m'a fait passer un sale quart d'heure, croyez-moi.

— Je... je suis désolée.

— Il n'y a pas de quoi. Alec et moi nous disputons souvent, et ça ne changera pas de si tôt. On est tous les deux de vraies têtes de mule.

Ne trouvant rien à dire à cela, Isabella sourit de nouveau. Mais le cœur n'y était pas. L'idée qu'Alec et Pearl aient l'habitude de se quereller depuis des années la dérangeait bizarrement. Elle n'allait tout de même pas être jalouse d'eux !

— Je pense que vous ne voyez pas d'inconvénient à ce que j'emporte quelques affaires. Alec m'a assuré que cela ne posait pas de problème.

— Vraiment ?

Isabella crut encore apercevoir une méchante lueur dans les yeux de Pearl. Puis celle-ci haussa les épaules.

— Vous pouvez prendre tout ce que vous souhaitez, bien sûr. J'espère seulement que vous savez où vous mettez les pieds.

— Que voulez-vous dire ?

Pearl pinça ses jolies lèvres peintes.

— Les hommes adorent la nouveauté, vous savez. Cependant, je n'aurais pas cru qu'une lady telle que vous accepterait de devenir la maîtresse d'Alec. Mais je suppose que les ladies sont comme les autres femmes quand il s'agit des hommes...

Isabella retint son souffle.

— Alec n'est pas... je ne vais pas être sa maîtresse. Vous vous trompez, Pearl, croyez-moi.

Elle rougit terriblement et s'en voulut de sa propre réaction. Pearl ne manqua pas de remarquer son embarras et son visage prit une expression moqueuse.

— Oh, vraiment ? Alors pourquoi vous emmène-t-il à Amberwood ? C'est un endroit grandiose — si grandiose qu'Alec n'y va jamais. Mais j'imagine qu'il considère que c'est digne d'une comtesse.

— Je... commença Isabella avant de s'interrompre net.

Elle se rendait soudain compte de la difficulté à expliquer son nouveau rôle dans la vie d'Alec. Ce dernier n'apprécierait peut-être pas qu'elle dévoile son désir de s'éduquer. Alors que pouvait-elle dire pour à la fois apaiser Pearl, sauver sa propre dignité et ménager l'orgueil d'Alec ?

— Tu parles trop, Pearl.

Le reproche émanait de Paddy qui venait d'entrer dans le hall et se tenait derrière Pearl, les bras croisés sur la poitrine. Ignorant l'évidente mauvaise humeur de Pearl, il poursuivit à l'adresse d'Isabella :

— Alec vous attend dehors. Vous feriez bien de vous dépêcher.

Ravie de cette interruption, Isabella fit de rapides adieux et se hâta vers la porte que Sharp, semblant se matérialiser comme par magie, lui ouvrit.

— Milady... la rappela Paddy.

Elle se retourna pour le questionner du regard. Contrairement à Pearl, Paddy semblait n'avoir aucun ressentiment à son égard. Il la rejoignit et ses yeux étaient très sérieux quand ils croisèrent les siens.

— Ceux qui veulent du mal à Alec courent toujours. Faites attention à lui, voulez-vous ? Il est assez négligent sur sa propre sécurité. (Il s'interrompit et fronça les sourcils :) En cas de besoin, envoyez-moi un message ici.

Touchée de son inquiétude pour Alec, Isabella lui sourit et hocha la tête.

— Je n'y manquerai pas, lui promit-elle avant de rejoindre Alec qui commençait à s'impatienter.

31

Le voyage pour Amberwood ne dura que six heures, y compris la longue halte qu'ils s'accordèrent pour pique-niquer. La journée était belle et chaude, et la campagne commençait déjà à verdir en ce tout début d'avril. De petits crocus jaunes pointaient çà et là leurs corolles printanières. Les oiseaux s'affairaient à construire leurs nids. Malgré sa situation incertaine, Isabella se sentait le cœur léger. Jetant un regard en direction d'Alec, assis à côté d'elle et conduisant avec aisance leur attelage, elle se demanda s'il n'était pas en partie la cause de cet inexplicable bonheur. Si c'était le cas, les implications seraient extrêmement troublantes. Et comme elle ne tenait pas à être troublée par une si belle journée, elle décida d'oublier cette idée.

Plus ils s'éloignaient de Londres, plus les routes devenaient difficiles. Cela, ajouté à la chaleur du soleil à présent haut dans le ciel, gâcha un peu le plaisir d'Isabella. Et quand Alec proposa de s'arrêter dans la prochaine clairière qu'ils croiseraient, elle accueillit la suggestion avec soulagement.

— Vous semblez un peu pâle, comtesse, remarqua Alec alors que le tilbury cahotait violemment dans un virage. Vous apprécierez sûrement de vous détendre un peu.

— Oui, acquiesça-t-elle du ton le plus neutre possible.

En réalité, elle avait horriblement chaud et se sentait au bord de la nausée. Mais elle pensait qu'il lui suffirait de s'asseoir une minute sur la terre ferme pour se remettre de toutes ces secousses.

— Vous avez de la chance. Regardez là-bas.

Du bout de son fouet, il désigna une petite clairière entourée d'arbres.

— C'est merveilleux.

Alec arrêta les chevaux, cala les rênes et sauta à terre avant d'aider Isabella à descendre. Elle s'accrocha à la main qu'il lui tendit, consciente que la sienne était probablement moite. Mais il ne sembla pas se soucier de ce détail.

— Si vous avez besoin de vous soulager, vous pouvez aller derrière ces arbres. Mais ne vous éloignez pas trop. Je détesterais devoir vous sauver des griffes d'un ours sauvage ou d'une autre créature du même genre.

Isabella ne put réprimer un sourire, mais rétorqua d'un ton sévère :

— Il n'y a pas d'ours dans la région, comme vous le savez parfaitement. Et un gentleman ne ferait jamais allusion aux... besoins naturels d'une lady. Les gentlemen sont supposés croire que les ladies en sont dépourvues. Ou du moins font-ils semblant de le croire.

— Alors les gentlemen sont de sacrés imbéciles, conclut Alec avec bonne humeur en sortant le panier du pique-nique. Et vous pouvez garder vos leçons jusqu'à notre arrivée à Amberwood. Votre travail ne commencera qu'à ce moment-là. Pour l'instant, profitons seulement de cette belle journée.

— Comme vous voudrez, accepta Isabella en haussant les épaules.

Elle s'installa sous les larges branches d'un chêne pendant qu'Alec s'occupait des chevaux. Enfin au calme, elle se sentait un peu mieux, mais sous cette chaleur intense, son col de fourrure l'étouffait. Gardant un œil sur Alec, elle défit les premières agrafes de la pelisse. Une brise bienfaisante effleura aussitôt son cou brûlant et moite. L'ouverture ne dévoilait que sa gorge et la naissance du sillon séparant ses seins. En montrer davantage aurait été indécent. Mais elle avait toujours horriblement chaud dans ce vêtement peu adapté à ce jour d'avril aussi torride qu'une journée de plein été.

Alec la rejoignit, le panier du pique-nique à la main. Il avait ôté sa veste et, avec sa chemise aux manches retroussées et au col largement ouvert, il paraissait à la fois terriblement séduisant et détendu. Pas une seule goutte de sueur ne couvrait son front quand il se pencha pour poser le panier aux pieds d'Isabella.

— Partagerez-vous avec moi ce léger en-cas, comtesse ? demanda-t-il avec un sourire malicieux.

— Je n'ai pas vraiment faim, déclara Isabella en essayant d'ignorer les délicieux arômes s'échappant du panier. Commencez sans moi.

Il l'étudia attentivement.

— Vous êtes encore très pâle. Êtes-vous malade ?

Elle lui sourit, touchée par le ton véritablement inquiet de sa voix. Au cours de sa vie, peu de gens s'étaient souciés de son bien-être, même ses plus proches. Et venant d'Alec, un homme avec qui elle n'avait apparemment rien de commun, une telle attention était d'autant plus appréciable.

— J'ai juste été un peu secouée pendant le voyage. Mais si je reste assise un moment, cela passera, j'en suis sûre.

Il continuait de la regarder, les sourcils froncés.

— Vous transpirez. Vous devriez enlever cette chose en fourrure.

— Cela s'appelle une pelisse, et je préfère la garder.

— C'est idiot.

— Peut-être. Néanmoins, je ne l'enlèverai pas.

— Eh bien, moi, je préfère que vous l'enleviez. Il fait une chaleur d'enfer.

Leurs regards se croisèrent, aussi déterminés l'un que l'autre.

— Sachez qu'un vrai gentleman ne se permet jamais le moindre commentaire sur la tenue d'une lady.

— N'essayez pas de noyer le poisson, ricana-t-il. Pourquoi ne voulez-vous pas quitter ce manteau ? S'il y a une raison sensée, je serais curieux de la connaître.

Isabella poussa un soupir.

— Voudriez-vous, je vous prie, vous asseoir et

manger ? J'enlèverais cette pelisse si je le pouvais, mais je ne le peux pas.

Les poings sur les hanches, il pencha la tête de côté, étudiant Isabella comme si elle venait d'une autre planète. Malgré sa nausée persistante, la jeune femme ne put s'empêcher d'admirer à nouveau sa beauté. Avec sa chemise blanche, son pantalon noir et ses bottes bien cirées, il dégageait une telle impression de pleine santé et de vigueur que le simple fait de le regarder l'épuisa. Il semblait aussi très jeune, plus jeune qu'elle ne l'avait supposé, et animé d'une insouciance presque enfantine en cet instant.

— Quel âge avez-vous ? Vous ne me l'avez jamais dit, et je n'ai jamais pensé à vous le demander.

La question parut l'étonner.

— Je suis plus vieux que vous, croyez-moi, et n'essayez pas encore de changer de sujet. Pourquoi ne voulez-vous pas enlever cette foutue pelisse ?

— Plus vieux de combien ? persista-t-elle, volontairement indifférente à son langage familier et à son insistance. Vous savez déjà que j'ai vingt-trois ans.

Il fronça les sourcils en la jaugeant du regard. Elle soutint ce regard avec sérénité et détermination.

— Si je satisfais votre curiosité, satisferez-vous la mienne ?

— A quel sujet ? demanda-t-elle prudemment.

— Je veux que vous m'expliquiez ce qui vous empêche d'enlever cette pelisse.

Elle hésita, puis hocha la tête.

— C'est d'accord.

— Eh bien, j'ai presque trente ans.

Les yeux d'Isabella s'agrandirent.

— Vous n'avez que vingt-neuf ans ?

— Oui. Et alors ?

Un large sourire étira les lèvres de la jeune femme.

— Et alors vous n'avez que six ans de plus que moi !

— D'expérience, j'ai des siècles de plus que vous, croyez-moi.

Il n'appréciait visiblement pas l'idée que sa relative jeunesse la réjouisse autant.

— Vous n'êtes pas beaucoup plus qu'un jeune homme !

— Et vous, mademoiselle, il suffit de vous presser le nez pour qu'il en sorte du lait, rétorqua-t-il d'un ton ronchon en ouvrant le panier.

Il étendit la nappe et commença à disposer le pique-nique. Puis, soudain, il releva la tête.

— Vous devez honorer votre part du marché, comtesse. Vous semblez trouver mon âge très amusant, mais j'ignore toujours pourquoi vous vous obstinez à porter de la fourrure sous cette chaleur infernale.

Un marché était un marché. Inspirant profondément, elle chercha les mots appropriés pour exposer son dilemme.

— La robe que je porte... n'est pas à moi, vous le savez, et... elle n'est pas vraiment comme il faut.

— Êtes-vous en train de me dire qu'elle n'est pas suffisamment élégante pour que vous osiez me la montrer ? s'étonna-t-il d'un ton dégoûté.

— Non, bien sûr que non ! C'est plutôt qu'elle est... indécente.

Malgré tous ses efforts, elle ne put s'empêcher de détourner les yeux en prononçant ce dernier mot.

Alec haussa les sourcils et son regard s'éclaira d'un regain d'intérêt.

— Vraiment ? Laissez-moi voir ça.

— Non !

Il se leva et contourna Isabella en une enjambée. Inquiète sur ses intentions, elle renversa la tête en arrière pour ne surtout pas le quitter des yeux. Il lui souriait malicieusement, ses pupilles dorées scintillant de mille feux.

— Allons, Isabella, soyez raisonnable. Votre robe ne peut pas être aussi indécente que ça et c'est de la pure folie de garder un manteau par cette chaleur. Vous ne pouvez choquer personne, ici. Quant à moi, je suis trop affamé pour remarquer autre chose que le pique-nique.

Son ton vertueux lui arracha un sourire, mais elle secoua néanmoins la tête.

— Mangez, Alec, et laissez-moi tranquille. Ma décision est ferme et définitive.

— Et moi, j'entends vous faire changer d'avis. Vous vous rendez stupidement malade et retardez mon déjeuner.

— En tant que votre professeur, je me dois de vous signaler que votre insistance est fort déplacée. Un gentleman se serait incliné au premier refus.

— Heureusement pour vous, madame le professeur, je ne suis pas un gentleman. Et je refuse de vous laisser souffrir pour une raison aussi idiote.

Isabella soupira.

— J'en ai assez d'argumenter avec vous. Je vous assure que je suis très bien ainsi, alors changeons de discussion, voulez-vous ?

— Moi aussi, j'en ai assez d'argumenter.

Sans crier gare, il la plaqua au sol, lui saisit les poignets d'une main et lui bloqua les bras au-dessus de la tête.

— Que... diable faites-vous ?

Se débattre était inutile, elle le savait, et elle ne voulait pas lui donner la satisfaction de sortir gagnant d'une lutte de toute façon perdue d'avance. Mais ses yeux lançant des éclairs bleus ne pouvaient cacher ses émotions.

— Il faudra vraiment que vous appreniez à jurer, comtesse, remarqua-t-il, le regard étincelant de malice.

Puis, d'une main de toute évidence experte en la matière, il commença à défaire les agrafes de sa pelisse.

32

— Vous êtes un monstre, Alec Tyron ! Lâchez-moi immédiatement !

— Dans une minute, chérie, dit-il d'une voix exagérément suave en défaisant les dernières agrafes.

— Non ! cria-t-elle, proche du désespoir, mais c'était trop tard.

Il écarta les bords de la pelisse et découvrit avec une secrète satisfaction le corsage affreusement incorrect de la robe. Avec horreur, Isabella s'aperçut que le décolleté dévoilait encore plus ses seins qu'elle ne l'avait cru.

— Ne regardez pas, je vous en prie.

Les joues enflammées de honte, elle détourna la tête.

— Isabella, regardez-moi.

Il prit doucement son menton entre ses doigts et retourna son visage vers lui. Les yeux d'Isabella étaient assombris de détresse. De petites mèches de cheveux entouraient son visage coloré par l'embarras et la chaleur. Bien qu'elle ne s'en rendît pas compte, elle paraissait très jeune en cet instant, et délicieusement vulnérable.

— Ne soyez pas ridicule, poursuivit Alec. Je vous ai déjà vue beaucoup plus dénudée que ça... (Son regard descendit à nouveau sur sa poitrine puis revint à son visage.) Et je ne vous laisserai pas vous rendre malade pour une absurde notion de bienséance.

Sur ce, il la remit sur ses pieds et lui enleva la pelisse avant qu'elle ait le temps de réagir.

— Brute ! s'écria-t-elle en croisant instinctivement les mains sur sa poitrine.

Alec haussa les épaules et alla ranger le manteau dans le tilbury. Puis il revint avec la même nonchalance s'installer à côté du panier de pique-nique.

Furieuse, Isabella le fusillait du regard tandis qu'il mordait à belles dents dans une cuisse de poulet.

— Vous n'êtes qu'un malotru dépourvu de manières, Alec Tyron.

— Eh bien, au moins vous ne chômerez pas, madame le professeur. Dès notre arrivée à Amberwood, je compte sur vous pour corriger ma grossièreté. En attendant, prenez donc un peu de poulet. Le cuisinier du Manège le prépare à merveille.

Essayer de le raisonner était une perte de temps, décida Isabella qui commençait à se calmer. Voyant qu'il ne prêtait aucune attention à l'exposition de ses charmes, et admettant secrètement qu'elle se sentait beaucoup mieux sans la pelisse, elle abdiqua et vint s'installer en face de lui. Elle prit cependant soin de garder une main protectrice sur son décolleté et de disposer sa jupe de manière à couvrir ses chevilles. Puis elle surveilla Alec du coin de l'œil. S'il osait lui manquer de respect...

Mais il semblait beaucoup plus attiré par les mets appétissants que par ses appas. Si bien qu'Isabella se détendit peu à peu et se mit à manger.

— Demain, vous pourrez commander une garde-robe à un couturier, si vous le souhaitez. Bien que ce genre de robe vous aille à ravir.

Son ton était détaché, mais cette remarque prouvait qu'il n'était pas indifférent à son embarras. Il cherchait de toute évidence à lui faire plaisir. Et, bien qu'elle ne pût accepter son offre, Isabella fut touchée de trouver tant d'attentions chez un homme tel que lui. Posant le morceau de pain qu'elle s'apprêtait à manger, elle lui sourit.

— C'est très généreux de votre part, Alec, et je suis très sensible à votre offre. Mais je ne peux pas accepter que vous m'achetiez des robes. Ce ne serait pas correct.

Leurs regards se croisèrent un instant, et elle sentit que sa réponse l'avait agacé.

— Nous avons dépassé depuis longtemps les limites de ce que vous appelleriez les bonnes manières, comtesse. En outre, qui le saurait ? Et vous n'avez pas à avoir peur pour mes finances. Vous offrir quelques vêtements ne me mettra pas sur la paille.

Elle secoua la tête avec détermination.

— Vos finances ne sont pas en question. Je ne peux tout bonnement pas accepter que vous m'offriez des robes. Cela ne serait pas... n'est pas...

— Oui ? questionna-t-il calmement en s'arrêtant de manger.

— Ce n'est pas digne d'une lady, répondit-elle en détournant le regard.

Comme il émettait un son trahissant une extrême vexation, elle le regarda à nouveau. Avant qu'il ne laisse exploser sa colère, elle ajouta en hâte :

— Si vous aviez la gentillesse de m'accorder une avance sur mon salaire — car je suppose que vous avez l'intention de me verser un salaire —, je pourrais subvenir seule à mes besoins...

— Bien sûr que j'ai l'intention de vous donner un salaire, l'interrompit-il brusquement en jetant son morceau de poulet dans l'assiette et en s'essuyant les mains à la nappe.

Puis il se leva pour venir s'installer plus près d'elle. Isabella, son plat posé sur les genoux, le dévisagea avec un certain étonnement et perçut dans ses yeux une curieuse intensité, mêlée d'une pointe d'impatience.

— Bon Dieu, Isabella, mettons fin à cette farce, voulez-vous ? Je ne vous suis pas indifférent, il me semble et je... je vous trouve plus qu'attirante. Si vous le souhaitiez, ma personne et mon argent seraient à votre entière disposition. Je peux vous offrir une garde-robe digne d'une duchesse, des bijoux, une voiture, des chevaux — et tout ce que vous désirez d'autre. Je suis assez riche pour vous faire vivre confortablement jusqu'à la fin de vos jours. Vous n'aurez plus besoin de subir St. Just.

Tandis qu'il parlait, Isabella s'était progressivement raidie. Quand il s'arrêta, attendant sa réaction, elle put à peine parler tellement sa gorge s'était soudain asséchée.

— Je ne suis pas sûre de bien vous comprendre. Que me proposez-vous au juste ?

Il la considéra avec plus d'attention et quelque chose — de l'incertitude ? — passa un instant dans ses yeux. Puis il sourit, se redressa sur un genou et porta la main à son cœur.

— Vivez avec moi, soyez mon amour et partageons tous les plaisirs...

Sa voix, comme sa posture, était exagérément expressive, mais son regard brillait d'une étrange intensité.

— Vous suggérez que je devienne votre maîtresse attitrée.

C'était une constatation, pas une question. En dépit de la chaleur, Isabella se sentit soudain glacée.

— C'est une façon un peu crue de dire les choses. Je préfère vous proposer d'être mon amour.

Il prit sa main. Figée par le choc, elle lui permit de la porter à ses lèvres. Comme si elle n'était qu'une simple spectatrice de la scène, elle le vit presser sa bouche sur le dos de sa main. Froidement, elle nota les étincelles d'or que le soleil accrochait dans ses cheveux...

Il releva les yeux vers elle et lui sourit.

— Alors, comtesse ?

Pendant un long moment, elle le fixa sans rien dire. Puis ses sourcils se froncèrent et ses lèvres se tordirent en une grimace de dégoût. Lui arrachant vivement sa main, elle se leva d'un bond, renversant l'assiette posée sur ses genoux. Il la regarda tandis qu'elle le surplombait de toute sa fureur, puis se leva lui aussi.

— Isabella...

— Ramenez-moi en ville, je vous prie.

— Vous êtes en colère, constata-t-il d'un ton résigné. J'aurais dû m'y attendre, je le sais, mais je voulais mettre un terme à ces petits jeux stupides entre nous. Je vous désire follement, chérie.

— Ne m'adressez plus la parole !

— Très bien ! s'impatienta-t-il. Si vous y tenez, nous poursuivrons cette farce jusqu'au bout. Mais vous finirez tôt ou tard dans mon lit, même si vous prétendez le contraire. Il y a trop de désir entre nous, de mon côté comme du vôtre. Je le vois dans vos yeux chaque fois que vous me regardez.

— Vous êtes abominable ! Ramenez-moi à Londres !

Elle avait l'impression qu'un étau d'acier lui serrait la gorge au point de l'étouffer. Ainsi, Pearl avait dit vrai... Alec avait l'intention de la prendre pour maîtresse et d'user de ses faveurs jusqu'à ce que son besoin de nouveauté soit assouvi. Si les choses avaient été différentes, elle n'aurait rien souhaité plus ardemment que de devenir son amour. Mais l'amour n'avait rien à voir avec ce qu'il lui proposait. Ce qu'il venait de suggérer n'était ni plus ni moins qu'un contrat d'affaires.

— C'est un arrangement assez courant, vous savez. Inutile de réagir comme si je vous avais mortellement offensée. Au contraire, vous devriez vous sentir honorée que je vous offre ce que je n'ai jamais proposé à aucune femme.

Isabella, les poings sur les hanches, le toisa d'un regard noir de rage.

— Ainsi, je devrais être honorée de votre infâme proposition ? Eh bien, laissez-moi vous dire que je me sens surtout salie ! Et si vous ne me reconduisez pas en ville immédiatement, je m'y rendrai à pied !

Furieuse, elle se dirigea vers le tilbury. Il la suivit à quelques pas de distance.

— Soyez raisonnable, Isabella. Je n'avais pas l'intention de vous heurter...

— Allez-vous me reconduire, oui ou non ?

— Vous ne pouvez pas retourner à Londres. En dehors du Manège, vous ne serez en sécurité nulle part, et ce n'est pas un endroit pour vous.

Elle lui jeta un regard d'une telle violence qu'il en resta figé de surprise.

— N'est-ce pas un endroit convenable pour votre maîtresse ? J'aurais cru qu'une maison close serait le lieu idéal pour une catin !

— Isabella...

— Je ne veux plus vous entendre, espèce de... de...

— Je ne comprends rien à votre foutue colère.

La saisissant soudain par le bras, il la força à

s'arrêter et à lui faire face. Elle se débattit pour se libérer, mais il refusa de la lâcher.

— Vous avez déjà couché avec moi — de votre propre volonté et en y prenant du plaisir — et il me semble que l'offense aurait été de vous ignorer après ce qui s'est passé entre nous. Ai-je fait cela ? Non. Je vous offre au contraire tout ce que je possède : ma personne et ma fortune. Où est le mal, là-dedans ? Vous me rendriez service en m'éclairant, parce que je ne vois vraiment pas.

Tandis qu'il parlait, elle avait cessé de se débattre pour le dévisager avec une croissante incrédulité.

— Je vois bien que vous ne saisissez pas, espèce d'ignoble personnage ! Ce n'est sûrement pas le cas dans votre monde, mais dans le mien on considère que « lady » n'est pas seulement un titre de courtoisie !

Il resta un moment sans rien dire, alors qu'elle le toisait avec hauteur.

— C'est donc ainsi que vous sentez les choses, grinça-t-il finalement. Votre réponse aurait-elle été différente si j'avais été un foutu lord, comme votre assassin de mari ?

A cette question, les yeux d'Isabella s'embrasèrent littéralement de fureur.

— Eussiez-vous été le roi en personne, ma réponse aurait été la même ! Ramenez-moi à Londres, je vous dis !

Cette fois, elle parvint à dégager son bras et à faire volte-face en direction de la voiture.

— Bon Dieu, Isabella, vous êtes ridicule et vous le savez ! Oublions cette conversation et revenons là où nous en étions avant ! C'était seulement une plaisanterie, je vous assure.

— Vous ne plaisantiez pas du tout, déclara-t-elle, vindicative, en poursuivant son chemin.

— Eh bien oui, j'étais sérieux ! Et alors ! Bon sang, c'était un compliment que je vous faisais ! Ne savez-vous pas reconnaître un foutu compliment quand on vous en fait un ?

Isabella ne daigna pas le regarder, ni accepter l'aide qu'il lui offrait pour monter en voiture. Une fois installée sur le siège, elle croisa les bras sur sa poitrine et fixa froidement un point invisible en face d'elle.

— Très bien, je vous ramènerai en ville, puisque Votre Hauteur le désire ! Je vous jetterai à la porte de votre sanguinaire mari ! Et je commence à croire que son idée n'était pas si mauvaise !

Il perdait vraiment patience, constata-t-elle avec un méchant plaisir...

Comme elle restait toujours de glace, Alec poussa un juron et retourna chercher leurs affaires. Quelques secondes plus tard, il lançait le panier dans la voiture, réattelait les chevaux et grimpait à côté d'Isabella. D'un coup de rênes rageur, il mit l'attelage en branle.

Mais la jeune femme nota aussitôt qu'ils s'engageaient dans la même direction qu'auparavant.

33

— Londres est dans l'autre sens, lui rappela Isabella avec froideur.

— Oui. Et si j'étais aussi stupide que vous, j'en prendrais le chemin. Comme ce n'est pas le cas, je vous emmène là où vous serez en sécurité, que vous le vouliez ou non.

— Et puis-je savoir où ?

— A Amberwood, comme prévu. Vos capricieuses sautes d'humeur ne me feront pas changer d'avis.

— Puisque vous semblez déterminé à ne pas tenir compte de mes souhaits, j'espère au moins qu'Amberwood vaut le détour, déclara-t-elle d'un ton dédaigneux.

Alec arrêta si subitement les chevaux qu'Isabella dut s'agripper pour ne pas tomber. Calant les rênes d'un geste rageur, il se tourna vers elle, le regard brûlant de fureur.

— Vos grands airs commencent à me fatiguer, comtesse ! Je me demande s'ils résisteraient à une bonne correction ! conclut-il entre ses dents.

— La violence est tout ce qu'on peut attendre d'une canaille dans votre genre, rétorqua-t-elle du même air hautain.

— L'autre nuit, le fait que je sois une « canaille » n'a pas eu l'air de vous déranger, remarqua-t-il méchamment en se rapprochant d'elle.

Effrayée, elle s'écarta, mais il la saisit par le bras pour l'attirer tout près de lui, ses doigts s'enfonçant dans sa peau délicate. Ses yeux brillaient d'une lueur féroce, sa bouche était tordue en un diabolique rictus. Il essayait de la terroriser, et elle dut admettre qu'il y parvenait. Soudain, il n'était plus Alec mais le Tigre, roi des criminels et de toutes les forces du mal.

Il approcha ses lèvres des siennes, dans l'intention visible de la punir par un baiser. Elle détourna aussitôt la tête, mais il l'allongea à moitié sur ses genoux, la maintenant fermement dans l'étau de ses bras. Comprenant qu'il était inutile de se débattre, Isabella se figea, comme un petit animal traqué attendant le coup mortel du chasseur.

Et elle eut effectivement l'impression de mourir quand la bouche d'Alec s'empara de la sienne avec une passion mêlée de fureur et de désir brûlant. Il portait atteinte à sa dignité et à la paix de son âme. Elle ne voulait pas, ne devait pas être sa maîtresse. Mais Dieu qu'elle en avait envie ! Dès qu'Alec la touchait, son corps ne semblait plus lui appartenir. Parfois, un seul regard de lui suffisait à l'enflammer, à balayer sa lucidité, son sens du devoir et jusqu'à la notion même de bien et de mal...

Comme animées d'une vie propre, ses lèvres s'entrouvrirent pour recevoir ce baiser si profondément désiré. Ses bras à présent libres de toute contrainte s'enroulèrent autour de son cou. Quand Alec glissa les mains dans son corsage pour caresser ses seins, elle poussa un gémissement de révolte déjà étouffée et s'offrit à ses doigts experts qui la rendaient folle de plaisir.

— Vous êtes si douce, Isabella, murmura-t-il d'une voix où ne perçait plus l'ombre d'un accent de colère.

Tout comme elle, il semblait étourdi de désir, brûlant d'une fièvre annihilant sa volonté. Il baisa sa joue, son oreille, son cou, avant de retourner à sa bouche et de s'en emparer lentement, comme pour en posséder chaque parcelle.

Isabella, totalement envoûtée, s'abandonna à ces délices. Toutes ses défenses avaient volé en éclats. Elle lui appartenait. Elle ferait tout ce qu'il voudrait. Ses baisers, ses caresses, son corps et son âme lui étaient dévoués...

Soudain, Alec s'écarta. Elle ouvrit les yeux et le vit regarder la route derrière eux. C'est alors qu'elle entendit le galop d'un cheval qui approchait.

— Pas de chance ! souffla Alec d'une voix rauque. Mais je suppose que c'est mieux ainsi. Une voiture découverte n'est pas vraiment un endroit idéal pour...

Il s'interrompit pour la regarder et, avec une surprenante douceur, retira sa main de son corsage et écarta une des petites mèches retombant sur son visage.

— Asseyez-vous et rajustez votre robe, chérie. Nous reprendrons cela à Amberwood.

— Je ne serai pas votre maîtresse, déclara-t-elle en se redressant.

A présent libérée du sortilège de ses caresses, elle se sentait de nouveau la force de lui résister.

— Un sursaut de révolte ? se moqua-t-il gentiment en se penchant pour déposer un baiser sonore sur sa bouche.

Puis, comme s'il était évident pour lui que l'affaire était close, il reprit les rênes.

Le bruit du cheval derrière eux fut étouffé par celui de leur attelage cahotant derechef sur la route. Isabella, encore sous l'émotion de ce qu'elle venait de vivre, jeta un œil en direction d'Alec. Il n'était plus du tout en colère, mais paraissait content de lui et plein d'assurance. Sentant son regard sur lui, il tourna rapidement la tête vers elle et lui sourit.

C'était un sourire si complice et si charmeur à la fois qu'Isabella fut prise d'une sorte de vertige. Sans aucun doute, Alec Tyron était l'homme le plus séduisant qu'elle eût jamais vu. Mais ce qui l'attirait si fort vers lui n'était pas sa beauté. Il y avait quelque chose en lui, comme une profonde chaleur humaine, qui lui donnait envie de remettre son cœur entre ses mains.

Entretenir de si dangereuses pensées était une grave erreur, elle le savait. Tôt ou tard, elle devrait renoncer à lui et retourner au monde sans saveur auquel elle appartenait. Il n'y avait pas de place pour Alec dans sa vie. Même si elle n'avait pas été l'épouse de Bernard, leur liaison aurait été impossible, tant il était illusoire de vouloir unir deux êtres issus d'univers si différents.

Jetant à nouveau un regard vers lui, elle s'aperçut que son visage s'était légèrement crispé.

Le cavalier derrière eux se rapprochait à toute allure. Cela justifiait peut-être qu'Alec ralentisse, bien que la route fût assez large pour ne pas prendre cette précaution. Mais cela n'expliquait pas pourquoi il était en train d'attraper quelque chose sous son siège...

Soudain effrayée, Isabella regarda par-dessus son épaule. Penché sur le cou de sa monture, le cavalier fonçait à une telle vitesse vers eux que le choc semblait inévitable.

— Baissez-vous, Isabella !

La jeune femme obéit sans réfléchir. A peine s'était-elle exécutée qu'un coup de mousquet retentit au-dessus de sa tête.

Un deuxième coup, plus lointain, fit écho au premier.

Puis Alec poussa un cri. Isabella tourna vivement la tête, juste au moment où Alec s'effondrait contre le dossier de son siège.

34

Terrifiés par les explosions soudaines, les chevaux s'emballèrent. Tout en essayant d'atteindre Alec pour l'aider, Isabella s'aperçut avec horreur qu'il avait le visage couvert de sang. Une violente secousse la ramena en arrière. Les bêtes chevauchaient à toute allure sur la route cahoteuse, soulevant presque le tilbury du sol.

— Sacré bon Dieu !

Le juron proféré par Alec rassura Isabella. Il n'était certainement pas mourant, s'il pouvait encore jurer... Elle tenta à nouveau de se rapprocher de lui, mais une autre secousse faillit la projeter hors de la voiture. Se retenant de justesse, elle récupéra un relatif équilibre. Le mousquet qu'Alec avait tiré de sous son siège au moment de l'attaque chuta lui aussi... pour atterrir juste à côté de sa main. Elle se raidit, craignant que le coup ne parte seul. Puis elle se souvint de l'explosion qui avait retenti si près de sa tête. Alec avait dû tirer le premier et l'arme était par conséquent vide. Cependant, elle continua de la fixer comme s'il s'agissait d'un serpent venimeux et fut soulagée quand une autre série de secousses envoya le mousquet par-dessus bord.

— Attrapez-le ! cria Alec.

Mais il était trop tard. Poussant un nouveau juron, il s'empara des rênes, batailla pour se redresser et retomba en arrière avec un grognement de douleur.

— Alec !

L'affolement aida Isabella à progresser peu à peu jusqu'à lui. Il était à moitié couché sur le siège, son pied bloqué sous lui l'empêchant de tomber. Une large entaille sur le côté gauche de son front saignait abondamment. L'autre partie de son visage était aussi maculée de sang, mais ce fut son intense pâleur qui inquiéta le plus Isabella. Il était conscient, mais pour combien de temps ? Assurant difficilement son équilibre, la jeune femme se rapprocha encore pour mieux l'examiner.

— Asseyez-vous, bon Dieu !

Une autre secousse obligea Isabella à lui obéir, Alec tirait sur les rênes, mais le manque de réaction des chevaux indiquait qu'il devait être dangereusement affaibli. Passant outre à sa volonté, Isabella revint vers lui pour unir ses forces aux siennes. S'ils ne freinaient pas l'attelage, une mort certaine les attendait.

Elle n'eut pas l'occasion de toucher les rênes. Tandis qu'Alec, le visage crispé par l'effort, lui intimait d'un bref regard de rester à sa place, les roues heurtèrent violemment quelque chose et le tilbury bondit dans les airs. Il atterrit durement sur un pont, avant de rebondir, comme pour sauter par-dessus les chevaux.

Catapultée tête la première hors du véhicule, Isabella vit le pont, la rivière et sa berge broussailleuse danser sous elle. Quelque part au-dessus, un terrible vacarme retentit, suivi de hennissements et d'un cri poussé par Alec. La jeune femme eut juste le temps de fermer les yeux avant de s'écraser au sol.

Le choc lui coupa le souffle et elle resta un long moment incapable de bouger, à peine consciente de son corps à moitié enfoui dans un buisson et de ses pieds traînant dans l'eau glacée d'une petite crique.

Au loin, des cris plaintifs s'élevèrent.

Était-ce Alec ? L'inquiétude lui fit reprendre ses esprits. Pour crier ainsi, il devait être à l'agonie...

Se forçant à inspirer profondément, elle batailla pour se dégager du buisson. Galvanisée par la volonté d'aider Alec, elle parvint finalement à se mettre à genoux, puis à se redresser, tremblante. Une fois parcourue la courte distance séparant la rive de la route, elle s'aperçut que les plaintes n'émanaient pas d'Alec mais des chevaux.

Isabella avait toujours eu une affection particulière pour les animaux, et son cœur se serra quand elle vit les pauvres bêtes à terre, empêtrées dans les rênes et gémissant de douleur. Couché sur le côté, le tilbury était complètement désarticulé.

Alec n'était visible nulle part.

— Alec ! appela-t-elle, folle d'inquiétude, Alec !

Il n'y eut aucune réponse, à part les hennissements affolés des chevaux et le bruit d'une roue tournant encore dans le vide.

Soudain, l'idée qu'Alec était peut-être bloqué dans les débris, ou — pire encore — écrasé sous le véhicule, la glaça de terreur.

— Alec ! appela-t-elle encore en se précipitant vers le tilbury.

Fouillant l'intérieur des yeux, elle ne vit aucune trace de lui. S'il se trouvait dessous, elle aurait besoin d'aide pour le dégager. Mais il n'y avait personne pour lui prêter assistance. Peut-être pourrait-elle utiliser les chevaux...

— Tout doux, murmura-t-elle en s'approchant d'eux avec précaution.

Les bêtes avaient enfin réussi à se redresser et récupéraient difficilement leur souffle.

Ils la laissèrent approcher sans protester, poussant juste un hennissement craintif quand elle leur caressa les naseaux. Continuant de prononcer des paroles apaisantes, Isabella les tira doucement par la bride. Ils avancèrent pas à pas, courbés sous le poids mort du véhicule. Finalement, ils le déplacèrent suffisamment pour qu'Isabella s'assurât qu'Alec ne se trouvait pas dessous.

Une véritable panique la submergea alors.

— Alec !

Avec un frisson glacé, elle se rappela le cavalier qui avait surgi de nulle part pour tuer Alec. Était-il venu achever son travail pendant qu'elle était sur la berge ? Avait-il même eu le temps de faire disparaître le corps ? Non, cela semblait impossible...

— Alec ! appela-t-elle encore, tremblant d'appréhension.

— Je suis là.

La voix était si peu audible qu'Isabella crut d'abord l'avoir imaginée. Puis un juron se fit entendre, et elle sut qu'Alec, quel que fût son état, était encore en vie.

Il gisait sur l'autre rive de la crique, presque entièrement caché par un lilas qui, à en juger à ses branches brisées, avait largement amorti sa chute. Il resta couché sur le dos, les yeux fermés, jusqu'à ce qu'Isabella s'approche et s'agenouille à côté de lui. Là, il ouvrit les yeux et la regarda.

— Vous êtes blessée ? demanda-t-il aussitôt.

— Non. Mais vous... votre tête...

Son visage couvert de sang était effrayant à voir. Se penchant pour l'examiner, elle découvrit une longue entaille barrant le côté gauche du front jusqu'à la tempe. Mais, malgré l'impressionnant saignement, la blessure ne semblait pas grave. Cependant, la chute avait pu causer des lésions internes bien plus importantes.

Mais il fallait d'abord arrêter l'hémorragie, et elle chercha des yeux ce qui pourrait lui servir.

— Ne bougez pas : je reviens tout de suite, dit-elle en allant ramasser une de ses chemises tombée sur un proche buisson.

Revenant auprès de lui, elle lui enroula la tête dans ce bandage improvisé.

— J'ai la peau dure, heureusement. Je ne crois pas que ce soit bien grave. (Il ferma les yeux pour les rouvrir presque aussitôt.) Le maudit bâtard ! L'avez-vous vu ?

— Pas vraiment. Il allait trop vite.

— Je crois l'avoir blessé. Bon Dieu, quand je tiendrai le responsable entre mes mains, je...

— Calmez-vous, ordonna Isabella en voyant qu'il tentait de s'asseoir. Ne bougez surtout pas.

— Je ne peux pas rester éternellement dans ce foutu buisson.

— Il vaut mieux que vous ne bougiez pas, le temps que je trouve de l'aide.

Alec poussa un grognement mêlé d'ironie et de douleur, et se débrouilla pour s'asseoir malgré les protestations d'Isabella.

— Nous n'avons pas le temps, chérie. A moins que je ne l'aie sérieusement blessé, le bâtard va sûrement venir terminer son travail. Et, sauf s'il n'a aucune jugeote, il sait qu'une occasion de me trouver si vulnérable ne se reproduira pas de sitôt.

Il se redressa en vacillant et ne réussit qu'à progresser de quelques pas avant que ses genoux ne se dérobent sous lui. Basculant en arrière, il se retrouva à nouveau à terre.

— Vous n'êtes pas plus sensé qu'un enfant, Alec Tyron ! Ne vous agitez plus, maintenant ! Attendez ici et je... je vais ramener un des chevaux.

Elle crut le voir hésiter un instant, mais il hocha finalement la tête et ferma les yeux.

— Oui, c'est la seule solution. Les bêtes n'ont pas été blessées ?

— Pas autant que je sache, répondit-elle avant de se détourner.

— Isabella ! la rappela-t-il. (Ses yeux dorés, pleins d'une nouvelle détermination, se rivèrent aux siens.) Faites vite et soyez prudente. Si le cavalier revient, courez vous cacher. Est-ce bien entendu ?

Elle hocha rapidement la tête et s'éloigna, le cœur battant. Arrivée près des chevaux, elle détacha celui qui lui parut le plus calme, tout en guettant un éventuel bruit suspect. Mais rien ne semblait anormal. Conduisant par la bride le pauvre animal encore tremblant de peur, elle rejoignit Alec.

— Vous avez réussi à ramener ce foutu cheval,

constata-t-il d'un ton qui parut bizarre à la jeune femme.

Mais elle était trop occupée à l'aider à se relever pour s'attarder sur ce détail.

— Pourrez-vous monter en selle ? lui demanda-t-elle en le conduisant jusqu'au cheval.

— Je crois, oui, répondit-il.

Mais il se contenta de regarder tour à tour l'animal et Isabella, l'air soudain presque honteux.

— Eh bien, allez-y. Vous pouvez vous appuyer sur moi.

— Montez la première.

— Mais vous aurez peut-être besoin de mon aide...

— Comtesse, j'ai surtout besoin que vous preniez les rênes. Je ne suis jamais monté à cheval de ma vie et ce n'est pas aujourd'hui que j'apprendrai.

— Quoi ?

Cet aveu était si étonnant qu'elle crut avoir mal entendu.

— Je ne sais pas monter à cheval, répéta-t-il d'un ton agacé. Je suis un citadin, vous vous souvenez ? Et, à Londres, on n'utilise ces foutues bêtes qu'en attelage.

Il semblait sur la défensive et lui lança un regard féroce, comme pour la prévenir de ne pas le sous-estimer pour autant. Quant à Isabella, chevaucher lui était aussi naturel que le fait même de respirer.

— Très bien, dit-elle, enfin revenue de sa surprise.

Elle se hissa avec une aisance exemplaire sur le dos nu de l'animal. Ce dernier, bien qu'il n'ait pas l'habitude d'être monté, ne broncha pas. Ce qui, après le choc qu'il venait de subir, était d'autant plus à son honneur.

Baissant les yeux vers Alec qui fixait le cheval

comme s'il s'agissait du mont Kilimandjaro, la jeune femme lui indiqua qu'il pouvait la rejoindre. Elle n'osa faire aucun commentaire, tandis qu'il s'installait tant bien que mal derrière elle. De toute évidence, Alec détestait l'idée de dépendre d'elle, et mieux valait ne pas risquer de froisser davantage son amour-propre.

Isabella saisit les rênes et pressa les flancs de l'animal. Toujours aussi conciliant, celui-ci bondit en avant. Alec glissa, mais retrouva l'équilibre en se retenant à la taille de la jeune femme.

— Évitons la route, lui dit-il. Prenez par les bois.

Isabella hocha la tête et s'engagea aussitôt dans cette direction.

35

Alec faiblissait. Elle pouvait le sentir à son poids de plus en plus lourd contre elle.

— Il y a une auberge pas très loin, je crois. Elle s'appelle Au Repos du Marchand. J'ai bien connu le type qui la tient.

Sa voix rauque augmenta l'inquiétude d'Isabella, qui força l'allure.

Elle supposa que le Repos du Marchand ne devait pas être un établissement de luxe. Serait-il aussi sordide que celui où Alec l'avait emmenée pour rencontrer Molly ? Elle espérait que non... De toute façon, il avait besoin de repos et d'aide pour échapper à ses ennemis. Et pour lui assurer cela, elle irait jusqu'en enfer s'il le fallait.

Conduire sans selle à travers les bois n'était pas une tâche facile. Heureusement, le cheval épuisé par ses récentes épreuves ne lui causait aucun problème. Comme elle s'engageait sur une pente, Alec se fit encore plus lourd. Jetant un regard inquiet par-dessus son épaule, elle constata que son visage était d'une pâleur alarmante.

Alors elle commença à l'entretenir de tout et de rien, lui posant le plus possible de questions, juste pour le maintenir conscient jusqu'à ce qu'ils trouvent de l'aide. Le voyage semblait interminable. Même sous le couvert des arbres, la chaleur était intense. Isabella dégoulinait de sueur, et à son inquiétude pour Alec, s'ajoutait la crainte d'une éventuelle poursuite. Si bien qu'à force de guetter le moindre bruit suspect et de se raidir à chaque fausse alerte, son corps n'était plus qu'une masse douloureuse de muscles tétanisés par la peur.

A la position du soleil, Isabella jugea que l'après-midi prenait fin quand ils émergèrent des bois pour se retrouver sur une route ayant plutôt l'allure d'une piste poussiéreuse. Environ un quart d'heure plus tard, à la sortie d'un tournant, l'auberge apparut enfin.

C'était une petite bâtisse trapue, au toit de chaume. Une enseigne mobile était suspendue au-dessus de l'entrée. La porte grande ouverte était de guingois et encadrée par deux étroites fenêtres aux vitres sales. La cour, séparée de la route par une pierre plate, grouillait en cet instant précis de gens hurlant et s'injuriant. De toute évidence, un litige était en train de se régler. Horrifiée, Isabella recula et stoppa sa monture.

— Pas habituée à ce genre d'endroit, hein, comtesse ? lui murmura Alec à l'oreille. Mais, vu les circonstances, c'est ce que j'ai de mieux à vous offrir. Avancez : nous ne craignons rien ici.

— Ça ira très bien, mentit-elle dans un souffle en avançant à contrecœur.

En vérité, l'endroit ressemblait à un repaire de brigands et l'effrayait au plus haut point. Mais quel choix avaient-ils ?

Conduisant le cheval dans la cour, elle prit bien soin de contourner la foule agitée. Pendant ce temps, deux hommes pris de querelle s'injuriaient avec une violence grandissante. Autour d'eux, les partisans de l'un ou de l'autre hurlaient leurs encouragements. Il n'y avait pratiquement aucune femme parmi ces gens crasseux et dépenaillés.

— Bon Dieu, murmura Alec. Nous tombons en plein combat de coqs !

Isabella vit alors que chacun des deux hommes tenait un coq frétillant d'agressivité, l'un roux, l'autre blanc. La foule s'écarta, formant un large cercle autour d'eux. Puis les « combattants » furent lâchés et se jetèrent l'un sur l'autre, stimulés par les cris rauques et les battements de mains des spectateurs.

— Allons à l'écurie, dit Alec. Mieux vaut ne pas trop attirer l'attention.

Isabella se dirigea vers la grange en bois délabrée, où aucun garçon d'écurie ne vint les aider. Tout le monde devait être au combat de coqs...

— Pouvez-vous descendre ? demanda-t-elle.

— Plus facilement que je ne suis monté, assura-t-il en se laissant glisser à terre.

Mais Isabella remarqua l'inquiétante pâleur de son visage et se hâta de descendre elle aussi.

— Vous ne devez pas avoir peur, déclara-t-il en se forçant à sourire malgré son évident épuisement. Le propriétaire est un vieil ami. Mais hâtons-nous d'entrer dans l'auberge : il y a sûrement des gens qui me connaissent dans cette foule, et ce ne sont peut-être pas tous des amis.

Affolée à l'idée que le danger pût être si proche,

la jeune femme attacha en hâte le cheval à l'entrée de la grange et offrit son soutien à Alec, dont la faiblesse semblait s'aggraver de seconde en seconde. La foule des parieurs était tellement absorbée par le combat de coqs qu'ils parvinrent à la contourner sans se faire remarquer. A l'entrée de l'auberge, un homme à la carrure formidable bloquait la porte, brandissant ses deux poings serrés et hurlant des encouragements à l'un des combattants.

— Y a-t-il de la place pour deux voyageurs ? lui demanda Alec d'une voix étonnamment ferme vu son état.

Soucieux de ne pas perdre une miette du combat, l'aubergiste ne leur accorda même pas un regard.

— Non. C'est complet.

— Tu en es sûr, Hull ?

Cette fois, l'attention de l'homme se porta sur eux et il ouvrit de grands yeux en reconnaissant Alec.

— Par Dieu ! Le Tigre ! s'exclama-t-il en se précipitant les mains tendues vers Alec. Sûr que nous avons une chambre pour toi ! Entre, entre ! C'est sacrément bon de te revoir, après toutes ces années ! On dirait que t'as eu des ennuis.

— C'est bon de te revoir aussi, Hull. Oui, j'ai de sacrés ennuis : un traître cherche à avoir ma peau. Si quelqu'un vient te poser des questions, je compte sur ton silence.

— Tu sais bien que tu seras toujours en sécurité chez moi, le Tigre. Je n'oublierai jamais le service que tu m'as rendu...

Il les conduisit dans le misérable intérieur, s'empressant devant Alec comme un valet devant un roi. Une forte odeur de chou cuit, mélangée à d'autres moins facilement identifiables, emplissait l'atmosphère.

— Ce n'était pas grand-chose, souligna Alec. Tu

as toujours été loyal et il est normal que j'aide les hommes sur qui je peux compter.

— Rien n'a changé, le Tigre. Quoi que tu veuilles, Tim Hull est ton homme.

— Pour l'instant, il a besoin d'un lit et d'un médecin, intervint Isabella avec fermeté.

Alec, qu'elle soutenait toujours d'un bras, s'appuyait lourdement contre elle et, en dépit des apparences, elle sentait qu'il était à bout de forces. Pourtant, à le voir et à l'entendre, même avec le bandage sur son crâne et le sang souillant son visage, personne n'aurait pu se douter qu'il avait atteint les limites de la résistance. La jeune femme supposa que, dans le monde dénué de lois où il avait grandi, cacher sa faiblesse était un principe fondamental de survie.

— Je n'ai pas besoin d'un foutu charcutier. C'est juste une éraflure.

Elle leva vers lui un regard impatient.

— Ne faites pas l'enfant, Alec. Je vous prie d'appeler un médecin, monsieur Hull.

— Isabella...

— Soit vous laissez un médecin vous examiner, soit je me désintéresse de vous ! l'interrompit-elle. M'avez-vous bien entendue ?

Visiblement surpris par tant de détermination, Alec abdiqua.

— Faites comme vous voulez, ronchonna-t-il. Mais je vous dis que c'est inutile.

— Peut-être, mais j'insiste. S'il vous plaît, monsieur Hull, faites venir un médecin. Et nous avons laissé un cheval à l'entrée de l'écurie... Quelqu'un pourrait-il s'en occuper ?

— Bien sûr ! Liddy ! Hé, Liddy, viens voir par là !

Une grande femme mince aux cheveux noirs et aux traits grossiers apparut à la porte donnant sur la salle du bar.

— Pas la peine de hurler, Timmy. Je ne suis pas sourde.

— Tu es aussi sourde qu'un pot, marmonna-t-il avant d'ajouter plus fort : Je te présente...

— Je suis un vieil ami de Tim, intervint Alec en esquissant un sourire plutôt pâle. Comme vous le voyez, nous avons eu un petit problème. Tim nous a gentiment proposé l'hospitalité, le temps que nous récupérions un peu.

— C'est complet, protesta la femme en fixant Tim d'un regard désapprobateur.

— Pas pour lui, décréta Tim en soutenant son regard. Envoie Mick chercher un médecin le plus vite possible et prépare la chambre du haut.

Liddy renifla en guise de réponse mais, après une dernière œillade noire, quitta la pièce, probablement pour aller exécuter les ordres de Tim.

Ce dernier regarda Alec d'un air désolé.

— Quand je l'ai épousée, elle était tout ce qu'un homme peut désirer. Le mariage change les femmes...

Púis il tourna son attention sur Isabella, qui soutenait toujours Alec. En apparence, on aurait pu la croire amoureuse au point de ne pas vouloir lâcher son homme d'une semelle. Tim vit donc une femme possessive, pas trop mal faite, mais loin de ressembler aux beautés tapageuses que le Tigre avait l'habitude de fréquenter. Ce brin de fille échevelée était dans un piteux état et sa robe largement décolletée semblait avoir été faite pour une autre femme, aux appas bien plus généreux. Elle était autoritaire aussi, avec un air collet monté, comme si elle s'estimait supérieure à ce qu'elle était. Vraiment pas le genre du Tigre...

— Euh, tu ne t'es pas marié, le Tigre ? Si tu l'es, oublie ce que je viens de dire.

— On ne m'a encore pas mis en cage, grâce à Dieu. Mais je te félicite pour ta charmante femme.

— Merci. Liddy est encore un beau brin de fille, hein ?

— Pas mal, oui.

Face à cet échange purement masculin, Isabella fut soudain très embarrassée. Elle aurait peut-être dû se sentir flattée que Tim la prenne pour l'épouse d'Alec, mais elle était plutôt affreusement consciente de l'incongruité de sa situation. De toute évidence, Alec et elle partageraient la même chambre. Tout le monde ici semblait trouver cela normal, et elle se ridiculiserait en exigeant une chambre séparée.

De plus, Alec avait besoin de soins, qu'elle ne déléguerait à personne. Et, de toute façon, de quoi s'inquiétait-elle ? N'avait-elle pas dépassé depuis longtemps les limites du convenable ?

36

Soudain, un cri de joie retentit à l'extérieur.

— Le roux a gagné ! hurlait un gamin surgissant à la porte d'entrée.

A côté de lui, un autre gosse sautillait d'excitation.

— Monsieur Hull, monsieur Hull, c'est le roux !

— Je suis sacrément content ! s'exclama Hull en donnant une tape dans le dos du gamin. J'avais misé un foutu paquet sur lui ! (Puis il sembla se rappeler la présence de ses hôtes.) Jimmy, maintenant que c'est fini, va t'occuper du cheval attaché devant la grange. Et si Mme Hull ne l'a pas encore fait, envoie

Mick chercher le médecin. Dis-lui qu'il sera payé pour le déplacement.

— Oui, m'sieur.

Après un regard curieux sur Alec et Isabella, Jimmy repassa la porte en courant. Hull le suivit des yeux, un peu déçu, regrettant de ne pouvoir se mêler à la célébration de la victoire.

Tandis que l'attention de Hull était distraite, Alec chancela, manquant déséquilibrer Isabella. Elle se rapprocha encore pour mieux le soutenir, s'inquiétant de son intense pâleur et de la sueur perlant sur son visage. L'espace d'une seconde, elle crut même qu'il allait s'évanouir. Mais, au prix d'un suprême effort de volonté, il se redressa, comme s'il voulait cacher à Hull le degré de sa faiblesse. De toute évidence, Tim Hull n'avait pas l'entière confiance d'Alec.

— Alec...

— Ça va aller, murmura-t-il de manière qu'elle soit la seule à l'entendre.

Mais il avait toujours l'air d'être au bord de l'évanouissement.

— Je suis désolée de vous presser, monsieur Hull, mais je ne me sens pas très bien, déclara alors Isabella. Pourrions-nous aller là-haut, même si la chambre n'est pas prête ?

— Oh, bien sûr ! Quel impoli je suis ! Je ne vous ai même pas proposé de vous asseoir ! Et en plus tu es blessé, le Ti...

— Appelle-moi seulement Alec, le temps que je serai ici.

— Très bien. Alors suis-moi, le Ti..., euh, Alec, c'est de ce côté.

Avec l'aide d'Isabella, Alec parvint à traverser le couloir sombre donnant sur un autre passage encore plus obscur, à l'arrière de l'auberge. L'escalier qu'ils empruntèrent ensuite était si étroit qu'on ne pouvait le monter à deux de front. A contrecœur, Isabella retira son bras de la taille d'Alec. Il ne chancela pas d'un pouce, malgré l'effort que lui demanda cette pénible ascension.

— C'est notre meilleure chambre, annonça Hull en ouvrant une porte se trouvant juste en face de l'escalier.

Elle était petite, garnie d'un lit à peine assez large pour deux personnes dormant étroitement enlacées, d'une table de toilette, d'une armoire et d'une chaise. L'odeur de chou cuit avait pénétré jusqu'ici, constata Isabella avec dégoût, mais la chambre était raisonnablement propre.

— Je te félicite, Hull, dit Alec. C'est une bonne petite auberge que tu as là.

— Je te la dois, le Ti... euh, Alec. Si tu n'avais pas...

— Excusez-moi, mais je suis très fatiguée, intervint Isabella. J'espère que vous ne m'en voudrez pas si je vous demande de nous laisser seuls.

— Oh... non, bien sûr que non, madame! bredouilla Hull en la regardant avec autant de stupeur que si elle avait été un monstre à deux têtes.

Elle l'avait sûrement offensé, mais ne s'en souciait guère, Alec s'affaiblissant de minute en minute.

Ce dernier haussa les épaules et adressa un regard d'excuse à Hull, comme pour lui dire: « Tu sais comment sont les femmes. » Hull hocha la tête avec compassion en se dirigeant vers la porte.

— Je t'enverrai le médecin dès qu'il arrivera. As-tu besoin de quelque chose ? Un repas ? Il y a du chou et du jarret de porc.

— Un repas sera le bienvenu et, Hull, rapporte-moi un pistolet, si c'est possible.

— Tu peux compter sur moi pour tout, le Tigre.

— Je me souviendrai de ton aide.

Sur cet échange de promesses, Hull quitta la pièce. Isabella referma la porte à double tour derrière lui. Quand elle se retourna, Alec s'était déjà laissé tomber sur le bord du lit, à bout de forces.

— Vous n'auriez pas dû rester si longtemps debout, lui reprocha-t-elle en allant ouvrir le lit.

— On ne doit jamais montrer sa vulnérabilité. Hull a travaillé pour moi à une époque, mais le temps change beaucoup de choses.

— Vous ne lui faites pas confiance.

— Là n'est pas la question. Je prends juste les précautions élémentaires.

Une fois le lit prêt, Isabella vint s'agenouiller devant Alec et, spontanément, comme si elle s'occupait d'un enfant malade, commença à défaire les boutons de sa chemise. Alec la laissa faire sans protester, se contentant de l'observer, son regard éclairé d'une petite lueur indéchiffrable.

Même à la vue de son torse nu, Isabella ne sembla pas se rendre compte qu'elle était bel et bien en train de déshabiller un homme. Mais quand ses doigts effleurèrent par accident le ventre musclé d'Alec, ce qu'elle ressentit la ramena instantanément à la réalité. Les joues soudain écarlates, elle retira ses mains, laissant la chemise à moitié fermée.

— Voilà, vous pouvez l'enlever tout seul, maintenant, dit-elle d'un ton brusque dissimulant mal sa confusion.

Elle se leva sans lui adresser un regard et alla s'occuper des oreillers.

— Timide, Isabella ?

Quelque chose dans l'intonation de sa voix la fit rougir encore plus. Elle passa en revue toutes les remarques qu'il pourrait lui faire sur l'inutilité de se montrer encore timide envers lui, et s'apprêta à en entendre au moins une.

— J'apprécie vos attentions, déclara-t-il doucement.

Surprise, Isabella leva la tête pour croiser ces yeux dorés qui la fixaient avec une expression qu'elle ne sut interpréter.

— J'en ferais autant pour quiconque en aurait besoin.

Elle mentait. Elle n'aurait fait cela pour personne d'autre au monde. Même la charité ou le sens du devoir n'auraient pas pu s'emparer d'elle avec autant de force que la tendresse qui l'avait submergée devant la souffrance d'Alec. La seule idée de déshabiller un Bernard en proie à la maladie la fit frémir de dégoût. Ses sentiments pour son mari ne pouvaient se qualifier de tendres. Quant à son père — qui lui avait prodigué si peu d'affection —, le respect et l'obéissance qu'elle lui devait étaient-ils comparables à de l'amour ?

Pour la première fois de sa vie, elle se rendait compte du manque d'amour dont elle avait toujours souffert.

— Vraiment ? demanda Alec.

— Vraiment quoi ?

Plongée dans ses pensées, elle avait perdu le fil de la conversation.

— Peu importe... Ces oreillers ne sont-ils pas assez battus ? Vous voulez leur mort, ou quoi ?

Il la taquinait, comme à son habitude, mais elle était trop heureuse qu'il en soit capable pour en prendre ombrage.

— Vous devriez être au lit, le sermonna-t-elle, sa bonne humeur soudain retrouvée. Si je vous retire vos bottes, pourrez-vous enlever le... euh... le reste ?

— Je le pourrais — si je voulais me mettre au lit. Mais ce n'est pas le cas.

A son expression obstinée, elle comprit qu'il était tout à fait sérieux.

— Ne soyez pas idiot ! Vous avez perdu beaucoup de sang et on dirait que vous allez vous évanouir d'une minute à l'autre. Il faut vous coucher tout de suite.

— Je ne me suis jamais évanoui de ma vie et je ne commencerai certainement pas maintenant. Ce n'est qu'une égratignure.

— Vous refusez de vous allonger ? dit-elle d'un ton mêlé d'impatience et de menace.

— Oui.

Ils se mesurèrent du regard. L'incroyable obstination d'Alec dépassait l'entendement d'Isabella.

— Je suppose que vous avez une bonne raison de refuser ce que tout homme sensé accepterait, déclara-t-elle avec un brin d'ironie. Si c'est seulement pour me prouver votre force de caractère, je vous assure que je suis déjà impressionnée.

— J'attendrai que le charcutier que vous m'avez imposé vienne et reparte. Tant que je le pourrai, j'éviterai que quiconque me croie sans défense.

Cet aspect de la situation avait échappé à Isabella. Vu les circonstances, elle se sentit presque stupide de ne pas y avoir pensé seule.

— Il faut que vous compreniez bien, Isabella. Ces hommes sont comme des vautours, guettant le moindre signe de faiblesse pour s'abattre sur vous. Je ne prendrai pas ce risque, pour ma sauvegarde autant que pour la vôtre. Sans moi, vous auriez ici autant de chances qu'un os bien juteux lancé au milieu de chiens affamés.

— J'avoue n'avoir pas pensé à cela, confessa-t-elle. Alors si vous ne pouvez pas vous allonger, laissez-moi au moins vous nettoyer le visage.

— Volontiers, dit-il avec un sourire.

Ce sourire eut sur Isabella un effet disproportionné qui l'effraya. Une fois de plus, elle constata à quel point son attachement pour Alec était profond. Et elle ne pouvait pas se permettre de tomber amoureuse de lui. Ce serait courir à sa perte.

Il y avait de l'eau dans le broc posé sur la table de toilette. Elle n'était sûrement pas d'une propreté irréprochable, mais la jeune femme s'en servit pour se rafraîchir le visage et se laver les mains. Puis, apercevant son reflet dans le miroir accroché au mur, elle faillit pousser un cri d'horreur. Elle ressemblait à une vraie sorcière, avec ses cheveux enchevêtrés en tous sens. Vivement, elle s'efforça de réparer les dommages en rassemblant en chignon sa chevelure plus que jamais indisciplinée. Bien que son reflet ne lui révélât pas une amélioration notable, elle décida que, pour l'instant, c'était le mieux qu'elle puisse faire.

Après avoir versé de l'eau dans la cuvette de porcelaine assortie au broc, elle l'emporta, attrapant au passage la serviette de lin. S'installant sur le lit, la cuvette sur les genoux, elle trempa la serviette et la porta au visage d'Alec.

Les yeux fermés, il se prêta docilement à ses soins. L'hémorragie avait cessé sous le bandage. Avec précaution, Isabella nettoya le sang séché sur les joues et sur le cou. Il y en avait aussi sur les sourcils, sur l'oreille près de la blessure et dans les mèches de cheveux touchant le col de la chemise. Avant d'en avoir enlevé la moitié, l'eau dans la cuvette avait tourné au rouge sombre.

— Pouvez-vous enlever votre chemise ? demanda-t-elle en se levant pour aller changer l'eau.

Alec ouvrit les yeux et elle sentit son regard la suivre. Elle s'apprêtait à entendre une de ses habituelles taquineries. A nouveau, il l'étonna.

— Vos mains sont exceptionnellement douces, dit-il en retirant sa chemise.

Isabella revint s'agenouiller à ses pieds, cette fois tout à fait consciente de son puissant torse nu, tandis qu'elle entreprenait de le nettoyer. S'efforçant de dissimuler son émotion, elle procéda avec la lenteur et la minutie torturantes que lui imposait cette tâche. Et quand elle eut terminé, son cœur battait à tout rompre.

Soulagée d'en avoir fini, elle voulut se lever, mais Alec la retint en glissant une main sur sa nuque.

— Merci, murmura-t-il en lui caressant doucement le cou.

Elle leva les yeux vers lui et l'intensité de son regard la captiva. Le souffle coupé, elle se perdit dans l'étrange beauté de ses pupilles d'or.

— Vous ne devriez pas me regarder ainsi, comtesse.

Les yeux d'or se rapprochèrent tandis qu'Alec se penchait pour l'embrasser.

37

Leurs lèvres eurent à peine le temps de s'effleurer qu'on frappait à la porte.

— Le médecin est arrivé, Alec, annonça Hull de l'autre côté.

Isabella se leva d'un bond, manquant renverser la cuvette au passage.

— Du calme, dit Alec avec une pointe d'ironie.

Elle avait bien mérité qu'il se moque d'elle...

Après tout, n'avait-elle pas repoussé quelques heures auparavant la seule idée de devenir sa maîtresse, pour maintenant fondre littéralement au simple contact de ses lèvres ?...

Évitant son regard, elle alla ouvrir la porte. Hull entra, suivi de son épouse, qui portait un plateau, et d'un homme plus âgé dont le costume noir était patiné par le temps.

— Traite-le bien, McIver. C'est un ami, déclara jovialement Hull en tendant à Alec une paire de pistolets, aussi naturellement que s'il s'était agi d'une paire de gants.

Alec en glissa un dans sa ceinture et posa l'autre sur la table de nuit.

— Voilà votre dîner, déclara Liddy d'un ton morne en laissant le plateau sur la table de nuit avant de quitter la chambre avec Hull.

L'odeur de chou était si forte qu'elle emplit immédiatement la pièce. Le médecin s'arrêta de déballer ses instruments et pria le jeune couple de ne pas se gêner pour lui et de manger. Ce qu'Alec et Isabella firent avec peu d'enthousiasme, le chou, le porc et le pain rassis ne leur disant rien qui vaille. Alec avala à peine deux bouchées, et uniquement sur l'insistance d'Isabella.

Celle-ci posa sa fourchette à son tour et, avec une pointe de compassion, regarda le médecin commencer son examen d'un air important. Quand ce fut terminé, Alec, qui n'avait cessé de proférer des insultes contre tous les « charcutiers » de la terre, était d'une humeur massacrante.

Le Dr McIver, déclarant la blessure bénigne mais la perte de sang substantielle, recommanda au moins une semaine de repos complet. Alec avait l'intention de reprendre la route dès le lendemain et l'annonça. Le médecin secoua la tête en prévoyant de graves conséquences si l'on ne suivait pas ses instructions à la lettre. Alec le traita alors de vampire et de bien d'autres noms moins flatteurs qui auraient choqué Isabella si elle ne s'était habituée depuis longtemps à son penchant pour les termes colorés.

McIver, de toute évidence outré, ouvrit la bouche comme pour renvoyer à Alec la monnaie de sa pièce, puis se ravisa et se contenta de refermer sa mallette d'un coup sec avant de quitter la chambre. Isabella le suivit dans le couloir, refermant la porte derrière elle.

— Que me voulez-vous encore ? demanda McIver, à bout de patience.

— Je voudrais vous présenter des excuses pour Alec. Il vient d'avoir une mauvaise expérience avec les médecins.

McIver ricana.

— J'ignore ce qu'il est pour vous, mais si vous tenez à cette tête de mule, gardez-le au lit pendant au moins trois ou quatre jours. La balle a violemment percuté le crâne, et on ne peut pas être sûr des conséquences s'il ne garde pas un repos absolu.

— Je ferai de mon mieux. Mais il n'est pas un malade facile.

L'expression du médecin suggéra qu'il était déjà arrivé à cette conclusion par lui-même.

— Faites-lui avaler ceci avant de dormir et étalez deux fois par jour cet onguent sur la blessure. Si aucune infection ne se déclare, et s'il reste tranquille, il n'y aura pas à craindre pour sa vie.

Isabella prit les deux flacons qu'il lui tendait, le remercia de sa visite, ouvrit la bourse d'Alec qu'elle avait prise avec elle et le paya. Il prit l'argent, la salua de la tête et s'en alla. La jeune femme descendit à sa suite. Elle avait quelque chose d'important à faire, tant qu'elle se trouvait hors de vue d'Alec.

En bas, l'agitation avait baissé, et le bar était rempli d'hommes. Quelques-uns regardèrent Isabella, mais la plupart étaient trop occupés à commenter le récent combat de coqs pour lui prêter attention. Heureusement, elle trouva très vite Hull, qui s'empressa dès qu'il l'aperçut.

— Vous avez besoin de quelque chose ?

— Je dois envoyer un message à Londres. Puis-je avoir de quoi écrire ? Et y aurait-il quelqu'un qui accepterait de porter le message, en échange de vingt livres ?

— Vingt livres ! répéta-t-il, impressionné. Mon fiston George serait sûrement heureux de vous rendre ce service. Je vais vous monter de l'encre et du papier.

Isabella secoua la tête.

— Je préfère écrire ici, si vous n'y voyez pas d'inconvénient.

Le plus rapidement possible, elle rédigea son message, le plia et le scella avec de la cire. Puis, après avoir noté le nom et l'adresse du destinataire, elle le tendit à Hull.

— S'il est délivré cette nuit, il y aura un extra de dix livres pour votre garçon. J'ai noté à l'intérieur les instructions à cet effet. Le messager sera payé dès réception de la lettre.

— Pour trente livres, George peut faire des miracles. Ne vous inquiétez pas, votre message arrivera à bon port.

— Merci, monsieur Hull. Vous avez été plus qu'aimable.

Se dépêchant de quitter l'atmosphère peu rassurante du bar, elle se dirigea vers les escaliers en s'efforçant de ne pas se faire remarquer. Mais un homme se leva à son passage et la suivit.

Elle ne se rendit compte de sa présence derrière elle que lorsqu'elle eut franchi la moitié des marches. Un rapide coup d'œil lui révéla un homme trapu, vêtu d'une redingote noire et d'un pantalon gris qui auraient pu être élégants s'ils avaient été plus propres. Il avait le teint basané et ses traits, bien que ne manquant pas de séduction, étaient rudes. Isabella sentit un frisson de peur en croisant son regard audacieux, et s'empressa de continuer à monter.

— Où cours-tu si vite, chérie ? lança-t-il en accélérant lui aussi.

Comprenant avec une pointe de panique qu'il la suivait délibérément, elle lui lança un regard glacial et se dirigea rapidement vers sa chambre. Ses doigts tremblants ne parvinrent pas à tourner la clé assez vite... Une main se referma sur son coude et la força à faire volte-face.

— Comment osez-vous, monsieur ! s'indigna-t-elle en se dégageant.

Il la scrutait, les sourcils froncés.

— Je jurerais que nous nous sommes déjà rencontrés, murmura-t-il.

Ignorant sa remarque, Isabella tourna la clé dans la serrure.

— Une minute, dit-il en l'obligeant à nouveau à lui faire face.

Isabella sentit sa gorge se serrer et s'écarta du mieux qu'elle put. Son instinct lui disait d'appeler Alec à l'aide, mais sa raison lui dicta de ne pas le déranger pour un problème qu'elle pourrait sans doute résoudre seule. De plus, Alec n'était vraiment pas en état de se battre.

— Laissez-moi, je vous prie. Mon mari est dans cette chambre, mentit-elle avec fermeté.

— Qui es-tu ? demanda-t-il en la scrutant intensément.

— Mon identité ne vous regarde pas. Je vous prie de lâcher mon bras, ou j'appelle mon mari.

— Je découvrirai ton nom, grinça-t-il en resserrant durement sa prise.

— Pour la dernière fois, lâchez-moi ou je hurle !

— Vraiment, tu ferais ça ?

Il la plaqua contre le mur, mais n'eut pas le temps, quelles que fussent ses intentions, de passer à l'acte. Au grand soulagement d'Isabella, Alec ouvrit brusquement la porte. Son regard irrité se chargea de menace quand il aperçut l'homme.

— Qu'est-ce qui se passe ici ? gronda-t-il sans le quitter des yeux.

— Bon sang ! s'écria ce dernier avec stupeur. Le Tigre ! (Il regarda Isabella, puis de nouveau Alec.) C'est la mystérieuse lady, bien sûr... J'avais entendu dire que ta nouvelle maîtresse était d'un genre particulier.

— John Ball, grinça Alec d'une voix glaciale en fixant la main de l'homme toujours agrippée au bras d'Isabella. A ta place, j'enlèverais ma main de là. Je ne supporte pas qu'on touche ce qui m'appartient.

— Vraiment ? Alors, excuse-moi, le Tigre. Et vous aussi, milady.

D'un signe, Alec ordonna à Isabella de rentrer dans la chambre. L'air palpitait d'une sourde violence et la jeune femme obéit à contrecœur. Elle ne tenait pas à ce qu'Alec en vienne aux coups, ou pire. Mais que pouvait-elle pour l'en empêcher ?

— Te voilà sacrément loin de Londres, le Tigre, nota John Ball d'un ton en apparence affable. Mais, de toute évidence, il détestait Alec.

— Tout comme toi, rétorqua froidement Alec.

— On travaille où on peut.

— Tu l'as dit.

— Bon. Je te laisse à tes affaires. D'après ce que j'ai pu voir, elles sont bien plus agréables que les miennes.

— Les apparences sont souvent trompeuses.

— Tout à fait.

— Tout à fait.

Après ce dernier échange énigmatique, Alec ferma la porte et tourna la clé dans la serrure. Isabella poussa un soupir de soulagement, avant de comprendre qu'elle se réjouissait trop vite. A la crispation des muscles du dos d'Alec, elle sentit qu'une explosion de colère allait s'abattre sur elle. Se raidissant, elle s'apprêta à affronter cette autre épreuve. Et quand Alec tourna vers elle un regard brûlant de fureur, cela ne la surprit pas le moins du monde.

38

— Sacré nom de Dieu, où étiez-vous ?

— Ne jurez pas en ma présence, Alec Tyron !

Ses lèvres se serrèrent en une ligne dure.

— Vous avez disparu pendant au moins trois quarts d'heure ! Je me rongeais d'inquiétude ! Vous rendez-vous compte de l'endroit où vous vous trouvez ? Du genre d'homme qu'est John Ball ? Bon sang, si je ne vous avais pas entendue derrière la porte, j'aime mieux ne pas imaginer ce qui vous serait arrivé !

— Mais vous m'avez entendue et je suis saine et sauve, n'est-ce pas ? (Elle était déterminée à minimiser l'incident.) Ne devriez-vous pas être au lit ? Le Dr McIver m'a laissé un médicament pour vous.

— Au diable McIver et son foutu médicament ! Je veux savoir où vous étiez et comment vous avez rencontré Ball !

— Mettez-vous au lit comme un grand garçon et je vous le dirai peut-être.

Elle se montrait particulièrement contrariante, elle le savait, mais elle estimait qu'il le méritait.

— Isabella... gronda-t-il, les yeux étincelants de fureur.

Mais son évidente faiblesse émut Isabella. Elle n'avait eu l'intention ni de l'inquiéter ni de le mettre en colère, et encore moins de lui imposer cette fâcheuse confrontation avec Ball. Sa fureur contre elle était légitime, dut-elle admettre, bien que cela ne justifiât pas de tels écarts de langage.

Poussant un soupir, elle refoula sa propre indignation et se dirigea vers le lit.

— Je vous raconterai tout. Mais vous devriez vraiment vous allonger et prendre ce médicament. Je vous en prie.

— Je ne suis pas un gosse pour que vous me materniez de la sorte.

Tout en tapotant les oreillers, elle lui lança un regard par-dessus son épaule.

— Vous agissez comme un enfant, alors ne me blâmez pas si je vous traite comme tel.

Elle se retourna vers lui, les bras croisés sur la poitrine.

— Mettez-vous au lit, Alec, ou je serai obligée de prendre des mesures sévères.

En dépit de son irritation, Alec ne put s'empêcher de sourire.

— Je suis terrorisé.

— Vous devriez l'être. Sachez que je peux me montrer très dure.

— Je ne m'en souviens que trop bien, déclara-t-il

en touchant la joue portant encore la marque du fulgurant coup de poing qu'elle lui avait assené.

Elle sourit à son tour, puis s'inquiéta de l'extrême pâleur de son visage. L'impatience la submergea à nouveau.

— Allez-vous enfin vous coucher, Alec ?

Comme il la fixait sans bouger, elle lança une exclamation dégoûtée et s'avança d'un pas décidé pour venir le prendre par l'oreille.

— Eh ! (Il parut abasourdi, mais resta planté à la même place.) Qu'avez-vous l'intention de faire ?

— Vous emmener au lit.

— Vraiment ?

— Vraiment.

Ne voyant toujours pas ce qu'il risquait, il ne bougea pas d'un pouce. Elle lui tordit l'oreille.

— Eh ! Vous me faites mal !

— C'est voulu. Venez.

Elle lui tordit l'oreille un peu plus fort. Cette fois, il lui permit de le traîner jusqu'au lit. Quand il fut assis, elle le libéra et il se frotta l'oreille en grimaçant.

— Vous êtes une femme cruelle, comtesse.

— Seulement vis-à-vis des imbéciles bornés de votre genre.

Elle sortit le flacon que lui avait donné le médecin, versa un peu du liquide blanchâtre dans un verre et le lui tendit.

— Buvez ceci.

Il fixa le verre d'un regard horrifié.

— Ne pouvons-nous pas en discuter avant ?

— Non !

— C'est bien ce que je craignais, se résigna-t-il en prenant le verre.

Il fit une grimace et avala. Puis, après une grimace encore plus prononcée, il lui rendit le verre.

— Satisfaite, maintenant ? Alors dites-moi comment vous avez rencontré Ball.

— Mettez-vous au lit d'abord.

Il lui lança un regard noir, mais n'argumenta pas. Quand il fut confortablement installé sous les couvertures — bien qu'il ait refusé d'enlever son pantalon, toujours avec l'idée de pouvoir agir vite en cas de nécessité —, elle le récompensa d'un large sourire.

— Je vous avertis, si vous continuez à me narguer ainsi, je ne réponds plus de moi.

— On est de mauvaise humeur, semble-t-il ? Si vous faisiez un petit somme ? Nous pouvons parler plus tard.

Il prit l'air le plus menaçant que sa position lui permettait.

— Bon sang, Isabella, allez-vous me dire ce que je veux savoir, oui ou non ?

La jeune femme s'assit doucement au bord du lit.

— Il était au bar. Il m'a vue et m'a suivie. Il croyait m'avoir déjà rencontrée quelque part.

— Que diable faisiez-vous dans ce foutu bar ? cria-t-il presque.

— Ne jurez pas, Alec, protesta-t-elle spontanément en lui lançant un regard de réprimande. Puisque vous tenez à le savoir, j'étais descendue envoyer un message à Paddy.

— Vous avez fait quoi ?

— J'ai envoyé un message à Paddy. Avant notre départ, il m'avait demandé de le faire si j'estimais que vous aviez besoin de son aide. Et c'est le cas.

Il y eut un silence pendant lequel Alec ne la quitta pas des yeux. Elle lui rendit un regard dénué de culpabilité. De toute façon, le mal était fait — si mal il y avait.

— L'idée de me demander mon avis ne vous a même pas effleurée, n'est-ce pas, comtesse ?

— Je pensais avant tout à votre sécurité. Cet homme aurait pu vous tuer, aujourd'hui.

— Il n'est pas le premier.

— L'un d'eux pourrait réussir.

— Tout est possible, dit-il en haussant les épaules. Mais j'ai la peau dure. Bon, étant donné les circonstances, je ne vous blâme pas d'avoir alerté Paddy, même si, pour ma part, je trouve cela inutile. Revenons à Ball. Racontez-moi ce qu'il vous a dit. Dans les moindres détails.

Isabella s'efforça de lui retracer fidèlement l'incident.

— Ainsi, il croyait vous avoir connue avant ? Hum, où pourrait-il vous avoir vue ? Vous n'étiez jamais allée à Londres et Ball en sort rarement.

— Qui est-il ?

— Un rat de la plus basse espèce. Il ferait n'importe quoi pour de l'argent. Vous enlever, par exemple, et vous vendre à une matrone. Il connaît trop bien le prix d'une vraie lady sur le marché pour laisser passer une si belle occasion.

— Il me vendrait ? souffla Isabella, mi-fascinée, mi-horrifiée.

— Après avoir abusé de vous, bien sûr. Il prendrait beaucoup de plaisir à vous violer et à vous entendre crier.

— Vous essayez de m'effrayer !

— C'est la pure vérité, croyez-moi. (Il ferma les yeux, puis les rouvrit pour la fixer à nouveau.) Vous ne devez plus quitter cette chambre sans moi, vous m'entendez ?

— Mais Alec...

— Écoutez bien, Isabella, l'interrompit-il sèchement, Ball est un danger, mais il n'est pas le seul.

Cet endroit fourmille d'individus prêts à ne faire qu'une bouchée de votre joli corps. Dieu seul sait ce qu'ils pourraient vous infliger d'autre. Et, croyez-moi, je suis bien placé pour le savoir. J'étais — je suis — l'un des leurs.

— Mais vous ne m'avez jamais maltraitée.

— J'aurais laissé Parren vous tuer si je n'avais pas eu ce compte à régler avec lui. Vous ne devez la vie qu'à une foutue coïncidence, conclut-il brutalement.

— Vous n'êtes pas aussi mauvais que vous vous décrivez, Alec Tyron. Et je parierais que ces hommes non plus ne sont pas aussi diaboliques que vous voulez me le faire croire. Après tout, ce sont des êtres humains.

Alec émit un son entre le rire et le grognement.

— On voit que vous avez passé votre vie dans un cocon... Mais faites-moi confiance sur ce point, voulez-vous ? Promettez-moi que vous ne sortirez plus seule de cette chambre.

— Mais...

— Votre parole, Isabella.

Il était implacable. Et elle devait admettre qu'il savait de quoi il parlait. Elle s'était effectivement sentie en danger dans le bar et John Ball l'avait véritablement terrorisée.

— Vous avez ma parole, déclara-t-elle finalement.

— Parfait. Dieu que ma tête me fait mal ! Si ce médicament était supposé me soulager, ça ne marche pas.

— Vous devriez vous tenir tranquille. Cela pourrait faire des miracles.

— Vous avez une petite langue bien pendue, comtesse.

Il la scrutait, un sourire au coin des lèvres. Elle lui rendit son sourire en écartant machinalement une mèche de cheveux.

— Et une bouche magnifique, poursuivit-il, les yeux rivés sur l'objet de ses louanges. Je suppose que vous ne m'accorderez pas un baiser pour soulager ma douleur ?

— Alec... le réprimanda-t-elle.

— Je m'en doutais. Mais il n'y a aucun mal à demander, n'est-ce pas ?

Gênée par le tour que prenait la conversation, Isabella changea de sujet.

— J'ai l'impression de porter toute la poussière du monde sur moi. Croyez-vous qu'il soit possible de prendre un bain, dans cette maison ?

Le sourire d'Alec s'épanouit.

— Bien sûr que vous pouvez commander un bain. Hull sera trop heureux de vous rendre ce service, même si on ne doit pas souvent lui demander ce genre de chose.

La signification de son diabolique sourire apparut soudain très clairement à Isabella. Ils partageaient la même chambre, et comme elle avait promis de ne pas la quitter sans lui, elle serait forcée de se baigner sous ses yeux. Mieux valait renoncer à cette idée.

— Après réflexion, je crois que l'eau du broc me suffira, déclara-t-elle d'un air pincé.

— Vous me décevez, murmura-t-il avant de gémir. Je me sens bizarre.

— Bizarre ? Comment cela ?

Il poussa un nouveau gémissement.

— Ma tête tourne et j'ai les paupières aussi lourdes que du plomb. La douleur est un peu passée, mais cette sensation est encore plus désagréable. C'est comme si on m'avait drogué.

Isabella l'observa. Ses yeux semblaient en effet se fermer inexorablement. Le médicament était-il un poison ? En de telles circonstances, on pouvait s'attendre au pire et suspecter n'importe qui...

Se ruant sur la table de nuit, elle s'empara du flacon et l'ouvrit avant de le porter à ses narines.

— Que... qu'est-ce que c'est ? demanda Alec d'une voix presque indistincte.

— Seulement du laudanum, annonça-t-elle avec soulagement.

— Du laudanum ! répéta-t-il avant de lancer un affreux juron.

— Cela ne vous fera pas de mal.

Il serra les dents.

— Isabella, n'ouvrez la porte à personne — absolument à personne ! — sauf à Paddy. Si quelqu'un force l'entrée, tirez-lui dessus. Vous savez comment marche un pistolet ? Il suffit de le pointer, de soulever le chien et d'appuyer sur la détente. Tirez pour tuer. Ne prenez aucun risque jusqu'à ce que je sois à nouveau conscient.

Sa fureur avait momentanément dissipé les effets du laudanum.

Le regard horrifié d'Isabella se posa alternativement sur Alec et sur le docteur.

— Vous ne soupçonnez pas le Dr McIver, n'est-ce pas ? Il ne savait même pas qui vous étiez.

— Il vaut mieux ne se fier à personne... Ô bon Dieu, j'ai l'impression de nager dans du coton ! Ne vous fiez... à personne... vous m'entendez ?

Sa voix s'éteignit et ses paupières se fermèrent. Isabella le fixa, avec la terrible sensation d'être piégée dans un cauchemar. Se pouvait-il que le Dr McIver l'ait délibérément empoisonné ?

39

Pour éviter de s'assoupir, Isabella s'installa sur une chaise, près du lit. Aux premières lueurs de l'aube, elle allait succomber au sommeil quand un bruit qu'elle n'identifia pas tout de suite la fit sursauter.

Immédiatement inquiète pour Alec, elle regarda de son côté. Sa respiration paisible et régulière lui indiqua qu'il dormait toujours profondément.

Le bruit se fit à nouveau entendre. Il provenait de la porte. Isabella tourna lentement les yeux dans cette direction et constata avec horreur que le loquet bougeait. Un léger craquement — sans doute le bruit qu'elle avait entendu — accompagnait le mouvement.

Quelqu'un essayait de pénétrer dans la chambre.

Le cœur de la jeune femme s'affola tellement qu'elle le sentit battre à ses tempes. Humectant ses lèvres soudain sèches, elle continuait de fixer le loquet qui pivotait à présent dans l'autre sens. Puis il s'immobilisa. La porte trembla légèrement, comme si on voulait la forcer.

— Alec ! murmura-t-elle, affolée, en se levant pour le secouer. Alec, réveillez-vous, je vous en prie !

Il poussa un petit grognement et tourna la tête de l'autre côté.

— Alec ! souffla-t-elle encore, tout en gardant un œil terrorisé sur la porte.

Pas un bruit, pas un mouvement. Tout était subitement d'un calme impressionnant.

Mais elle savait que quelqu'un se trouvait derrière la porte et écoutait. Qui cela pouvait-il être ? McIver avait-il été de mèche avec les ennemis d'Alec ? Ou était-ce Tim Hull ?

Et que devait-elle faire ? Si elle criait, cela lui serait-il d'un quelconque secours ? Ou cela encouragerait-il l'intrus à risquer le tout pour le tout ? Dans ce cas, peut-être défoncerait-il la porte et les tuerait-il sur-le-champ, Alec et elle...

Encore sous l'effet de la drogue, Alec se laisserait assassiner sans un soupir de protestation.

Un nouveau bruit la fit sursauter. On venait d'introduire quelque chose dans la serrure... Grâce au ciel, elle y avait laissé la clé !

Les pistolets que Hull avait donnés à Alec se trouvaient toujours sur la table de nuit. Le regard terrorisé d'Isabella passa des armes à la clé qui commençait à bouger presque imperceptiblement.

Jamais de sa vie, elle ne s'était servie d'une arme et n'avait jamais imaginé y avoir recours un jour. Mais elle ne pouvait pas rester sans rien faire, alors qu'un assassin essayait de pénétrer dans la chambre pour tuer Alec dans son sommeil.

D'une main tremblante, elle s'empara d'un des pistolets. Au même instant, la clé vacilla. Isabella retint son souffle, figée à l'idée que l'intrus parvienne à la déloger. Les yeux exorbités, elle attendit de la voir tomber au sol...

La clé resta en place. Puis elle se remit à bouger par saccades plus accusées, comme si celui qui se trouvait derrière la porte s'impatientait.

Isabella tourna un regard désespéré vers Alec. Il dormait paisiblement, aussi inoffensif qu'un bébé. Le voir si désarmé réveilla instantanément son instinct protecteur. Elle ne permettrait à personne de lui faire du mal !

La clé vacilla à nouveau et fut cette fois à moitié délogée de la serrure. Dans cet équilibre instable, elle tomberait d'une seconde à l'autre...

Isabella pointa le pistolet vers la porte, ferma les yeux et appuya sur la détente.

Elle eut l'impression que ses oreilles allaient exploser et la puissance de la détonation la projeta en arrière. Un hurlement retentit à l'extérieur, suivi de pas précipités dans l'escalier. Mis à part un trou de la largeur d'une pièce en son centre, la porte était intacte et toujours fermée. La clé gisait à présent au sol.

Alec n'avait pas bougé. Si la détonation avait pénétré les brumes de son profond sommeil, il n'en donnait aucun signe visible.

A l'extérieur, le silence était à nouveau total. Les occupants de l'auberge étaient-ils sourds ou avaient-ils eux aussi été drogués ? Et s'ils faisaient partie du complot ? Devait-elle s'attendre à voir un groupe d'hommes défoncer la porte d'un instant à l'autre ?

La gorge serrée, elle saisit le deuxième pistolet et se précipita vers la porte. Après avoir vérifié qu'elle était bien fermée, elle réinséra la clé dans la serrure, puis se pencha pour regarder par le trou que la balle avait percé.

Ce qu'elle pouvait voir du couloir à peine éclairé par une bougie était désert. Il n'y avait aucun bruit. Tout était aussi calme qu'on devait s'y attendre, aux premières heures du jour, dans une auberge de campagne.

Sans ce trou dans la porte et les battements furieux de son cœur, Isabella aurait presque pu croire qu'elle avait rêvé.

Elle retourna vers le lit, observant un moment Alec. Mais elle ne perçut que le souffle tranquille de sa respiration.

Quand elle avait tiré, un cri avait retenti. L'intrus avait sûrement été touché. Mais l'avait-elle blessé assez gravement pour ne pas redouter une contre-attaque ?

Soudain, une horrible pensée l'assaillit. Si Tim Hull était impliqué dans tout cela, son message pour Paddy ne parviendrait jamais à destination. Et elle n'avait plus qu'un pistolet disponible, avec une seule balle...

Déplaçant la chaise derrière le lit, de manière à surveiller à la fois Alec et la porte, elle s'y installa. Pour la première fois de cette affreuse nuit, elle bénit la dureté du siège en bois. Elle ne devait pas, ne pouvait pas se permettre de s'endormir tant qu'Alec n'aurait pas repris conscience. Assise bien droite, le pistolet serré dans sa main, elle attendit, à l'écoute du moindre bruit suspect.

Elle resta ainsi un long moment, n'entendant que le souffle d'Alec et le sien. Peu à peu, le jour se leva. Les nerfs tendus à craquer, la jeune femme accueillit avec soulagement la lueur orangée emplissant progressivement la chambre.

40

— Isabella ?

Entendre prononcer son nom ne lui avait jamais fait autant plaisir. Vivement, elle se pencha au-dessus d'Alec.

— Alec ?

— De l'eau ? demanda-t-il en entrouvrant à peine les yeux.

— Oui, bien sûr, répondit doucement Isabella en posant le pistolet sur la table de nuit.

Quand elle revint, Alec avait refermé les yeux.

— Alec ?

— Hum ?

Ses paupières battirent faiblement. L'espace d'une seconde, il ne sembla pas comprendre ce que lui voulait Isabella. Puis il se souvint :

— Ô Dieu que j'ai la bouche sèche ! murmura-t-il.

Elle lui souleva la tête pour l'aider à boire. Puis il se laissa aller contre les oreillers, fermant à nouveau les yeux.

— Alec ?

Il y avait cette fois une pointe de panique dans son appel.

— Hum ?

— Ne vous rendormez pas. Je vous en prie.

Il la regarda à travers ses paupières à moitié ouvertes.

— Qu'est-ce qui se passe ?

— Quelqu'un... a tenté d'entrer pendant la nuit.

— Quoi ?

— Quelqu'un était à la porte et essayait de l'ouvrir. Je... je lui ai tiré dessus.

— Vous avez fait quoi ?

Il était totalement réveillé maintenant.

— J'ai tiré, répéta-t-elle en montrant du doigt le trou dans la porte.

Alec le fixa.

— Bon Dieu ! (Il regarda à nouveau Isabella.) Pourquoi ne m'avez-vous pas réveillé ?

Elle lui adressa une œillade ironique.

— Même la détonation ne vous a pas fait réagir. Mais j'ai essayé, bien sûr.

Il garda le silence un moment, ses yeux pensifs passant successivement d'Isabella à la porte.

— Racontez-moi exactement ce qui s'est passé, demanda-t-il enfin.

Isabella lui relata les moindres détails de son

horrible nuit. Quand elle eut terminé, il secoua la tête.

— Mon admiration pour vous s'accroît d'heure en heure, comtesse. Vous ne cessez de m'étonner.

Isabella rougit de plaisir à ce compliment. Elle savait qu'Alec en dispensait peu et cela rendait celui-ci d'autant plus précieux.

— Mais qu'allons-nous faire maintenant ? s'inquiéta-t-elle d'une voix plaintive.

Alec fronça les sourcils.

— Je ne pense pas que Hull soit assez stupide pour m'assassiner sous son propre toit, même s'il est impliqué dans tout cela — ce dont je doute. Mais tout est possible, et ce pourrait être une fatale erreur que de l'éliminer de la liste des suspects. John Ball serait content de me voir six pieds sous terre. Mais nous ne l'avons croisé qu'après que ce maudit médecin vous eut donné le laudanum. Ce qui tendrait à l'innocenter, puisqu'il ignorait que j'allais être sous l'effet de la drogue. A moins que l'administration de cette drogue ne soit qu'une heureuse coïncidence en faveur de celui qui veut ma mort...

Sa voix s'éteignit. Plongé dans ses pensées, il fixa un long moment le mur en face de lui. Puis il repoussa les couvertures et s'assit au bord du lit. Instantanément, il laissa échapper un grognement et enfouit sa tête dans ses mains.

— Vous ne devriez pas vous lever ! Le médecin vous a dit de garder le lit pendant au moins trois ou quatre jours !

Elle fit le tour du lit pour venir se planter devant lui.

— Je sais ce que ce foutu médecin a dit. Je sais aussi que quelqu'un a bougrement envie de me tuer et serait probablement heureux de vous éliminer du même coup. Nous ne sommes pas en sécurité ici. Il vaut mieux aller à Amberwood et que personne ne soit au courant de notre départ. Pouvez-vous me dire ce qui se passe dans la cour ?

Isabella se dirigea vers la fenêtre. Le soleil pointait à peine à l'horizon, mais une servante s'occupait déjà de nourrir un groupe de poules caquetantes, et un jeune homme traînait un sac de grains vers l'écurie.

— Bien, dit Alec quand Isabella lui eut relaté ce qu'elle voyait. Ça ne pourra pas être plus calme. Il faut y aller maintenant.

Se levant avec un effort visible, il se retint un instant aux montants du lit, le visage plus pâle que jamais.

— Nous pourrions attendre Paddy, suggéra Isabella, inquiète de son état.

Il secoua la tête.

— Si Hull est dans le coup, votre message n'a pas été envoyé. Paddy ne viendra pas.

— Mais...

Le bruit d'un cheval au galop l'interrompit. Elle se tourna vers la fenêtre.

— Hull ! Hull ! Réveille-toi, gros plein d'soupe !

Le cavalier était un homme grand et maigre. Tandis qu'il déboulait dans la cour, les poules affolées s'éparpillèrent en tous sens. Un chien aboya et se précipita dans les jambes du cheval. Apparemment inconscient du désordre qu'il avait provoqué, le cavalier stoppa net, juste au moment où Hull sortait de l'auberge, le visage à moitié couvert de savon. Sa femme le suivait, terminant d'attacher son tablier.

— Quelle mouche t'a piqué, Dickon ? rugit Hull, tandis que son épouse marmonnait furieusement derrière lui.

— Bonaparte a abdiqué ! La guerre est finie !

— Quoi ?

— Les Bourbons sont revenus ! Louis est sur le trône ! La guerre est finie, tu entends ! Bonaparte a abandonné !

Isabella porta une main à sa gorge. Cette guerre dont elle se rappelait à peine le début était-elle enfin terminée ? Le terrifiant spectre du petit caporal français dévastant l'Angleterre ne hanterait plus son esprit ? Était-ce possible ?...

— Alec, ils disent que Bonaparte a abdiqué, souffla-t-elle sans le regarder, son attention complètement absorbée par ce qui se passait dans la cour.

Il la rejoignit à la fenêtre. En bas, Liddy dansait sur place en faisant tournoyer son tablier ; quant à Hull, son visage à moitié rasé était éclairé d'un large sourire.

— En es-tu sûr et certain ? demandait ce dernier, comme s'il ne pouvait croire un tel miracle.

— On ne parle que de ça à Londres ! Fais sonner la cloche !

Hull embrassa Liddy et la fit virevolter dans les airs en hurlant la nouvelle. Derrière l'auberge, l'un des jeunes garçons d'écurie activa la grosse cloche utilisée d'habitude pour appeler à l'aide en cas d'urgence.

— De la bière pour tout le monde ! hurla Hull.

Des cris de joie lui répondirent. Quelqu'un roula un tonneau de bière dans la cour ; un autre tira simplement dedans pour y faire un trou. Les chopes défilèrent sous le jet de bière dorée.

— Dieu du ciel, imaginez quel effet cela va avoir sur les transactions boursières, dit pensivement Alec.

Ce commentaire si prosaïque face à un tel événement choqua Isabella, qui fixa Alec d'un air à la fois surpris et désapprobateur. Devant son expression, il esquissa un sourire.

— J'ai quelques intérêts dans des affaires parfaitement légales, vous savez. Je serais idiot de ne pas considérer cet aspect des choses.

Elle continua de le fixer. Même avec un bandage autour de la tête, sale et pas rasé comme il l'était, il gardait son étonnante séduction. Ses cheveux en désordre entouraient son visage de leur masse sauvage. Ses yeux brillants d'excitation lançaient mille éclats. Il était torse nu et le soleil accrochait des étoiles à la toison dorée de sa puissante poitrine. Son pantalon, ajusté bas sur les hanches, révélait une grande partie de son ventre plat et musclé. Il était pieds nus. En le regardant, Isabella comprit qu'il n'y avait personne d'autre au monde avec qui elle aurait préféré être en cet instant pour partager l'extraordinaire nouvelle.

— La guerre est finie, Alec, murmura-t-elle, comme si elle venait juste de mesurer l'ampleur de l'événement.

En guise de réponse, il lui tendit les bras. Isabella vint s'y blottir aussi naturellement que si elle leur avait toujours appartenu. Ils se refermèrent sur elle et elle enfouit son visage contre la chaleur de la poitrine d'Alec, inspirant avec délices le parfum ambré de sa peau. Puis tout aussi spontanément qu'elle était venue dans ses bras, elle lui offrit sa bouche.

Il sembla hésiter. Isabella ouvrit alors les yeux et vit qu'il la regardait, l'air déconcerté. Puis, comme leurs regards se croisaient, le sien devint soudain brûlant et il se pencha pour s'emparer de ses lèvres. Tandis qu'il la hissait presque au-dessus du sol pour mieux savourer sa bouche, elle glissa les bras autour de son cou, ses doigts s'enfonçant dans la masse soyeuse de sa chevelure. Toute tendue vers lui, elle lui rendit son baiser avec fougue...

Subitement, il quitta ses lèvres, attiré par une nouvelle agitation au-dehors. Encore blottie contre lui, Isabella prit une profonde et tremblante inspiration avant de regarder elle aussi par la fenêtre. Un groupe d'hommes, certains à cheval, d'autres en voiture, arrivait à toute allure. La voiture de tête s'avança jusqu'au centre de la cour et un homme en bondit, pistolet au poing, fronçant les sourcils d'un air menaçant.

— C'est Paddy, souffla Isabella en le reconnaissant avec soulagement. Paddy est venu.

41

Amberwood... Dès qu'elle vit l'imposante demeure de style géorgien, Isabella en tomba amoureuse. Constituée de trente-deux pièces — sans compter les quartiers des serviteurs — disposées en trois ailes formant un U, la maison était magnifique avec ses pierres blanches et ses nombreuses fenêtres à petits carreaux. Un parc de plusieurs acres l'entourait et une longue allée menait jusqu'à l'entrée.

Alec sembla curieusement manquer d'assurance quand ils arrivèrent en vue d'Amberwood. Coincée entre lui et Paddy sur le siège de conduite de la voiture, Isabella exprima avec enthousiasme son plaisir de découvrir une si belle demeure.

— C'est un joli endroit, acquiesça Paddy, tandis qu'Alec grimaçait un sourire.

— J'ai toujours l'impression qu'il manque un titre devant mon nom quand je viens ici. Même le majordome se donne des airs que je n'ai pas.

— Mais il t'appartient, comme la maison, répliqua Paddy d'un ton indiquant à Isabella qu'ils avaient déjà eu cette conversation auparavant.

— Ouais, tout cela est à moi. (Il regarda Isabella.) Je l'ai eu pour presque rien, dans une transaction privée qui a sauvé l'ancien propriétaire de la ruine totale. A l'époque, je pensais m'installer ici, mais après quelques visites j'ai estimé que j'étais beaucoup plus à l'aise à Londres.

Devinant soudain la raison de l'évident manque d'assurance d'Alec, Isabella sentit son cœur se serrer. Alec était mal à l'aise à Amberwood parce qu'il s'y sentait inférieur...

— Qui était le précédent propriétaire ? s'enquit-elle sur le ton de la conversation.

Alec lui lança un regard en coin.

— Vous vous demandez si vous le connaissez ? C'est bien possible — il est de votre rang. Lord Rothersham.

— Je ne le connais pas.

— Eh bien, si jamais il vous arrive de le rencontrer dans les « hauts cercles », vous pourrez lui dire combien vous avez apprécié sa maison familiale. Mais je doute que vous le fassiez : il faudrait aussi lui raconter comment vous êtes arrivée ici.

Quelque chose dans sa voix — une pointe d'amertume ? — la poussa à tourner rapidement les yeux vers lui. Avant qu'elle ait pu répondre, Paddy stoppait la voiture devant l'entrée. L'assortiment bizarre d'attelages et de chevaux qui les suivaient bruyamment, conduits par des hommes d'allure peu commune, s'arrêta aussi. Et quand l'élégant majordome ouvrit la porte, ses sourcils se haussèrent une fraction de seconde devant ce spectacle surprenant. Puis son expression redevint indéchiffrable.

— Bonjour, Shelby, dit Alec d'un ton parfaitement approprié à la circonstance, tandis qu'il montait les marches du perron avec l'aide de Paddy.

Isabella, qui les précédait de peu, franchit la porte la première. Le hall d'entrée était carrelé de marbre noir et blanc. A gauche, un escalier en bois de noyer conduisait aux étages. A droite, une double porte fermée donnait probablement sur un salon. Le hall était meublé d'une banquette et d'une console flanquée de deux chaises et surmontée d'un miroir. Tout était exactement comme il se devait, mais manquait considérablement de... chaleur.

— Bonjour, monsieur Tyron. Nous ne vous attendions pas.

Les paroles de Shelby étaient elles aussi parfaitement appropriées mais, tout comme la maison, assez glaciales. Isabella comprenait à présent pourquoi Alec ne s'était pas senti à l'aise dans cette demeure. Propriétaire ou pas, il n'y était de toute évidence pas le bienvenu.

A la fin de cette journée, la première impression d'Isabella n'avait fait que se confirmer. L'ensemble des serviteurs, de Mme Shelby, la gouvernante, à la moindre servante, traitait Alec avec un dédain à peine voilé. La jeune femme avait elle-même ordonné que le dîner fût servi sur une petite table, près de la cheminée de l'immense suite d'Alec, de façon que ce dernier, qui était resté allongé tout l'après-midi, prenne son repas le plus confortablement possible. Le majordome avait commis l'erreur de hausser des sourcils surpris devant une telle demande, et Isabella lui avait renvoyé un regard si déterminé qu'il s'était hâté de décamper.

Les plats d'argent furent correctement disposés sur une nappe en lin blanc, mais la nourriture n'était pas du tout à la hauteur. La soupe de céleri, qui aurait dû être froide, était tiède, et le mouton, qui aurait dû être chaud, était froid. En fait, tout était approximativement à la même température. Isabella ne fut donc pas surprise de voir Alec manger avec peu d'enthousiasme et repousser son assiette à peine entamée.

— Je ne comprends pas comment Rothersham est devenu si gros en mangeant ces choses-là, marmonna-t-il en allumant un cigare en guise de dessert.

Il en tendit un à Paddy qui ricana.

— Imagine comment il aurait été s'il avait eu un bon cuisinier.

— Tu as raison.

Isabella les regarda tour à tour. Elle mourait d'envie de prendre en main la direction de cette maison, mais dans sa position — après tout, que représentait-elle à Amberwood ? — elle répugnait à se mettre en avant.

Adossé à sa chaise, rasé de près, les cheveux impeccablement coiffés, Alex tirait de longues bouffées de son cigare. Un nuage blanc s'épaississait peu à peu autour de lui. De son côté, Paddy faisait les cent pas dans la pièce, en fumant lui aussi. Si bien que l'odeur entêtante du tabac — ou étaient-ce les conséquences du repas ? — donna bientôt une légère nausée à Isabella.

— Je vais me retirer, si cela ne vous ennuie pas, murmura-t-elle.

Il était de plus évident que Paddy avait beaucoup de choses à dire à Alec, et qu'il ne tenait pas à parler devant elle.

Alec retira le cigare de sa bouche et la regarda.

— J'espère que vous vous sentez comme chez vous, ici, Isabella. N'hésitez pas à sonner s'il vous manque quelque chose.

— Je le ferai. Bonne nuit, Alec. Bonne nuit, Paddy.

Elle se leva et, avec un sourire, quitta la pièce.

La chambre qu'on lui avait attribuée donnait dans le même couloir que la suite d'Alec. En vérité, elle aurait préféré partager la sienne, tellement elle s'était accoutumée à sa présence. Mais elle savait que si elle continuait à dormir près de lui, elle finirait tôt ou tard dans son lit. Et elle ne pouvait accepter le rôle dégradant de maîtresse...

La pièce aux murs tendus de soie jaune était spacieuse et extrêmement confortable. Mais de la poussière était visible çà et là, et on apercevait même une toile d'araignée dans un coin du plafond. De toute évidence, il manquait quelqu'un pour diriger cette maison.

Elle tira le cordon de la sonnette. Quand une servante répondit — environ un quart d'heure plus tard —, elle demanda un bain. Là aussi, elle attendit bien longtemps avant que sa requête ne soit satisfaite. Mais finalement elle put se plonger avec délices dans l'eau chaude d'une baignoire en porcelaine, près du feu.

Une fois cet agréable moment de détente terminé, elle se sécha et enfila la robe de chambre choisie au Manège. Puis, s'installant sur un tabouret en face de la cheminée, elle commença à frictionner sa chevelure.

Elle était presque sèche lorsqu'elle entendit un bruit à la porte.

— Oui ? s'enquit-elle, soudain tendue.

Les épreuves de la nuit passée avaient laissé leurs traces.

— C'est moi, Paddy.

— Juste une minute.

Rassurée, elle alla lui ouvrir et leva les yeux pour découvrir le visage crispé du géant.

— Alec m'envoie vous chercher, dit-il assez sèchement.

Quelque chose dans sa façon de la regarder la fit rougir.

— Oh. Y a-t-il... un problème ? demanda-t-elle, toujours embarrassée par son étrange manière de la fixer.

Le froncement de sourcils du géant s'accentua.

— Alec parle de vous tout le temps. Isabella par-ci, Isabella par-là.

— Vraiment ?

Elle rougit encore davantage et baissa les yeux.

— C'est comme je vous le dis.

Il y eut un long silence. Finalement, Isabella croisa à nouveau le regard de Paddy qui la jaugeait froidement.

— Je crois qu'il est grand temps que vous retourniez chez vous. Si je faisais tuer votre mari, voudriez-vous rentrer ? Vous n'auriez plus rien à craindre.

Isabella le fixa avec stupeur.

— Non !

— Non ?

— Vous ne pouvez pas être sérieux ! Vous feriez vraiment assassiner Bernard ?

— Si c'est ce qu'il faut pour que vous viviez en sécurité dans votre monde, oui. Vous êtes restée trop longtemps dans le nôtre.

— De quoi parlez-vous exactement ?

— Alec commence à avoir de grandes idées à votre sujet. Je le connais aussi bien que moi-même, et je sais qu'il risque de souffrir beaucoup. Ce serait mieux si vous partiez.

Isabella soutint son regard.

— Je vous interdis — interdis, vous m'entendez ? — de toucher à un seul cheveu de Bernard. Ce serait un meurtre, et je ne veux pas participer à un tel acte. Quant à Alec et à ses grandes idées à mon sujet, j'en ignore tout. Mais la relation que nous avons ne concerne que nous.

Elle continuait de le fixer droit dans les yeux, tout en se rendant compte combien il était ridicule de la part d'une fragile jeune femme d'essayer de tenir tête à ce colosse.

— Vous me conseillez de m'occuper de mes affaires, c'est ça ? (Il secoua la tête.) Alec est ma seule famille et tout ce qui lui arrive me concerne. Tâchez de ne pas l'oublier.

Après un bref salut, il s'éloigna dans le couloir. Isabella le suivit d'un regard stupéfait jusqu'à ce qu'il disparaisse. Puis elle resta encore un moment immobile et pensive, avant de se diriger vers la chambre d'Alec.

42

Elle frappa à sa porte, mais n'obtint aucune réponse.

La porte n'était pas fermée, constata-t-elle en tournant la poignée. Pénétrant dans la chambre, elle vit Alec assis devant la cheminée, tellement plongé dans la lecture d'un journal qu'il ne l'entendit même pas.

La jeune femme referma la porte et tourna avec ostentation la clé dans la serrure. Quand elle fit face à Alec, il la regarda enfin.

— La porte n'était pas fermée, nota-t-elle avec une pointe de reproche en s'avançant vers lui.

— Vraiment ? De toute façon, je ne risque pas d'être assassiné dans mon lit. Paddy a disposé une véritable armée autour de la maison.

— Et si le meurtrier était déjà à l'intérieur ? répliqua-t-elle, stupéfaite de tant d'insouciance.

Alec éclata de rire et posa son journal.

— Qui ? Shelby ne m'aime pas beaucoup, mais je le vois mal me couper la gorge pendant mon sommeil. Après tout, c'est moi qui paie son salaire. Il en est de même pour les autres serviteurs. Il n'y a personne d'autre ici, à part Paddy — et vous. Et je ne pense pas que ni vous ni lui en vouliez à ma vie.

Isabella ne put qu'aquiescer à cette indéniable vérité.

— En outre, je vous attendais, ajouta-t-il tranquillement. Mais je vous promets de fermer ma porte à double tour avant de dormir.

Elle fronça les sourcils.

— Pourquoi vouliez-vous me voir ? Avez-vous besoin que je change votre bandage ?

— Ce n'est pas la peine. Dès demain, je n'en porterai plus.

— Si tôt ?

— J'ai subi assez de blessures dans ma vie pour savoir quand c'est grave. Celle-ci ne l'est pas, croyez-moi.

— Le médecin a dit...

— Je sais ce qu'il a dit, l'interrompit-il d'un ton n'admettant aucune réplique.

— Le suspectez-vous d'avoir pris part à ce qui s'est passé la nuit dernière ?

— Pas forcément. Mais je n'écarte aucune possibilité. Mes hommes vont dire deux mots à McIver et à Hull. Ainsi qu'à John Ball, s'ils le trouvent.

— Mais il ignorait votre présence à l'auberge, avant de vous voir à la porte de la chambre.

— C'est vrai. Cependant, je le garde sur la liste des suspects.

— Pensez-vous démasquer les coupables avant

qu'ils ne vous trouvent ? Ils vont sûrement faire une autre tentative.

— Oui, ils essayeront encore. Mais je ne crois pas qu'ils s'aventureront jusqu'à Amberwood. L'endroit est trop bien gardé et ils savent ne plus pouvoir compter sur l'effet de surprise. (Il parcourut Isabella d'un regard appréciateur.) Votre chemise de nuit est ravissante.

Surprise par ce brusque changement de sujet, la jeune femme ne put s'empêcher de rougir.

— C'est une robe de chambre, et la plus décente que j'aie pu trouver au Manège, se défendit-elle.

— Je verrais volontiers celles que vous avez rejetées comme indécentes.

— Vous les avez sûrement déjà vues, rétorqua-t-elle d'un ton acerbe. La plupart appartenaient à Pearl.

Il abandonna son inspection pour la fixer dans les yeux.

— Si je vous connaissais moins, comtesse, je prendrais cette remarque pour de la jalousie.

— Et si je vous connaissais moins, je croirais que votre blessure vous a dérangé l'esprit.

— Touché, chérie, lança-t-il en éclatant de rire.

Il commençait à l'agacer sérieusement !

— Souhaitiez-vous quelque chose de précis, ou m'avez-vous juste dérangée pour vous moquer de moi ? demanda-t-elle d'une voix glaciale. Parce que, dans ce cas, je préférerais retourner dans ma chambre.

Le regard d'Alec s'assombrit.

— Je veux effectivement quelque chose, dit-il d'un ton qui fit battre le cœur d'Isabella plus fort.

Il la détailla à nouveau des pieds à la tête, ses yeux disant clairement ce qu'il voulait. La jeune femme s'apprêta à rejeter violemment toute proposition malhonnête.

— Une couturière sera là demain. Vous m'obligeriez en lui commandant ce dont vous avez besoin. Vous ne pouvez continuer plus longtemps à porter les vêtements de quelqu'un d'autre.

— Très bien. Je commanderai une robe ou deux, si vous déduisez leur coût de mon salaire.

Alec poussa un grognement dégoûté.

— Je ne supporte plus votre obstination, comtesse. Je paierai ce qui me plaira, et vous accepterez de bonne grâce ce que je vous offrirai. Et ce sera mon dernier mot à ce sujet.

— Vraiment ? s'indigna-t-elle. Je...

— Bon Dieu, argumentez-vous ainsi avec tout le monde, ou suis-je seulement un sacré chanceux ?

Tout en marmonnant ces derniers mots, il la saisit soudain par la main et l'attira sur ses genoux. Prise de court, Isabella n'eut même pas le temps de se débattre.

— Vos cheveux sont magnifiques. Ils brillent comme de la soie à la lueur des flammes.

— Lâchez-moi, Alec.

C'était un avertissement, mais Alec l'ignora et leva une main pour caresser sa chevelure tandis qu'il la maintenait fermement de l'autre.

— Je me suis trop habitué à partager la même chambre que vous. Vous ne me laisseriez pas dormir seul et sans protection, n'est-ce pas ?

— Si vous avez peur, demandez à Paddy de dormir ici.

Il lui adressa un sourire séducteur.

— J'ai bien peur que Paddy ne soit pas un compagnon de nuit idéal. Je les préfère agréables à regarder, douces, et sentant le lilas...

— Bref, n'importe quelle femme ferait l'affaire, l'interrompit-elle sèchement, refusant de tomber sous le charme de sa voix enjôleuse.

— Non, dit-il en secouant la tête. C'est là où vous vous trompez, chérie. Ces derniers jours j'ai compris que ma préférence allait vers une seule sorte de femme : celle que je veux doit avoir la peau soyeuse et blanche comme du lait, avec des taches de rousseur sur son petit nez. Ses yeux sont aussi doux que ceux d'une biche et sa bouche, aussi délicate qu'un bouton de rose, appelle les baisers. Ses cheveux sont simplement châtains durant le jour, mais la nuit leur donne des reflets aussi rares que le plus raffiné des vins. Elle est fine, a des seins qui...

— Arrêtez, Alec !

Rouge de honte et près de succomber à la tentation, elle posa une main sur sa bouche pour le faire taire.

— Inutile d'user de vos belles paroles pour moi. Je n'ai pas l'intention de me laisser séduire.

Les yeux brillants, il chatouilla de la langue la paume de sa petite main.

— Alec ! s'exclama-t-elle en s'écartant vivement. Lâchez-moi !

Son visage était tout proche du sien tandis qu'il faisait mine de considérer sa demande. Finalement, il hocha la tête.

— Très bien, dit-il sans la libérer pour autant. Je vous lâcherai — mais vous devrez d'abord payer un gage.

— Oh non ! souffla-t-elle, n'ayant aucun doute sur la nature du gage qu'il exigerait.

— Oh oui ! A moins que vous ne préfériez passer la nuit sur mes genoux.

Elle l'étudia du regard et comprit à son sourire qu'il était parfaitement capable de mettre sa menace à exécution.

— A quel gage pensiez-vous ? demanda-t-elle, sur la défensive.

— Un baiser, répondit-il sans quitter ses lèvres des yeux. Un simple baiser, rien de plus.

— Je n'ai aucune envie de vous embrasser.

— Voilà que vous mentez, à présent. Mais je ne discuterai pas avec vous. Si vous voulez vous lever, vous devez en payer le prix, et ce prix est un baiser.

— Vous êtes un vil personnage, Alec Tyron.

— Je n'argumenterai pas non plus là-dessus.

— Et vous n'êtes pas un gentleman.

— Absolument pas.

Comment se montrer sévère alors que cette bouche magnifiquement ourlée se tendait vers la sienne et que ces yeux d'or la dévoraient d'un éclat ravageur ? Il n'y aurait sûrement aucun mal à permettre un seul baiser... Ensuite, elle serait libre de toute tentation.

— Un baiser, et vous me laisserez partir ? dit-elle d'un ton rigide.

— Ce sont les termes du contrat.

— Très bien.

Elle le regarda un moment, puis passa une main derrière sa nuque et planta un bref baiser sur ses lèvres. Mais ce simple contact lui fit tellement d'effet qu'elle s'écarta vivement.

— Voilà.

— Vous appelez ça un baiser ?

— Tout à fait. Maintenant, lâchez-moi.

Il approcha à nouveau son visage du sien. Elle pouvait sentir son souffle sur sa bouche ; la chaleur de son corps musclé touchant presque le sien la pénétrait aussi sûrement que s'ils avaient été nus l'un contre l'autre.

— Vous n'avez pas envie de me quitter, murmura-t-il dans un souffle qui l'effleura comme une caresse.

Retenant sa respiration, elle planta ses yeux dans les siens.

— Nous avons conclu un marché, Alec, lui rappela-t-elle le plus fermement possible.

— Oui, mais vous n'avez pas correctement honoré votre part, déclara-t-il en se penchant lentement vers sa bouche.

L'instinct d'Isabella lui intima de ne pas accepter, de détourner la tête. Mais elle ne pouvait pas. Elle voulait encore une fois goûter l'enivrant plaisir d'être embrassée par Alec. Juste une fois... Quel mal y avait-il à cela ?

Quand ses lèvres touchèrent les siennes, elle comprit quel mal il y avait... Soudain prise d'un vertige irrépressible, elle se rendit à lui tout entière, le corps brûlant d'un désir consumant sa raison.

Le mal ne se trouvait pas dans le baiser, mais dans l'homme. Il l'embrassait avec une fougue si possessive qu'elle n'était plus capable de lui échapper. Il s'emparait de sa volonté, la rendait plaintive et presque suppliante dans ses bras.

Quand il descendit vers son cou, traçant des sillons de feu sur sa peau, elle ne put que s'agripper à lui, tremblante, abandonnée contre son épaule.

— Laissez-moi vous aimer, Isabella, murmura-t-il en s'emparant d'un de ses seins.

Elle ouvrit subitement les yeux. Comme hypnotisée, elle regarda sa puissante main caresser la pointe tendue sous le déshabillé de soie. Puis, surgie de nulle part, la force de lui résister monta soudain en elle.

— Non ! cria-t-elle en se débattant pour échapper à ses bras. Non, non !

Surpris par la violence de sa réaction, il la libéra et, adossé à sa chaise, leva vers elle un regard glacial.

— Je ne ferai pas cela, Alec, affirma-t-elle avec fureur. Vous m'entendez ? Je ne le ferai pas !

— Je vous entends.

— Vous aviez promis que notre relation se bornerait au travail. Si vous ne tenez pas parole, je partirai.

Il évita de lui rappeler qu'elle n'avait nulle part où aller.

— Je ne vous forcerai pas à partager mon lit, Isabella. Vous n'avez rien à craindre.

— Je le sais, dit-elle d'un ton amer. Vous n'avez jamais eu besoin de forcer une femme, n'est-ce pas ? Entre vos bras, elles perdent toutes la raison. Mais moi, je ne peux pas me permettre cela. Si je devenais votre maîtresse, je détruirais quelque chose en moi. Pouvez-vous le comprendre ? J'aurais trop honte de moi-même, Alec. Et si vous me portez la moindre estime, je vous en prie, cessez de me tourmenter. Je vous le demande parce que je connais ma faiblesse vis-à-vis de vous. Mais vous... vous pouvez avoir toutes les femmes que vous désirez. Je ne serais qu'un caprice pour vous, et dans quelques semaines vous ne vous souviendriez même plus de ce qui vous a attiré en moi. Je... je ne pourrais pas supporter cela. Alors, je vous en conjure, Alec, laissez-moi tranquille, par pitié.

Les lèvres d'Alec se serrèrent.

— Si c'est ce que vous voulez.

— C'est ce que je veux.

Il inclina la tête, mais ses yeux brûlaient de colère tandis qu'Isabella se retournait pour partir.

43

Le lendemain matin, après une nuit courte et agitée, Isabella se sentait épuisée, vidée de toutes ses forces. Presque soulagée de voir l'aube pointer, elle se leva, s'habilla et descendit à la recherche d'un petit déjeuner.

A sa grande surprise, Alec et Paddy se trouvaient dans la salle à manger où Shelby l'introduisit.

— Bonjour, dit-elle d'un ton qu'elle espérait dégagé.

Les deux hommes grommelèrent quelque chose en guise de réponse, et ne prirent même pas la peine de se lever. En d'autres circonstances, Isabella aurait fait remarquer à Alec son manque de courtoisie. Après tout, n'avait-elle pas la charge de lui enseigner les bonnes manières durant son séjour ici ? Mais, après ce qui s'était passé cette nuit, le courage d'entamer une autre polémique lui manquait. De plus, elle doutait qu'Alec apprécie de se faire sermonner devant Paddy.

Elle se contenta donc de se servir une portion d'œufs au bacon et une tasse de thé avant de s'installer à table. Dès la première bouchée, elle comprit pourquoi l'assiette d'Alec était presque intacte. La nourriture était atroce.

Renonçant à manger, elle but son thé, qui avait au moins l'avantage d'être chaud et corsé.

— Poursuivez votre conversation, je vous en prie, messieurs, déclara-t-elle particulièrement à l'adresse de Paddy qui s'était tu à son arrivée.

Alec hocha la tête.

— Tu peux parler en sa présence.

Paddy haussa les épaules.

— Je verrai ce que je peux faire alors. Ça ne

devrait pas prendre plus d'une semaine, et je reviendrai. Si ça se conclut plus vite, j'enverrai un message.

— Je vous demande pardon, monsieur Tyron, intervint Shelby qui venait d'apparaître à la porte.

Alec lui fit signe de poursuivre.

— La couturière est là pour, euh, la lady.

— Vous pouvez m'appeler lady Isabella, nota cette dernière en se levant avec plus d'assurance qu'elle n'en ressentait.

En vérité, la compagnie d'Alec la mettait mal à l'aise. Quant à Paddy, il semblait la considérer avec une méfiance grandissante. Shelby, avec ses airs supérieurs, était une autre source d'irritation, mais elle se savait capable de régler ce problème.

— Je vous prie de m'excuser, dit-elle en s'éclipsant rapidement.

Déjà un peu moins sûr de lui, Shelby s'empressa à sa suite.

— Je l'ai installée dans le petit salon, si vous voulez bien me suivre, mi... euh, milady.

Isabella se laissa conduire. Et quand Shelby s'apprêta à prendre congé d'elle, elle lui adressa un sourire serein.

— Je suis sûre que M. Tyron appréciera des repas chauds et dûment préparés, à l'avenir, Shelby. Je pense pouvoir me fier à vous pour régler cela au mieux.

— Certainement, milady.

Il avait paru surpris, mais du moins s'était-il adressé correctement à elle, sans aucune hésitation, nota Isabella avec satisfaction. Elle avait l'habitude de diriger une maison. Mettre au pas les domestiques était le moindre des services qu'elle pouvait rendre à Alec.

Mme Stark, la couturière, était une petite femme

d'apparence timide et craintive. Mais le doux sourire d'Isabella la mit rapidement à l'aise et, tout en déballant ses échantillons de tissus et son catalogue de modèles, elle se lança dans de volubiles commentaires.

— On a tellement parlé d'Amberwood au village, ces derniers temps. Vous savez, vous allez rire, mais on racontait que lord Rothersham avait vendu à un bourgeois, ou pire ! Bien sûr, je ne vous dirais pas ça si je n'avais pas vu au premier coup d'œil que vous êtes une dame de qualité, lady Isabella. Et maintenant, je pourrai rabattre le caquet de tous ces bavards. Oh, regardez celle-ci ! Ce style vous irait à ravir, vous ne pensez pas ?

— C'est joli, mais je recherche quelque chose de pratique avant tout. Peut-être...

— Ne faites pas la sotte, Isabella.

A la grande stupéfaction de la jeune femme, Alec venait d'entrer dans la pièce et se penchait déjà sur le catalogue. Mme Stark rougit et fit mine de se lever.

— Restez assise, je vous prie, madame Stark, dit hâtivement Isabella. Alec, je suis sûre que nous en aurons plus vite terminé sans vous.

— Vraiment ? (Il lui lança un regard moqueur.) J'ai plutôt l'impression que vous n'arriverez à rien sans moi. Elle a des goûts si conventionnels, voyez-vous, madame...

— Stark, annonça Isabella entre ses dents serrées avant que la couturière pût répondre. Laissez-nous, Alec.

— Votre mari est le bienvenu, à mon avis, milady. Après tout, les gentlemen sont bien placés pour juger de la mode féminine, puisqu'elle est faite pour leur plaire.

— Alors, vous voyez ? dit Alec à Isabella.

Il lui adressa un sourire triomphant, ignora son regard assassin et reporta son attention sur le catalogue. Isabella en resta sans voix. Le fait que Mme Stark considérât Alec comme son époux l'avait décontenancée. Mais mieux valait ne pas alimenter les ragots du village en niant ce que Mme Stark semblait trouver si évident...

— N'est-ce pas une chance que votre épouse soit si mince ? Elle peut porter tout ce qu'elle veut ! Voyez cette robe, par exemple, milady serait ravissante dedans.

— Je suis d'accord avec vous, madame Stark. Ce style lui irait à merveille.

Par-dessus la tête de Mme Stark, le regard d'Alec croisa celui d'Isabella. La lueur moqueuse qui y brillait la fit bouillir de rage. Elle était convaincue qu'il la mettait sciemment mal à l'aise.

— D'ordinaire, je ne me mêle pas de ce genre de choses, bien sûr, mais je tiens à ce que la garde-robe de ma femme soit éclatante. Elle a un penchant pour les couleurs sombres, mais j'aimerais la voir dans des tons plus chauds ; rose, peut-être, ou lavande, ou encore jaune.

— Vous avez l'œil pour les couleurs, monsieur ! C'est exactement ce que j'aurais moi-même recommandé, si j'avais osé avancer une opinion.

La petite couturière sourit à Alec et ils se penchèrent de concert sur le catalogue. Isabella, abandonnée à son silence rageur, n'avait plus que le choix de faire une scène — que Mme Stark s'empresserait ensuite de rapporter à tout le village — ou de se soumettre.

Une fois qu'ils se furent accordés sur les styles — ils semblaient n'avoir nullement besoin de l'avis d'Isabella, mais discutaient plutôt d'elle comme si elle n'était pas là —, ils débattirent des accessoires.

Alec insista pour que chaque robe ait sa paire de chaussures, son réticule, sa veste et même son ombrelle assortis. Les protestations d'Isabella (elle n'avait pas besoin de tant de robes et encore moins d'autant d'accessoires) tombèrent dans des oreilles de sourds.

Quand, après une heure de délibérations, Mme Stark rassembla ses affaires pour partir, Alec avait commandé une garde-robe complète, bas et sous-vêtements compris. Frétillante d'excitation, Mme Stark promit de lui livrer une première robe dès le lendemain, et le reste dans les trois jours suivants.

— Même si je dois travailler jour et nuit, je tiendrai ma parole, déclara-t-elle d'un ton héroïque tandis qu'Alec la reconduisait à la porte.

— J'en suis sûr, murmura-t-il en récompensant son sens du devoir par un de ses plus séduisants sourires.

Restée en retrait, Isabella poussa un soupir rageur. Le charme d'Alec avait aveuglé Mme Stark, comme il l'avait aveuglée elle-même et toutes les femmes qu'elle l'avait vu approcher. Il en abusait délibérément, et elle le lui fit remarquer quand il se retourna vers elle, un large sourire aux lèvres.

— Vos reproches deviennent une habitude, Isabella, remarqua-t-il nonchalamment en s'installant sur le canapé qu'il avait auparavant partagé avec Mme Stark.

Les mains croisées derrière la tête, les jambes allongées devant lui, il la regardait à travers ses paupières mi-closes, comme pour lui signifier à quel point son irritation le dérangeait peu.

— Vraiment ? lança-t-elle de l'autre bout de la pièce. Allez-vous ensuite essayer de me faire croire que mon rôle dans cette maison nécessite une telle garde-robe ?

— Non, répondit-il à son grand étonnement. Mais si vous vous amusez à faire de moi un gentleman, j'ai bien le droit moi aussi à une petite distraction.

— Comme quoi ? demanda-t-elle avec méfiance.

Il lui sourit, ses yeux dorés brillant d'une lueur taquine.

— J'ai l'intention de faire de vous une vraie beauté, Isabella.

— J'aimerais que vous cessiez vos éternelles plaisanteries, dit-elle en croisant les bras avec lassitude.

— Je suis très sérieux, croyez-moi, déclara-t-il avec son habituelle nonchalance.

Fulminant de rage, elle le toisa de haut en bas, tandis qu'il continuait de lui sourire.

— Si je dois être votre professeur, laissez-moi vous donner votre première leçon de bienséance. Un gentleman ne s'assoit jamais pendant qu'une lady est debout.

— Mille excuses, dit-il en se levant d'un mouvement exagérément empressé. Continuez, je vous prie.

— Un gentleman n'est jamais censé discuter de... euh... ce dont il ne faut pas parler avec une couturière ou n'importe quelle autre femme.

— Ce dont il ne faut pas parler ?

Isabella aurait juré qu'il avait parfaitement compris.

— Les sous-vêtements, précisa-t-elle, en le maudissant intérieurement.

— Ah, je vois. Je n'aurais pas dû dire à Mme Stark que vous aviez besoin d'une douzaine de chemises en soie, ou de trois douzaines de paires de bas, ou...

— Vous êtes un vrai démon ! s'exclama Isabella, les joues empourprées de honte.

— Vous ai-je choquée ?

— Vous le savez bien.

— Ah ! Un autre impair. Je suis sûr qu'un gentleman ne choquerait jamais une lady.

— En effet.

— Et qu'est-ce qu'un gentleman ferait d'autre que je ne fais pas ?

— Il ne ferait pas d'épouvantables plaisanteries !

— M'accusez-vous de... ? Isabella, vous me blessez profondément ; je vous assure !

— Vous êtes un...

Elle s'interrompit, incapable de trouver un mot pouvant le décrire au plus juste.

— Oui ? l'encouragea-t-il en souriant.

Les lèvres serrées, elle refusa de répondre.

— Bâtard ? Fils de...

— Arrêtez ! (Vraiment hors d'elle, à présent, elle se dirigea vers lui en pointant un doigt accusateur.) Ainsi, vous voulez que je fasse votre éducation ? Très bien, je vais m'y employer de mon mieux. Sachez tout d'abord qu'un gentleman ne jure jamais en présence d'une lady. Il l'inciterait encore moins à suivre ce détestable exemple. (Elle le détailla du regard.) Vos bottes sont pleines de boue. Un gentleman couvert de boue ne se présenterait jamais devant une lady sans s'être excusé par avance. Vous ne portez pas de veste. Un gentleman ne se présente pas non plus devant une lady sans être correctement vêtu.

Elle le détailla à nouveau. Ses vêtements étaient de toute évidence davantage choisis par souci de confort que d'élégance.

— Il vous faut un valet, décréta-t-elle avec une certaine satisfaction.

— Un valet ? s'étonna-t-il, à la fois déconcerté et sur la défensive tandis qu'il baissait les yeux pour s'inspecter. Moi ? Etes-vous sérieuse ?

— Un valet, répéta-t-elle avec un méchant plaisir. Il veillera à ce que vous soyez bien mis en toute occasion. Il vous aidera à vous habiller et à vous déshabiller, s'assurera que vos bottes sont cirées, vos cols propres et vos cheveux coiffés.

— Je n'ai pas besoin d'un foutu valet pour enfiler mon caleçon !

— Ah ah ! Deux transgressions ! Vous avez juré et mentionné les sous-vêtements en présence d'une lady ! Je vois qu'il vous faudra beaucoup de travail. Vous êtes un cas presque désespéré.

Les yeux d'Alec se plissèrent.

— Vous amusez-vous bien, comtesse ?

— Énormément. (Elle lui adressa son plus grand sourire.) M'avez-vous employée pour vous apprendre à être un gentleman, oui ou non ? A moins que la dure réalité ne vous ait fait changer d'avis ?

Il planta son regard dans le sien.

— Je vous propose un marché, comtesse. Je suivrai vos conseils dans les limites du raisonnable (ce qui exclut un foutu valet !) si vous suivez les miens sur la façon de devenir une vraie beauté. Marché conclu ? Ou allez-vous reculer devant la dure réalité ?

— Marché conclu !

Il l'avait finement amenée à répondre oui. Et sitôt les mots sortis de sa bouche, elle se demanda si son accord n'avait pas été trop hâtif. Comment au juste comptait-il s'y prendre pour la métamorphoser en une beauté ? S'il s'imaginait lui faire croire que le meilleur exercice de beauté consistait à réchauffer le lit d'un homme, il se trompait lourdement !

— Dans les limites du raisonnable, nuança-t-elle avec précaution.

— Dans les limites du raisonnable, répéta-t-il en

lui tendant la main. Votre main, comtesse, pour sceller notre marché.

Elle la lui donna et, tandis qu'il la conduisait hors du salon avec une dignité de vrai gentleman, Isabella espéra qu'elle ne venait pas de commettre une erreur. Malheureusement, elle pressentait que c'en était une.

44

Alec tint parole. La première robe arriva le lendemain en fin de matinée et, à la consternation d'Isabella, un coiffeur se présenta à Amberwood, juste après le déjeuner. Suivant les ordres stricts d'Alec, il ne toucha pas à la masse de sa chevelure, coupant à peine les pointes et effilant quelques mèches de devant, dans le but de les faire friser ensuite autour de son visage. Quand Isabella se regarda dans le miroir, le résultat était étonnant : M. Alderson avait relevé ses cheveux en un chignon magnifique et avait effectivement accompli le miracle de faire boucler les petites mèches d'ordinaire désespérément raides. La couleur aussi semblait avoir changé. Elle était toujours du même châtain banal, mais les mains expertes du coiffeur avaient su mettre en valeur çà et là des reflets roux et or dont Isabella n'avait jamais soupçonné l'existence.

— Et puis-je suggérer juste une touche de rouge à lèvres, milady ? Si vous permettez...

Il ouvrit une mallette de cuir qui, à la grande horreur d'Isabella, regorgeait de cosmétiques. Jamais de sa vie elle n'avait utilisé de fard, ni imaginé y avoir recours un jour. Une lady ne se maquillait pas.

Seules des femmes comme Pearl usaient de cette sorte d'artifices.

Pearl était par nature certainement plus belle qu'elle, mais le maquillage la rendait encore plus ravissante. Peut-être serait-ce la même chose pour elle, songea Isabella, soudain prise d'une envie irrépressible d'être séduisante. Auparavant cela lui était égal, mais maintenant il y avait Alec...

— Très bien, juste une touche, consentit-elle en fermant les yeux pour s'abandonner aux soins du coiffeur.

— Vous pouvez regarder, maintenant, annonça-t-il quand il eut fini.

Isabella ouvrit les yeux.

Le visage qu'elle vit était bien le sien. Les traits étaient les mêmes, depuis la trop large bouche jusqu'aux abominables taches de rousseur. Mais M. Alderson avait opéré un miracle d'alchimie sur ces attributs sans attraits. Avec ses cheveux relevés, ses pommettes paraissaient soudain plus proéminentes. L'imperceptible touche de rose que M. Alderson y avait appliquée éclairait ses grands yeux gris-bleu. Les cils artificiellement assombris accentuaient encore cette saisissante impression de luminosité.

Isabella cligna des paupières, fascinée par le surprenant effet de ses cils alourdis par le maquillage. Alec avait promis de faire d'elle une beauté. Il n'y était pas parvenu, bien sûr, car elle ne serait jamais une beauté. Mais elle était sans nul doute... jolie. Très jolie. Comme jamais elle ne l'avait été...

— Monsieur Alderson, vous avez accompli un vrai miracle ! souffla-t-elle.

— J'ai simplement fait ressortir ce qui existait déjà, déclara-t-il modestement en examinant Isabella avec satisfaction. Milady a par nature quelque chose qui sort du commun. Il suffisait de le mettre en valeur.

— Merci, dit-elle en se retournant pour lui sourire.

— Tout le plaisir fut pour moi, je vous assure. Je vous laisserai les cosmétiques dont vous avez besoin. Vous n'aurez qu'à appliquer une touche de ceci (il fit sur lui-même la démonstration de pose du rouge à lèvres), suivi d'un nuage de poudre de riz — et vous serez *bellissima* !

Quand il l'eut quittée après une révérence, Isabella tendit une main hésitante vers les pots de maquillage. Les utiliser ne serait pas correct... Elle se regarda à nouveau dans le miroir. Peut-être ne s'en servirait-elle qu'un tout petit peu chaque jour. Au moins, tant qu'elle serait avec Alec.

Le temps qu'ils avaient à passer ensemble était limité, elle le savait. Tôt ou tard, elle devrait renoncer à ce délicieux interlude et retourner à son monde. Que se passerait-il alors ? Dirait-elle franchement à Bernard qu'elle avait découvert ses abominables plans contre elle ? Mais ensuite, poussé par la peur, il ne la laisserait peut-être plus jamais en paix. Entamerait-il une procédure de divorce ? Ce serait s'exposer au scandale et au rejet de tous. Livrée à elle-même et sans argent, que deviendrait-elle ?

Peut-être n'avait-elle pas besoin de retourner chez elle ? Peut-être pouvait-elle rester auprès d'Alec pour toujours ?...

— Je vous aide avec votre robe maintenant, m'dam ? demanda Annie, la femme de chambre qu'Alec lui avait attribuée.

Isabella lui sourit. Annie n'était certes pas aussi stylée et efficace que Jessup, mais sa réelle envie d'apprendre la rendait si sympathique !

— Oui, Annie, merci, répondit Isabella en se levant et en ôtant sa robe de chambre.

Mme Stark avait joint des sous-vêtements, une paire de bas et de chaussures à la robe qu'elle lui avait envoyée. Annie batailla maladroitement avec les lacets et les boutons et Isabella dut se charger d'enfiler seule les bas. Mais quand Annie parvint enfin à boutonner la robe, Isabella la complimenta sincèrement sur ce qu'elle jugeait être un parfait travail d'habilleuse.

— Merci, m'dam, dit Annie en souriant timidement. Vous ressemblez à un portrait de peintre, m'dam.

La femme qu'Isabella vit dans le miroir lui coupa le souffle. La robe de mousseline rose, aux manches courtes et bouffantes, avait un décolleté légèrement creusé et une ligne allongée très élégante. Des rubans lie-de-vin bordaient les manches, venant se croiser au-dessous de sa poitrine pour ensuite retomber librement sur le devant de la jupe.

La transformation entamée par le coiffeur était parachevée par cette superbe tenue, et Isabella ressemblait en tout point à une lady de « bon ton ».

Quand elle rejoignit Alec dans la bibliothèque à quatre heures, comme convenu, elle se sentit stupidement mal à l'aise. Installé sur le canapé, ses longues jambes étendues devant lui, Alec était plongé dans la lecture d'un journal.

Levant la tête à son entrée, ses yeux s'agrandirent et il posa lentement son journal.

— Par Dieu ! souffla-t-il.

Sa réaction correspondait à tout ce qu'elle aurait pu espérer. Elle lui adressa un sourire timide, et il se leva sans la quitter des yeux.

— Tournez-vous.

Isabella obéit en rougissant.

— Alors ? demanda-t-elle quand elle lui fit à nouveau face.

— Vous étiez très jolie avant, dans votre genre bien particulier, mais maintenant — vous pourriez être la reine du Manège, chérie. Ou de n'importe quelle autre maison.

Sa sincérité ne faisait aucun doute et réchauffa le cœur d'Isabella. Alec n'était certes pas un gentleman, mais il avait été plus gentil avec elle que n'importe qui d'autre dans sa vie. Son entourage ne lui avait jamais dispensé de compliments et l'avait toujours considérée comme quantité négligeable.

Des larmes inattendues perlèrent à ses paupières. Elle cligna des yeux pour les disperser, soulagée qu'Alec n'ait visiblement rien remarqué. Pleurer n'était pas dans ses habitudes, et elle ne tenait pas à commencer pour une raison aussi stupide.

— Vous avez eu votre distraction de la journée. Maintenant c'est mon tour. J'ai demandé à Mme Shelby de servir le thé dans le salon jaune.

— Je suis à votre disposition.

— Vous devez m'offrir votre bras et m'escorter jusqu'à la table.

— Ah, je vois. La leçon va avec le thé, c'est ça ? Enfin, au moins aurai-je le plaisir de profiter en privé de votre charmante image, comtesse !

Il lui offrit le bras avec une parfaite galanterie. Isabella approuva de la tête, se contentant juste de rectifier la position de sa main sur son bras.

Puis Alec lui sourit si largement que toute illusion de bienséance s'évanouit aussitôt. Mais l'indéniable réalité de son charme ne disparut pas pour autant.

45

Durant les quinze jours qui suivirent, pendant que Paddy recherchait à Londres les ennemis d'Alec et qu'à Amberwood une armée d'hommes restait sur le pied de guerre, Isabella fut plus heureuse qu'elle ne l'avait jamais été. Elle taquinait Alec sur ses manières, le provoquait jusqu'à ce qu'il perde patience et condamnait ensuite à la fois ses jurons et son caractère emporté. Elle ne manquait pas non plus de lui signaler son incorrection, chaque fois qu'il se présentait sans veste ou sans col de chemise — ce qui arrivait souvent. Bref, elle tenait parfaitement le rôle qui lui avait été assigné.

Mais à dire vrai, Alec, malgré ses lacunes dans le domaine des conventions, se conduisait en vrai gentleman. Il ne poursuivait plus Isabella de ses assiduités et devenait un compagnon fort agréable. Si bien qu'au fil des jours, la jeune femme sentit son attirance pour lui grandir au lieu de diminuer. De son côté, Alec honorait en tout point sa part du marché, ne permettant à Isabella aucun relâchement dans le soin qu'elle devait apporter à son apparence. Pour être belle, il fallait souffrir, lui expliquait-il. Elle s'habituerait vite à se maquiller, à entretenir sa coiffure et à porter de jolies toilettes. Bientôt cela ne représenterait plus une corvée, mais lui deviendrait aussi naturel que le fait même de respirer.

Un après-midi, environ trois semaines après leur arrivée à Amberwood, Isabella eut l'idée de pousser la taquinerie un peu plus loin et décréta qu'Alec devait apprendre à monter à cheval.

— Je sais déjà conduire un attelage, objecta-t-il.

— Les gentlemen font les deux aussi bien. Cette lacune vous a sûrement gêné : contrairement à une voiture, un cheval peut passer n'importe où.

— Le système de voirie à Londres est excellent, tout comme à la campagne. Monter sur le dos d'un cheval ne m'a jamais paru nécessaire ni attirant.

— Ne me dites pas que vous avez peur !

— Bien sûr que non.

— Alors, pourquoi ne pas découvrir les plaisirs de l'équitation ? Et vous avez devant vous une personne experte toute prête à vous y aider. N'est-ce pas une chance ?

— Toute prête à se moquer de moi quand je me retrouverai par terre, grommela-t-il.

Le rire d'Isabella lui arracha l'esquisse d'un sourire, mais il reprit très vite son air obstiné.

— Je ne le ferai pas, Isabella. Enseignez-moi autre chose.

— J'aime tellement l'équitation, soupira-t-elle d'un ton désenchanté. J'avais espéré que vous apprendriez à l'aimer aussi. Nous pourrions faire de merveilleuses promenades ensemble. Mais si vous refusez d'essayer, je n'insisterai pas, bien sûr.

Il l'étudia du regard.

— Vous êtes une petite coquine, comtesse. N'espérez pas me duper une seconde avec vos airs pitoyables. Mais je relève le défi. A une seule condition : je ne tolérerai pas plus d'une chute.

— Je n'avais pas rêvé obtenir plus grand sacrifice... Accordez-moi quelques minutes pour me changer.

Cette conversation avait eu lieu sur la terrasse, à l'arrière de la maison. Moins d'un quart d'heure plus tard, Isabella fut de retour, vêtue de sa nouvelle tenue d'équitation, et elle prit Alec par la main pour l'entraîner vers les écuries.

— Je doute même d'avoir des chevaux de selle, marmonna Alec en se laissant conduire.

— Vous en avez. Je m'en suis déjà assurée.

— Vous avez manigancé cela depuis longtemps, n'est-ce pas ? Qui me dit que ce n'est pas un complot pour m'assassiner ? Ce serait sûrement plus efficace que tous les coups de couteau et de mousquet que j'ai reçus ces derniers temps.

— Vous adorerez chevaucher, une fois que vous en aurez pris l'habitude. Croyez-moi.

— J'ignore pourquoi, mais j'ai du mal à vous croire.

Ils atteignirent les écuries et Alec, d'un ton manquant considérablement d'enthousiasme, ordonna qu'on selle deux chevaux. Le palefrenier hocha la tête et s'éloigna.

Après un rapide regard sur Alec, Isabella rappela le garçon.

— Choisissez-en deux qui ne soient pas trop nerveux.

— Si j'avais su ce qui m'attendait quand j'ai acheté cette maison, je me serais abstenu, dit Alec dans sa barbe.

— Vous êtes inquiet ?

— Pas du tout. Je suis parfaitement résigné à me casser un bras, une jambe, ou même à me briser le cou.

— Cela n'arrivera pas, je vous le promets.

Le palefrenier sortit les chevaux, un grand bai pour Alec et une élégante jument pour Isabella.

— Comment s'appellent-ils ? demanda celle-ci.

— Hannibal et Hepzebah, m'dam. Milord aimait les noms bizarres pour ses chevaux.

Tout en parlant, il avait jeté un coup d'œil en direction d'Alec, et parut soudain embarrassé, comme s'il craignait d'avoir commis un impair.

— Tu t'appelles Tinsley, n'est-ce pas ? l'interrogea Alec, contre toute attente.

L'embarras du palefrenier se changea en appréhension.

— Oui, m'sieur.

— Et tu travailles pour moi depuis combien ?... Deux ans maintenant ?

— Oui, m'sieur.

Tinsley paraissait encore plus alarmé. De toute évidence, il redoutait d'être renvoyé sur-le-champ à cause de sa malencontreuse mention de lord Rothersham.

— Et je ne suis pas venu aux écuries une seule fois pendant tout ce temps, n'est-ce pas ? C'était un peu négligent de ma part, je le reconnais, mais j'étais trop occupé par ailleurs. Et j'apprécie que tu aies fait du si bon travail, sans personne pour te superviser.

— Euh... je... merci, monsieur Tyron, bafouilla le palefrenier qui ne savait plus sur quel pied danser.

Puis un timide sourire éclaira son visage. Alec venait de gagner la loyauté d'au moins un de ses serviteurs, songea Isabella avec satisfaction.

— Est-ce que j'vous aide à monter, m'dam ? proposa Tinsley, comme Alec ne bougeait pas.

Isabella lança un regard vers Alec qui fixait le bai avec une méfiance mal dissimulée. Si Tinsley découvrait son ignorance en matière d'équitation, nul doute que les ragots iraient bon train parmi les domestiques. Quelle sorte d'homme était donc cet Alec Tyron pour ne même pas savoir monter à cheval ? On avait bien vu à quelle classe il appartenait ! Un bourgeois sans style ni éducation... Les serviteurs d'une maison de haut rang se montraient souvent bien plus snobs que leurs maîtres.

Ne supportant pas l'idée que quiconque se moquât d'Alec, Isabella décida d'intervenir.

— Verriez-vous un inconvénient à ce que nous marchions un peu avant de monter ? demanda-t-elle à Alec en faisant mine de s'excuser de ce caprice.

Alec fronça d'abord les sourcils avec surprise, puis se hâta d'accepter, visiblement soulagé de ce sursis inespéré. Avec un sourire tout miel, Isabella s'empara des rênes d'Hepzebah. Alec en fit autant avec Hannibal, et ils s'éloignèrent côte à côte.

Ils avaient à peine atteint la limite des écuries qu'Alec s'aperçut de la présence de deux hommes les suivant à une distance respectable. S'arrêtant, il les appela. A leur allure, Isabella vit tout de suite qu'ils n'étaient pas des campagnards, mais faisaient certainement partie de la bande d'Alec.

— Oui, le Tigre ?

— Pas la peine de vous accrocher à mes basques. Surveillez la maison, et si j'ai besoin de vous, je tirerai un coup de pistolet.

— Mais M. McNally nous a dit de ne pas vous perdre de vue, protesta le plus jeune avant qu'un regard noir de son compagnon ne le réduise au silence.

— M. McNally est toujours trop protecteur, répliqua Alec avec bonne humeur. Maintenant, retournez à la maison. Qui sait ? Peut-être que quelqu'un est en train d'y pénétrer en ce moment même.

— Personne n'a intérêt à... commença le plus jeune, à nouveau emporté par sa fougue.

L'autre le saisit par le bras et le traîna à sa suite.

— Excusez-le, le Tigre, dit-il par-dessus son épaule. C'est un bleu et il ne connaît pas encore les règles.

Comme ils s'éloignaient, Isabella l'entendit ajouter à l'intention de son téméraire compagnon :

— Espèce d'idiot, c'était le Tigre. J' l'ai vu trancher la gorge d'un homme qu'avait osé le contredire.

— Vous avez vraiment fait cela ? demanda Isabella à Alec, tandis qu'ils se remettaient à marcher.

— Fait quoi ?

— Trancher la gorge d'un homme parce qu'il argumentait avec vous.

Alec haussa les épaules.

— Je ne me souviens pas de cet incident, mais si Buzz le dit... C'est ainsi que se font les réputations.

Isabella en resta sans voix. Tellement habituée à ne plus voir que la face aimable d'Alec, elle avait oublié qui il était. Un criminel gagnant des fortunes en commettant des actes atroces...

Ils progressèrent en silence, traversant un petit bois et débouchant sur une prairie verdoyante. L'endroit idéal pour une première leçon, jugea Isabella.

— Ce sera parfait, ici, déclara-t-elle en conduisant son cheval sur l'herbe.

— Au moins le sol n'a pas l'air dur. Peut-être que je ne me casserai pas le cou, finalement.

Isabella ignora la remarque et passa les rênes par-dessus la tête d'Hepzebah.

— Pour commencer, faites simplement comme moi. Montez par la gauche.

— Je sais comment monter sur cette foutue bête. Le problème, c'est de rester dessus.

Tout en parlant, il se hissa sur Hannibal. Mais il ne tint pas les rênes assez tendues et le cheval se mit à déguster tranquillement l'herbe devant lui. Alec lui releva la tête. Mécontent d'être privé de son plaisir, l'animal s'agita. Alec tira davantage. Hannibal, encore plus mécontent, rua. Alec avait l'air à la fois si embarrassé et si déterminé à prouver qu'il était le maître qu'Isabella ne put retenir un éclat de rire.

— Vous vous amusez bien, comtesse ? demanda Alec en lui jetant un regard noir.

— Enormément, répondit-elle sans se soucier de dissimuler le large sourire éclairant son visage. Soyez plus souple sur les rênes, Alec. Tenez-les comme ceci.

Elle lui fit la démonstration sur sa propre monture. L'air méfiant, Alec relâcha un peu sa prise. Aussitôt, Hannibal s'immobilisa.

— Très bien. Maintenant, avançons un peu. Serrez légèrement avec vos genoux et claquez de la langue. Comme ceci.

Hepzebah avança et Isabella se retourna pour regarder Alec. Il suivit ses instructions et Hannibal marcha docilement derrière Hepzebah. Isabella dut se retourner en hâte pour cacher son envie de rire.

— Qu'y a-t-il de si drôle ?

— Votre claquement de langue ressemble plutôt à un gloussement de pigeon amoureux, dit-elle en pouffant.

Il fronça les sourcils, puis ne put s'empêcher de sourire.

— Je retiens cela, menaça-t-il. Une fois que nous serons sur la terre ferme, vous me le paierez.

— Pfff ! Vous ne me faites pas peur.

Elle fit bifurquer Hepzebah pour mieux observer l'assise d'Alec.

— Rentrez vos coudes et baissez vos talons. Tenez-vous plus droit. Voilà. C'est très bien.

— Je me sens sacrément ridicule, grommela-t-il, ce qui provoqua à nouveau l'hilarité d'Isabella.

— Vous chevaucherez bientôt comme un parfait cavalier.

Alec terminait son troisième tour de prairie avec tant de raideur qu'Isabella ne pouvait s'arrêter de rire. Avec un regard de reproche, il vint stopper Hannibal à côté d'elle.

— Je crois que je me contenterai de conduire des voitures, merci beaucoup.

— Vous vous y prenez à merveille. Je pense même que nous devrions essayer le trot.

Il poussa un grognement.

— Ne pouvons-nous laisser cela pour la prochaine fois ?

— J'ai l'impression que plus nous attendrons, plus j'aurai de mal à vous faire remonter en selle. Un peu de courage, Alec. Venez.

Elle dirigea Hepzebah dans un trot placide autour de la prairie, dissimulant de son mieux son amusement tandis qu'elle se retournait pour surveiller Alec.

— Comment était-ce ? lui demanda-t-elle quand ils furent de retour à leur point de départ.

— Très bien, dit-il d'un ton si lugubre qu'elle eut de la peine à réprimer un nouvel éclat de rire.

— Parfait. Essayons encore. Regardez-moi.

Cette fois, elle lança Hepzebah dans un trot plus rapide, s'accordant à la perfection aux mouvements de l'animal.

— Portez votre poids aux genoux et adoptez le plus possible le rythme du cheval, lui indiqua-t-elle en s'arrêtant pour l'observer. Très bien. Faites le tour.

Alec montait et descendait sur le dos du cheval avec autant d'élégance qu'un sac de linge. A l'expression tendue de son visage, Isabella voyait bien qu'il subissait une véritable épreuve. Mais elle ne voulait pas lui permettre d'abandonner. Cela lui demanderait du travail et de la patience (car il n'était de toute évidence pas doué), mais il devrait y arriver.

— J'ai l'impression d'être un prunier qu'on secoue, se plaignit-il en tirant Hannibal pour la énième fois.

— Vous vous en sortez très bien, le rassura-t-elle. Essayez encore.

— Encore ?

Au hochement de tête d'Isabella, il s'exécuta en grommelant.

Il paraissait plus à l'aise et détendu, jugea-t-elle tandis qu'il la rejoignait à nouveau. S'il se décidait seulement à être un peu plus souple, son dos n'endurerait plus de tels chocs, lui fit-elle remarquer.

— Tout cela vous amuse, l'accusa-t-il.

— Maintenant, au petit galop, annonça-t-elle en guise de réponse.

Alec grogna à nouveau, mais s'inclina. A la fin de l'après-midi, il avait fait des progrès considérables. Forcé à rester en selle, il avait montré une volonté de réussir impressionnante.

— Mon estomac crie famine. Pouvons-nous faire une pause maintenant, madame le professeur ? Ou êtes-vous décidée à me laisser sur ce cheval jusqu'à ce que j'implore votre pitié ?

— Nous pouvons rentrer, si vous voulez. Vous vous êtes vraiment bien débrouillé. Vous serez bientôt capable d'aller chasser à courre.

Il ricana et se mit au pas à ses côtés.

— Je pencherais plutôt pour vendre tous les chevaux de l'écurie. Dites-moi, pourquoi avez-vous insisté pour que nous marchions en début de promenade ?

Le soudain changement de sujet prit Isabella de court. Elle s'était attendue qu'Alec, sous le coup de cette première leçon, ait oublié l'incident. Tournant son regard vers lui, elle opta pour la franchise.

— Je ne voulais pas que le palefrenier sache que vous ne montiez pas à cheval.

— Et pourquoi cela ?

— Parce que... parce que...

— Parce que vous ne vouliez pas qu'il me déconsidère, ou qu'il vous déconsidère pour vous trouver en si mauvaise compagnie ?

Son interprétation la fit réfléchir. Avait-elle une si haute opinion d'elle-même, pour avoir honte d'être en sa compagnie ? Si tel avait été le cas un jour, cela ne l'était plus maintenant. A ses yeux, Alec était... Alec. Il dépassait les frontières des classes et des privilèges.

— Je ne souhaitais pas qu'il pense du mal de vous, bien sûr. Je n'ai pas honte de votre compagnie. En fait, c'est tout le contraire.

Il la regarda, soudain plus à l'aise sur son cheval qu'il ne l'avait été durant tout l'après-midi.

— Je ne prétends pas être plus que je ne suis, vous savez. Vous n'avez pas besoin de me protéger des serviteurs et des imbéciles. Il reste peu de choses fragiles en moi, et mes émotions n'en font pas partie.

— Alors, je me demande pourquoi vous avez pris la peine de vous éduquer. Si vous êtes satisfait de ce que votre naissance vous a donné, pourquoi, par exemple, m'avez-vous engagée pour vous apprendre les bonnes manières ?

— Parce que je ne suis pas idiot de naissance. Naître pauvre ne veut pas dire naître sans capacités. Au départ je n'étais rien. Tout ce que j'ai, je l'ai acquis seul. La moindre connaissance, le moindre sou, le respect qu'on me porte... je ne les dois qu'à moi. Et je n'ai pas honte de cela ; j'en suis fier.

J'aimerais voir n'importe quel foutu lord faire ce que j'ai fait. Il n'aurait pas survécu une semaine dans les rues de Whitechapel.

L'amertume se lisait sur son visage. Isabella ne pouvait qu'admirer la force de caractère qui avait poussé cet homme à sortir de l'enfer où il était né et à se construire une dignité.

— Dites-moi comment c'était, Alec. Votre enfance.

L'amertume fit place à un sourire grimaçant.

— Je n'ai pas eu d'enfance. Mais parlons de choses plus plaisantes. Comme par exemple de la beauté de vos cheveux sous le soleil. Ils prennent des reflets d'or sombre et de rouge. C'est ravissant.

— J'ai la plus grande admiration pour vous. Je veux que vous le sachiez. Je suis fière d'être en votre compagnie.

Il parut se crisper une seconde, mais continua de sourire.

— Attention, comtesse, vous allez m'attendrir. Regardez, nous arrivons aux écuries. Marcherons-nous pour éviter que l'imbécile ne me surprenne en mauvaise position ? Ou l'envoyons-nous au diable, lui et ce qu'il peut penser ?

— Comme vous voudrez.

Il était clair qu'il préférait ne pas aborder des sujets trop sensibles, et elle tenait à respecter cela.

— Continuons à cheval, décida-t-il.

Tinsley vint récupérer leurs montures, traitant Isabella et Alec avec une égale déférence. Descendre à terre arracha une grimace de douleur à ce dernier, mais il n'émit aucune plainte tandis qu'ils regagnaient la maison.

Dans le hall d'entrée, Isabella se retourna vers lui.

— Je dois prendre un bain et me changer avant le dîner. Vous retrouverai-je dans le salon jaune vers sept heures et demie ? (Un sourire malicieux fit briller ses yeux.) Nous résumerons nos leçons.

— Ne m'accorderez-vous donc aucun repos, petite chipie ? plaisanta-t-il, avant de hausser des sourcils dignes en apercevant Shelby. Très bien, ma chère, à sept heures et demie.

47

L'excellente tenue d'Alec à table lui venait de toute évidence de son élégance naturelle plutôt que des leçons de maintien de n'importe quelle amie actrice. Isabella dut admettre que si elle l'avait rencontré pour la première fois en cette occasion, elle l'aurait pris pour un vrai gentleman. Dans son complet noir impeccable (il avait absolument refusé l'aide d'un valet, mais Isabella avait recruté un serviteur pour s'occuper de ses vêtements), avec la lueur des nombreuses bougies qui accrochait des étoiles d'or à ses cheveux, il était si séduisant que le simple fait de le regarder la comblait d'aise.

Son Alec était le plus attirant des hommes, songea-t-elle, à la fois effrayée et réjouie de ce soudain sentiment de possessivité.

— La nourriture est bien meilleure, nota-t-il en signifiant à Shelby de resservir du vin.

Il avait bu plus qu'à son habitude, ce soir, et il en était de même pour Isabella dont le verre était sans cesse rempli.

— J'ai dit deux mots à la cuisinière. J'espère que cela ne vous dérange pas.

— Le résultat est si satisfaisant que je ne peux

que trinquer à votre heureuse initiative, répondit Alec en vidant son verre d'un trait.

Aussitôt, Shelby s'empressa de le lui remplir à nouveau Isabella, qui n'avait jamais vu Alec boire autant, s'inquiéta quelque peu.

— Y a-t-il un problème ? demanda-t-elle en fronçant les sourcils. Vous semblez avoir développé un subit et irrésistible amour pour le vin.

Il la regarda d'un air presque fourbe. Les yeux d'Isabella s'agrandirent d'appréhension. Mais soudain, il lui sourit.

— Qu'êtes-vous en train d'imaginer ? C'est simplement que la leçon d'aujourd'hui a malmené une certaine partie encore tendre de ma personne et que j'espérais calmer la douleur par l'alcool.

Isabella resta un instant interdite, puis sourit franchement à mesure qu'elle comprenait.

— Etes-vous en train de me dire que vous avez le « mal de selle » ?

— Si c'est ainsi que l'on désigne l'endroit de mon anatomie qui hurle de douleur quand je m'assois, la réponse est oui.

— J'avais oublié de vous prévenir de ce petit inconvénient, confessa-t-elle.

Mais ses yeux brillaient de malice et son sourire ne cessait de s'élargir.

— Si vous l'aviez fait, aucune force au monde n'aurait pu m'obliger à monter sur ce foutu cheval.

— Ne jurez pas, dit-elle automatiquement, tandis qu'un valet enlevait les plats pour servir le dessert. Je suis vraiment désolée que vous ayez mal, Alec.

— Vous en avez vraiment l'air... Shelby, apportez-nous de cette liqueur française que l'on achète en toute légalité depuis la fin des hostilités. Peut-être réussira-t-elle là où le vin a échoué.

— Est-ce raisonnable de boire autant ?

— Ne vous inquiétez pas. Je ne me suis pas enivré depuis le jour où j'ai failli m'engager dans la marine de Sa Majesté. J'avais quatorze ans.

— Racontez-moi, le pria Isabella, piquée par la curiosité.

Alec avala une gorgée de liqueur avant de commencer son récit.

— Paddy et moi avions acheté une caisse de cognac français en contrebande et avions revendu les bouteilles pour trois fois leur valeur. Nous en avions gardé deux, une pour chacun. A la nuit tombée, nous errions dans les rues, les poches pleines et l'esprit plutôt gai, quand nous avons aperçu une affiche de recrutement pour la marine royale. Elle promettait richesses et aventures aux futurs et heureux engagés volontaires. Nous nous rendîmes au lieu indiqué et le capitaine chargé du recrutement vit du premier coup d'œil que ces deux solides garçons feraient son affaire. Paddy était tellement soûl qu'il aurait pu s'engager n'importe où cette nuit-là, et à n'importe quelles conditions. Mais pas moi. Je demandai donc au capitaine à combien s'élèveraient nos gages. La somme parut fabuleuse à Paddy, mais en fait il aurait fallu une année dans l'armée de Sa Majesté pour gagner ce que nous avions récolté en une seule journée avec le cognac ! Comme Paddy n'était pas en état d'être raisonné, je le traînais à l'extérieur, prétextant un besoin urgent et naturel. Inutile de vous dire que le capitaine ne nous revit jamais, mais qu'en revanche les contrebandiers de cognac nous revirent souvent.

Il sourit, vida son verre et le leva pour qu'on le remplisse. Isabella prit une gorgée de liqueur — un alcool agréable au léger goût de menthe — et attendit la suite. Voyant qu'Alec se taisait, sirotant son verre avec un petit sourire aux lèvres, comme s'il revivait ses souvenirs, elle le relança :

— Vous ne vous êtes jamais engagé ?

Il secoua la tête.

— Une fois sobre, l'idée m'a paru repoussante. Pourquoi Paddy et moi servirions-nous de chair à canon au roi et au pays, alors que ni l'un ni l'autre n'avaient jamais rien fait pour nous ? Pour être en plus payés une misère.

— Alors vous avez préféré voler du cognac. Est-ce ainsi que vous avez commencé ?

— Vous voulez parler de mon introduction au crime ? Non. J'ai toujours volé ce que je trouvais sur mon chemin, pour le garder ou le vendre selon mon humeur. Mais je compris seulement cette nuit-là à quel point un garçon rusé pouvait gagner de l'argent. Et j'avais vu juste. Depuis ce jour, nous n'avons plus jamais eu faim, ni besoin de mendier, ou d'accepter l'aide de Pearl.

Sa tendre allusion à Pearl fit curieusement mal à Isabella. Pearl avait soutenu Alec depuis le début, l'entourant de soins et l'aimant bien avant qu'il n'ait même la moindre idée de son existence à elle. Comment rivaliser avec une relation si forte ? songea-t-elle avant d'être choquée par ses propres pensées. Envisager d'entrer en compétition avec Pearl pour les beaux yeux d'Alec était hors de question. Ce monde n'était pas le sien. Elle appartenait à la lumière, lui à l'obscurité. Tôt ou tard, elle devrait quitter son royaume de la nuit pour revenir au soleil.

Tourmentée par cette idée, elle avala sa liqueur d'un trait et se leva. L'alcool lui monta aussitôt à la tête, la déséquilibrant un peu. Elle s'agrippa au dossier de sa chaise.

Alec la regarda, surpris par cette soudaine interruption du dîner. Mais il vida son propre verre, se leva et, après une révérence, offrit doucement son bras à Isabella.

— Nous retirerons-nous dans le salon jaune, comtesse ?

— Vous êtes parfait, le complimenta-t-elle en le rejoignant pour poser la main sur son bras. Le prince régent n'aurait pas fait mieux.

— Oui, mais lui a besoin d'un corset. Pas moi.

Tout sourire, il l'escorta dans le petit salon et referma les doubles portes après avoir refusé le café que Shelby se proposait de servir.

— A quoi occuperons-nous cette soirée ? Vous plairait-il de jouer aux cartes, ou discuterons-nous de nos dernières lectures ?

Isabella considéra les deux éventualités suggérées avec humour et secoua la tête. Une idée lui était venue. Une de ces idées que l'on n'a pas en plein jour, et qui ne semblent naître qu'à la faveur de la nuit. Elle était avec Alec, son prince des ténèbres, et voulait...

— Alors quoi ? demanda-t-il en s'adossant à la porte pour l'interroger du regard.

Elle inspira profondément.

— Je propose que nous poursuivions nos leçons.

— Je n'ai pas l'intention de remonter sur le dos de ce foutu animal — surtout pas après dîner.

— Il ne s'agit pas de cela, dit-elle avec un sourire presque timide. Je voulais parler d'une autre sorte de leçon. Comme... la danse.

— La danse ?

— Vous savez, cette chose que ladies et gentlemen font ensemble — dim dam dim...

Elle pirouetta devant lui, une main tenant bien haut le pan de sa jupe jaune et l'autre posée sur l'épaule d'un partenaire imaginaire.

Le regard d'Alec pétilla d'abord de plaisir, puis ses yeux s'assombrirent et il croisa les bras sur sa poitrine.

— Je crois que vous avez bu plus de vin qu'il ne vous en faut.

— C'est donc cela cette étrange sensation ? Je comprends pourquoi les gentlemen s'enivrent si souvent. On se sent tellement bien ! Alors, Alec, vous ne venez pas danser ?

— Si vous le souhaitez.

Souriant à nouveau, il quitta son poste d'observation et lui tendit les bras. Elle s'y glissa comme s'ils étaient le seul endroit où elle eût envie d'être — ce qui n'était pas loin de la vérité.

— Mais je vous préviens, je ne sais pas mieux danser que monter à cheval. Je risque de vous marcher sur les pieds, chérie.

Ce terme affectueux, joint au contact physique qu'elle redoutait et désirait en même temps depuis des semaines, acheva de griser Isabella. Levant vers lui un sourire radieux, elle l'entraîna dans un pas de valse.

— C'est facile. Il vous suffit de me suivre. Un-deux-trois, un-deux-trois, pencher, tourner, balancer — non, c'est moi qui suis censée me balancer. Ô mon Dieu, j'ai bien peur d'être en train de vous apprendre le rôle de la cavalière.

— Peu importe. Cela me plaît quand même.

Sa voix, si près de son oreille, était comme voilée. Tandis qu'elle l'entraînait pour un nouveau tour de valse, Isabella constata qu'il la tenait bien plus serrée que les convenances ne le permettaient. Mais elle ne fit pas un seul mouvement pour se dérober à son étreinte. Au contraire, se blottissant contre lui, elle savoura l'exquise sensation d'être dans ses bras. Il était si fort, sa peau sentait si bon, était si chaude... Et il était tout à elle... A elle ?

Juste à cet instant, les pieds d'Alec heurtèrent les siens, comme il l'avait prévu. S'écartant d'elle, il la regarda d'un air désolé.

— Je vous avais prévenue, lui rappela-t-il. Vous ai-je fait mal ?

Isabella se surprit surtout à souffrir de n'être plus dans ses bras.

— Ce n'est rien. Continuons-nous ?

A sa grande déception, il secoua la tête.

— Je crois que j'ai assez dansé pour ce soir, merci. Si je ne suis pas prudent, vous risquez de m'enivrer encore plus que l'alcool. Et ce ne serait pas souhaitable, n'est-ce pas, madame le professeur ?

Sa voix était plus grave que d'ordinaire. Il la dévisageait d'une étrange manière, comme sous le coup d'une forte émotion ou d'un enchantement. Devinant qu'elle était à l'origine de ce charme, Isabella sentit un frémissement d'excitation naître au plus profond d'elle-même.

— Vous êtes fatigué de danser, c'est cela ? murmura-t-elle en se rapprochant jusqu'à ce que ses seins touchent son torse.

Il lui saisit les bras et baissa vers elle un regard si intense qu'elle en eut le vertige.

— Isabella...

— Pour ma part, je pourrais danser toute la nuit avec vous.

— Vous êtes plus qu'un petit peu ivre, chérie.

— Si je suis ivre, alors c'est un état très agréable.

Elle posa les mains sur sa poitrine et lui sourit en renversant légèrement la tête en arrière.

— Vous allez le regretter, Isabella.

Le soupçon d'humour pointant dans sa voix dissimulait mal le désir qui le consumait déjà autant qu'elle.

— De toute façon, il est trop tard pour les regrets, ne croyez-vous pas ? souffla-t-elle en glissant les mains derrière son cou et en se serrant davantage contre lui.

— Vous avez raison, chuchota-t-il à son tour en se penchant pour l'embrasser.

48

Mais elle l'en empêcha en posant la main sur sa bouche.

— Dansez avec moi, murmura-t-elle avant de fredonner à nouveau un air de valse.

Alec se mit à rire et secoua la tête pour se dégager de sa main. Puis il l'entraîna dans un pas de danse si bien rythmé et si gracieux qu'elle eut la certitude qu'il n'était pas novice en la matière.

— Vous valsez à merveille ! Pourquoi m'avoir caché que vous saviez danser ? s'indigna-t-elle en tentant vainement de s'écarter de lui.

— Pour ne pas gâcher votre plaisir, répondit-il avec un sourire diaboliquement séducteur.

Il la faisait tourner si vite que son indignation s'envola dans un vertige de bonheur. Les petites mèches échappées de sa coiffure formaient un halo soyeux autour de son visage. Les pommettes roses et les yeux brillants de plaisir, elle resplendissait de beauté tandis qu'Alec l'emportait dans des tourbillons à lui couper le souffle.

— Où avez-vous appris ? demanda-t-elle, haletante.

— Vous vous rappelez Cecily ?

La femme qui lui avait donné le goût de lire. Isabella s'en souvenait, et hocha la tête.

— Elle était aussi très experte en... danse.

En prononçant ce dernier mot, il la serra encore plus contre lui, sa main glissant de manière très inconvenante sur la courbe de ses reins.

— Vrai... vraiment ? bafouilla Isabella, que cette caresse empêchait presque de penser.

Elle se sentait fondre de plaisir. Ses lèvres s'entrouvrirent.

— Elle m'a communiqué cette passion, tout comme celle de la lecture. Depuis, la danse est plus qu'un divertissement pour moi.

Il la faisait virevolter autour de la pièce, parcourant son dos, ses fesses, ses seins, la pressant contre son torse puissant. Enivrée par les effets combinés de la danse, du vin et des caresses d'Alec, Isabella s'abandonna à l'excitante sensation d'appartenir à cet homme et d'être prête à lui offrir tout ce qu'il demanderait. Il fredonnait doucement le refrain de la valse. Son souffle chaud effleurant son oreille la faisait frissonner. Perdue dans ce vertige des sens, elle ne pouvait que s'agripper à ses larges épaules et se rendre aux exigences du désir.

— Je crois que je vais vous embrasser, madame le professeur. Vous êtes bien trop désirable, vous comprenez.

— Alec...

— Chut...

Il glissa une main le long de son bras pour remonter jusqu'à son cou. Frémissant sous le contact brûlant de ses doigts, Isabella se laissa faire quand il lui releva le menton du bout de son pouce.

— Nous nous entendons bien, vous et moi, murmura-t-il en se penchant vers sa bouche. Vous vous souvenez ?

Si elle se souvenait ! Jamais de sa vie elle n'oublierait cette passion dévorante qui l'avait à la fois exaltée et remplie de honte, qui avait aboli les frontières de son monde et l'avait emportée dans un univers dont elle n'avait même pas soupçonné l'existence. Comment pourrait-elle ne pas se souvenir ?

Alec ajouta peut-être quelque chose, mais elle ne l'entendit pas, tellement le flux de son propre sang battait à ses oreilles. Elle se rendit vaguement compte qu'ils ne dansaient plus, mais se tenaient simplement serrés l'un contre l'autre.

Les murs de la pièce semblèrent chavirer quand elle lui rendit son baiser avec fougue. Sa bouche était chaude, exigeante, presque dure, comme s'il voulait la posséder tout entière par ce baiser.

Quand il quitta ses lèvres, elle poussa un gémissement de protestation et, les yeux toujours fermés, s'accrocha un peu plus à lui, ses ongles s'enfonçant dans sa nuque.

— Doucement, madame le professeur, j'ai assez de blessures comme ça, la taquina-t-il en la soulevant dans ses bras.

— Alec...

Elle ouvrit subitement les yeux, s'agrippant à lui tandis qu'il l'emportait à travers le salon.

— Que faites-vous ?

— Je vous emmène au lit, chérie. Je suis trop vieux et j'apprécie trop le confort pour vous faire l'amour ici.

— Mais Shelby, les serviteurs...

Il avait ouvert la porte et ils se trouvaient déjà dans le hall.

— Au diable Shelby et les serviteurs. Je fais ce que je veux dans ma maison. Maintenant, fermez les yeux, et offrez-moi cette jolie petite bouche.

— Oui, Alec.

Isabella céda au désir qui, pour l'instant, était bien plus fort qu'elle et, les paupières closes, tendit ses lèvres à Alec. Il s'en empara avec tant de passion que plus rien d'autre n'exista. Pas même Shelby qui, surprenant la scène, marmonna un commentaire indigné avant de s'éclipser.

Comme si Isabella n'était pas plus lourde qu'une plume, Alec grimpa rapidement les escaliers, sans cesser de dévorer sa bouche. La jeune femme ne savait plus qui elle était, ni où elle était. Elle sentait seulement les lèvres d'Alec, ses bras qui la tenaient... et s'écartèrent d'elle pour la déposer sur un lit.

Ouvrant alors les yeux, elle regarda Alec avec une telle passion qu'il se pressa sur elle pour l'embrasser encore. D'elles-mêmes, les mains d'Isabella trouvèrent le nœud papillon qu'il avait accepté de mettre pour lui plaire. A présent l'élégant accessoire n'était plus à ses yeux qu'une barrière gênante, et elle batailla pour le défaire.

— Doucement, chérie, nous avons toute la nuit devant nous, souffla-t-il en parcourant son cou de baisers.

Mais elle ne l'écoutait pas. Elle voulait toucher sa peau, sentir son corps sous ses mains. Envoyant le nœud papillon voler à terre, elle repoussa maladroitement les pans de sa veste. Avec un petit sourire, il enleva l'indésirable vêtement. Isabella s'attaqua ensuite à la chemise, mais ses doigts tremblants n'arrivèrent à rien. Inspirant profondément pour refréner l'envie sauvage qu'il avait d'elle, Alec défit lui-même les boutons, lui offrant le libre accès à son torse nu.

Alors Isabella retint son souffle, ses doigts découvrant chaque parcelle de sa puissante poitrine en un mouvement lent et sensuel. Sa peau était brûlante et douce et ses muscles aussi durs que l'acier. Spontanément, elle avança ses lèvres pour en goûter la saveur.

— Vous me rendez fou, murmura Alec en prenant son visage entre ses mains. N'allons pas trop vite.

Mais le désir qui le submergeait ne pouvait plus être endigué. Elle le voyait dans ses yeux.

— Aimez-moi, Alec. Maintenant. Je vous en prie.

— Ô Isabella, souffla-t-il d'une voix rauque en la saisissant par les bras tout en cherchant sa bouche.

S'agrippant à son cou, elle se pressa contre lui, lui rendant son baiser avec une passion dévastatrice, l'attirant violemment vers elle, comme pour se fondre en lui.

Les doigts fiévreux d'Alec cherchèrent à déboutonner sa robe. Voyant qu'il n'y parvenait pas, il en saisit l'encolure et tira d'un coup sec. Le bustier se déchira, révélant les petits seins nus sous la fine chemise de soie. Le souffle court, il les contempla un moment, d'un regard qui à lui seul acheva d'enflammer la jeune femme.

Puis il se pencha à nouveau sur elle.

Isabella gémit et se blottit dans ses bras. Avec des gestes impatients de désir, il défit à peine son pantalon et la souleva par les hanches.

— Pardonnez-moi, mon amour, murmura-t-il à son oreille. Je ne peux plus attendre.

Ses jambes s'écartèrent pour l'accueillir, malgré le dernier et fragile barrage de la jupe. Quand il la pénétra avec force, elle poussa un cri et plongea avec lui dans les vagues déchaînées du plaisir.

Il l'emmena ainsi jusqu'aux rives de l'extase, où leurs deux corps s'échouèrent au même instant, épuisés et comblés de bonheur.

— Nous ne le faisons jamais correctement, n'est-ce pas ?

C'était un peu plus tard. Alec, qui avait retrouvé le parfait contrôle de lui-même, était couché sur le dos et grimaçait un sourire. Isabella, lovée au creux de son épaule, flottait dans un nuage de bien-être.

— Y a-t-il une manière plus correcte de le faire ? demanda-t-elle, intéressée.

Elle lui caressait doucement la poitrine, sous la chemise qu'il portait toujours. Il la regarda longuement, avec le même sourire aux lèvres.

— Nous devrions essayer complètement nus. Et lentement. Pour que je puisse vous savourer centimètre par centimètre.

— Vous me faites rougir.

Il éclata de rire en constatant que c'était bel et bien vrai, puis la serra contre lui et déposa un baiser sur son front.

— J'aime qu'une femme puisse rougir. Cela ouvre des possibilités intéressantes.

— Quoi, par exemple ?

Il s'assit sans crier gare et Isabella protesta d'être si subitement délogée de sa confortable position. Puis il s'inspecta d'un œil critique et boutonna son pantalon, de manière que sa tenue soit à peu près décente. Sentant qu'Isabella l'observait, il croisa son regard avant de détailler son corps nu et alangui d'amour. Soudain honteuse elle remonta vivement le drap jusqu'à sa taille. Les yeux d'Alec étincelèrent de malice.

— Par exemple, si je vous embrassais les pieds, rougiriez-vous ?

Tout en parlant, il avait glissé la main le long de sa jambe. A sa grande surprise, il captura sa cheville, changea légèrement de position et porta son pied à sa bouche.

— Alec ! Arrêtez !

Elle tenta en vain de se dérober, tandis qu'il embrassait un à un ses petits doigts de pied.

— Elle rougit. Intéressant, observa-t-il en continuant.

— Cessez d'embrasser mon pied ! Cela chatouille, et c'est... c'est embarrassant !

— Si vous insistez, déclara-t-il en renonçant de bonne grâce.

Mais la victoire d'Isabella fut de courte durée. Tenant toujours sa cheville prisonnière et à hauteur de sa bouche, il y fit courir ses lèvres, remontant le long de la jambe pour s'arrêter au genou. Là, ses baisers aussi brûlants que doux lui infligèrent une torture presque insoutenable. Rouge de honte, Isabella tira d'une main le bas de sa chemise tout en s'aidant de l'autre pour tenter de se redresser dans une position plus convenable.

— Allez-vous arrêter ?

Ce qu'il lui faisait était... excitant. Mais bien trop pervers pour être permis.

— Vous vous souvenez de notre marché ?

— Quel marché ?

— Vous me transformez en gentleman et je fais de vous une beauté.

— Quel rapport avec tout cela ? Alec, cessez d'embrasser mon genou !

— Une femme n'est vraiment belle que lorsqu'elle est aimée. Je suis juste en train d'honorer ma part du marché, conclut-il avec un sourire diabolique.

— Je savais que vous en viendriez tôt ou tard à

quelque chose de ce genre. Eh bien, si vous croyez que je... Alec, vous ne pouvez pas faire cela !

Il avait glissé sa bouche vers l'intérieur de sa cuisse, et cette nouvelle caresse la fit frissonner tout entière. Elle tenta encore de se dégager, mais il refusa de la lâcher tandis que ses lèvres approchaient dangereusement de l'endroit le plus intime de son corps.

— C'est indécent ! Vous ne devez pas !

Il leva la tête pour la regarder avec attention.

— Pour une femme mariée, vous êtes très innocente, comtesse, vous et St. Just ne vous amusiez jamais au lit ?

— Non !

— Il vous a pourtant prise. Je suis bien placé pour savoir que vous n'étiez pas vierge, la première nuit, au Manège.

— Oui, bien sûr, je... Oh, devons-nous vraiment parler de cela ?

Elle était au comble de l'embarras et aurait rougi encore plus si son visage n'était déjà écarlate. Et le fait que la main d'Alec ait pris le relais de sa bouche pendant qu'il la regardait ne l'aidait pas du tout.

— Je pense que oui. Je suis sûr que vous étiez vierge, le jour de votre mariage. Vous ne connaissez donc de l'amour que ce que vous en ont montré St. Just — ce qui n'a pas l'air d'être beaucoup — et moi. Suis-je dans le vrai ?

— Oui !

Distraitement, elle essaya à nouveau de dégager sa cheville. Il la retint sans aucun effort, tout en continuant de l'étudier du regard.

— Je suppose que son idée du plaisir au lit était dix minutes de va-et-vient dans le noir.

— Alec !

Choquée par son franc-parler, elle cessa de se

débattre et se redressa du mieux qu'elle put, aussi rigide qu'une statue.

— Eh bien ?

Il exigeait une réponse. Sentant ses joues passer par toutes les nuances du rouge, Isabella marmonna un « oui » réticent.

— C'est ce que je pensais.

Il lui caressa à nouveau l'intérieur de la cuisse et planta un baiser juste au-dessus de son genou. Puis, à sa grande surprise, il lui lâcha la cheville et s'assit, l'observant d'un air pensif. Isabella plaça aussitôt les jambes hors de sa portée et le regarda avec autant de méfiance qu'un lapin face à un chien de chasse.

— Cela implique un style différent d'approche, déclara-t-il enfin. Vous n'avez sûrement plus de timidité vis-à-vis de moi, Isabella ?

— Cela dépend.

Cette prudente réponse lui arracha un sourire.

— Vous ne prenez pas de risques, hein ? Mais je ne vois pas pourquoi vous seriez timide avec moi, alors que nous avons couché ensemble deux fois. D'après moi, vous ne demandez qu'à apprendre, mais vous avez un peu peur de ce qui vous attend. Il faut d'abord comprendre que se retrouver au lit avec un homme doit être plaisant. Laissez-moi vous enseigner cela, Isabella. Laissez-moi vous montrer comme cela peut être agréable entre un homme et une femme.

Elle humecta ses lèvres soudain sèches. Il tentait encore de la séduire, seulement avec les mots, sans même la toucher. Et elle... désirait-elle être séduite ?

— Je ne ferai... rien d'indécent. Comme... comme...

Cette fois, il éclata franchement de rire.

— Ô Isabella, vous êtes un vrai délice ! Savez-vous que tout cela est aussi nouveau pour moi que pour vous ? Toutes les femmes que j'ai eues étaient aussi expérimentées que moi — si ce n'est plus. Alors, vous voyez, nous pouvons apprendre ensemble.

La méfiance d'Isabella s'accrut quand il s'assit au bord du lit, ôta ses bottes, se leva et lui tendit la main.

— Venez.

— Où cela ?

— Juste ici.

— Pourquoi ?

Il soupira.

— Faites-moi confiance, voulez-vous ? Je promets de m'en tenir à vos souhaits. Si vous voulez que je m'arrête, je m'arrêterai. Vous avez ma parole.

Isabella le regarda un instant avec hésitation, puis posa la main dans la sienne et se laissa tirer hors du lit. Ils étaient tous deux pieds nus, face à face et main dans la main. Pour la première fois, la jeune femme se rendit compte à quel point il était plus grand qu'elle. Le dessus de sa tête n'atteignait même pas son menton...

— Que voulez-vous que je fasse ? demanda-t-elle à voix basse.

Il sourit et saisit son autre main pour l'attirer plus près de lui.

— Faisons-le convenablement, cette fois, murmura-t-il. Commençons par enlever ceci.

Il lui lâcha les mains pour attraper le bas de sa chemise. Tout en sachant que c'était stupide, puisqu'il l'avait déjà vue nue durant leur première nuit, elle paniqua à l'idée de se retrouver à nouveau sans rien devant ses yeux. Ravalant sa salive, elle secoua la tête.

Aussitôt, il suspendit son geste.

— Très bien. Et si c'était vous qui me déshabilliez ?

Capturant ses mains, il les plaça sur son torse. Isabella n'était que trop consciente de la chaleur de cette poitrine qu'elle avait caressée et embrassée un peu plus tôt. Instinctivement, elle se rapprocha, si bien qu'ils se retrouvèrent presque collés l'un à l'autre. Alec gardait les bras le long du corps, attendant le bon vouloir d'Isabella.

Sans un mot, elle écarta les pans de sa chemise et la fit glisser sur ses épaules. Le vêtement tomba à terre. Puis, ses doigts passèrent de ses épaules à sa poitrine et à son ventre, pour finalement atteindre la ceinture du pantalon. Pas complètement reboutonné, il suffit de peu pour l'ouvrir et le faire descendre au niveau des cuisses. Le membre viril s'en dégagea, durci de désir. Mais Alec ne bougeait toujours pas, alors qu'Isabella continuait de baisser le pantalon, jusqu'à ce qu'il puisse s'en libérer.

Elle se redressa, parcourant son magnifique corps des yeux. Avec sa puissance et l'évident désir qu'il avait d'elle, il aurait pu la prendre sur-le-champ. Mais il la laissa le regarder, sans esquisser le moindre geste pour la toucher.

Isabella, excitée à l'idée de pouvoir faire librement connaissance avec son corps, aventura une main qui effleura à peine son sexe en érection. Il grogna et frémit comme si elle lui avait fait mal, mais conserva sa passivité.

La jeune femme prit alors une décision. Elle se fierait à lui, lui permettrait de lui apprendre ce qu'elle ignorait de l'amour.

Tandis qu'il la fixait d'un regard plus ardent que le feu, elle saisit le bord de sa chemise et la fit passer par-dessus sa tête.

— Apprenez-moi, Alec, dit-elle simplement, en laissant tomber le vêtement au sol.

50

Ils ne s'endormirent qu'au lever du jour. Quand Isabella se réveilla quelques heures plus tard, les rideaux avaient été ouverts et la cheminée nettoyée. Apparemment, la servante à qui ces tâches incombaient n'avait pas renoncé à les accomplir, bien que son maître fût encore au lit... et en compagnie. A la pensée d'avoir été vue couchée dans les bras d'Alec, Isabella éprouva un sursaut de honte. Mais tel était le lot d'une maîtresse, se raisonna-t-elle.

Une maîtresse... Elle avait bel et bien tenu ce rôle depuis la nuit précédente. La première fois, au Manège, elle avait pu se donner l'excuse d'avoir perdu la tête. Mais la nuit dernière... elle avait désiré de toute son âme appartenir à Alec et faire l'amour avec lui jusqu'à épuisement. Même sa consommation inhabituelle d'alcool n'y était pour rien : elle avait agi en connaissance de cause et de sa propre volonté.

S'assurant que la porte de la chambre était fermée, elle s'assit. Le drap glissa, révélant ses seins nus, mais elle ne s'en soucia pas. Mis à part Alec, qui dormait encore, il n'y avait personne pour la voir. Et se montrer pudique vis-à-vis de lui n'avait plus aucun sens désormais.

Couché sur le dos, un bras passé derrière la tête, l'autre reposant sur les couvertures, il lui parut tout aussi séduisant dans l'abandon du sommeil. Ses joues étaient assombries par une barbe naissante, ses cheveux en bataille et ses épaules nues montraient une perfection sculpturale. S'ils avaient été mariés, Isabella n'aurait pu que s'enorgueillir de la beauté et de la force d'un tel époux.

Mais ils n'étaient pas mariés.

Son éducation ne l'avait pas préparée à devenir la maîtresse d'un homme. Sa mère, croyante et dévouée à l'Eglise, avait été une femme aux principes rigides. Malgré sa disparition prématurée, son influence sur son unique enfant avait été considérable. Et Pressy, chère Pressy... Comme elle serait horrifiée si elle voyait Isabella en cet instant ! Nul doute qu'elle prierait avec ferveur pour le salut de son âme. Après tout, l'adultère était un péché mortel.

L'esprit tourmenté, Isabella se leva et enfila sa chemise et sa robe à moitié déchirée. Puis elle regagna sa propre chambre, où elle se laverait et se changerait.

Elle n'accorda qu'un seul regard à Alec avant de quitter la pièce.

Plus tard, dédaignant son petit déjeuner, elle sortit se promener dans la roseraie, à l'arrière de la maison, et poussa jusqu'au pavillon bordant le lac. Plongée dans ses pensées, elle s'assit sur un banc de pierre. Ce fut là qu'Alec la trouva finalement.

Vêtue d'une robe dont la couleur lavande accentuait la blancheur de sa peau, elle avait le regard perdu sur l'étendue du lac et paraissait presque triste.

— Isabella !

Elle se tourna vers lui et lui adressa un faible sourire.

— Bonjour, Alec.

Son ton était contenu, à la limite du formel. Il l'observa plus attentivement. Etait-elle en colère contre lui ? se demanda-t-il, surpris de se sentir si mal à l'aise à cette seule idée.

— Avez-vous pris votre petit déjeuner ? s'enquit-il, trop décontenancé pour l'aborder autrement que de manière prosaïque.

Elle secoua la tête.
— Je n'avais pas faim.
Puis son regard se fixa à nouveau sur le lac.
Elle semblait si fragile et si désarmée qu'Alec renonça à toute hypocrisie.
— Regrettez-vous ce qui s'est passé cette nuit ? demanda-t-il en venant s'asseoir près d'elle.
Elle le regarda alors avec une sorte de surprise, comme si cette question l'étonnait. Puis sa jolie bouche s'incurva en un léger sourire.
— Avoir des regrets ? répéta-t-elle d'un air songeur. Dois-je regretter d'être entrée dans votre lit, alors que je n'en avais pas le droit ? Dois-je me maudire pour avoir violé les lois sacrées du mariage et bafoué mon honneur ?
Alec, figé dans l'attente du verdict, se sentait plus vulnérable que jamais. Isabella renierait-elle ce qu'ils avaient vécu ensemble ?
— Non, murmura-t-elle. Si je devais la revivre, je ne changerais rien à cette nuit. Rien du tout.
A court de mots peut-être pour la première fois de son existence, Alec lui prit la main et la porta à ses lèvres.
— Isabella, put-il seulement dire d'une voix altérée par l'émotion.
— Je suis amoureuse de vous, vous savez. Je n'ai pas voulu que cela arrive, mais c'est ainsi.
Toujours incapable de parler, il baisa à nouveau sa main et la posa sur sa joue. Ses doigts étaient frais sur sa peau. Il croisa son regard et essaya de dire quelque chose, mais n'y parvint pas. Jamais une déclaration d'amour ne l'avait ému à ce point.
— Vous n'avez pas à vous inquiéter, poursuivit-elle. Je n'ai aucun avenir avec vous, et j'en suis aussi consciente que vous. Vous n'avez pas besoin de pré-

tendre le contraire. C'est drôle, non ? Je n'aurais pas été votre maîtresse pour la sécurité ou l'argent, mais je le suis devenue par amour.

Amour. Ce mot lui fit l'effet d'une épée transperçant son cœur. Il embrassa la paume de sa main et la prit dans la sienne.

— Pourquoi dites-vous que vous n'avez aucun avenir avec moi ?

Sa voix était rauque, mais il remercia le ciel d'avoir au moins pu parler. Ce petit bout de femme, si courageuse dans son désarroi et si belle, réveillait en lui des sentiments qu'il n'avait pas éprouvés depuis longtemps. Comme la tendresse ou l'envie de protéger l'être qu'on aime...

— Avoir un avenir avec moi ne dépend que de vous. Croyez-vous que je ne ressente rien pour vous ? Dieu du Ciel, je vous épouserais demain, si je le pouvais.

La gorge serrée, il la regarda avec une humilité aussi inhabituelle pour lui que l'émotion qui l'étreignait. Qu'elle pût l'aimer... Il ne s'était pas attendu à cela.

— Vous... m'épouseriez ? souffla-t-elle d'une voix tremblante. Vous n'avez pas besoin d'essayer de me faciliter les choses, vous savez. J'accepte d'être votre maîtresse aussi longtemps que vous voudrez bien de moi. Ce n'est pas la peine de me dire des choses que vous ne pensez pas.

Alec sentit enfin sa tension diminuer et un large sourire éclaira son visage.

— Je ne fais jamais de jolis discours hypocrites. Du moins, pas à vous. Je vous aime, Isabella, et c'est la première fois de ma vie que je dis cela à quelqu'un. Alors, que pensez-vous de cela, en guise de beau discours ?

Son sourire s'élargit encore plus, tandis que leurs

regards s'accrochaient l'un à l'autre. Les lèvres d'Isabella tremblèrent.

— Vous le pensez vraiment ? demanda-t-elle à voix basse.

— Oui, vraiment, répondit-il d'un ton presque bourru en la serrant dans ses bras.

51

Ils eurent une semaine. Une unique et merveilleuse semaine. Toute notion de honte ou de péché était bannie de l'esprit d'Isabella. Elle aimait, et était aimée en retour.

Jamais elle n'aurait cru un tel bonheur possible.

Ils passaient leurs journées dans une lumineuse béatitude, se promenant dans la campagne, poursuivant les leçons d'équitation ou encore jouant aux cartes. Mais après le dîner — servi très tôt, selon les ordres d'Alec — ils se retiraient ensemble. Et là, dans la chambre d'Alec, dans son lit, Isabella s'éveillait chaque nuit au véritable amour.

On était à présent au début du mois de mai, et quand Isabella y réfléchissait, elle avait du mal à croire que seulement trois mois auparavant elle vivait complètement retirée à Blakely Park. La jeune comtesse délaissée et si mal aimée qu'elle était à l'époque lui semblait être une autre personne, totalement différente de celle qui dansait, jouait et riait aux éclats avec Alec.

Quand de sombres pensées sur le futur l'envahissaient, elle les chassait. Le présent était trop magnifique pour s'inquiéter de l'avenir.

Puis, le message de Paddy arriva.

— Je vais devoir me rendre à Londres, pour un jour ou deux, lui annonça Alec avec regret, levant les yeux de la missive qu'un de ses hommes venait juste de lui apporter.

Ils se trouvaient dans la bibliothèque, assis de part et d'autre d'une petite table où ils jouaient au piquet. Sous la tutelle d'Alec, Isabella devenait experte à ce jeu et il lui arrivait même de remporter la mise. Bien qu'elle le suspectât de la laisser parfois gagner...

Posant ses cartes, elle le regarda, ses yeux trahissant une vive inquiétude. La première intrusion dans leur Eden. Evidemment, Alec devait s'occuper de ses affaires. Avait-elle vraiment cru qu'ils resteraient ensemble à Amberwood jusqu'à la fin de leur vie ?

— C'est Paddy, poursuivit-il. Il n'aurait pas écrit s'il n'y avait pas urgence. Je serai de retour aussi vite que possible.

— Je comprends, bien sûr.

Elle comprenait vraiment, mais supportait mal que la réalité intervienne dans leur idylle.

— Je laisserai la plupart des hommes ici. Ne vous éloignez pas trop de la maison.

— Non, je ne m'éloignerai pas.

Il la regarda plus attentivement, les sourcils froncés.

— Isabella, dit-il avec douceur en venant se placer derrière elle pour lui caresser tendrement la nuque. Ce ne sera qu'un jour ou deux, mon amour.

Elle renversa la tête pour lui sourire, même si ce sourire était un peu forcé.

— Je sais. Je suis ridicule. C'est seulement que... vous allez me manquer.

Ces derniers mots furent prononcés d'une toute petite voix.

— Vous me manquerez aussi, mon amour ; ne doutez jamais de cela. (Ses yeux dorés étincelèrent de la lueur malicieuse devenue si familière à Isabella.) Et si nous nous passions de dîner et nous couchions tôt, ce soir ? Je peux ne partir que demain matin.

Sa main glissa de sa nuque au creux de son épaule, suivant le décolleté de la robe de taffetas. Ce simple contact suffit à faire frémir Isabella qui n'avait plus d'autre choix que d'accepter tout ce qu'Alec voudrait.

Elle se leva et lui fit face. Toujours déterminée à se montrer courageuse (comme il était ridicule de se sentir si désespérée pour quelques jours de séparation !), elle tenta un autre sourire. Mais quand leurs regards se croisèrent, son sourire s'affaiblit et mourut. Il la fixait avec intensité, les lèvres légèrement serrées.

— Je reviendrai, Isabella. Rien au monde ne pourrait m'en empêcher. Et vous n'avez pas à vous inquiéter pour ma sécurité. Souvenez-vous que j'ai appris à me défendre, alors que vous n'étiez même pas née.

Les yeux d'Alec brillaient d'une telle tendresse que le cœur d'Isabella se serra. Elle se rendait compte à quel point il lui était cher, et combien le lien qui les unissait était vulnérable. Des milliers de circonstances pouvaient les séparer...

— Ô Alec !

Abandonnant toute velléité de courage, elle se blottit dans ses bras. Il la serra si fort qu'elle en perdit le souffle. Puis il s'empara de ses lèvres avec tant de fièvre qu'Isabella sut qu'il était lui aussi au désespoir de la quitter.

S'agrippant à son cou, elle lui rendit son baiser avec la même fougue, pressant son corps contre le sien pour en imprimer chaque parcelle dans sa peau. Elle s'enivra de son odeur, savoura le contact rugueux de sa barbe naissante sur ses joues délicates...

— Je vous aime, souffla-t-elle quand il quitta sa bouche pour parcourir son cou de baisers brûlants.

Il murmura quelque chose d'incompréhensible en réponse, sans cesser de l'embrasser avec avidité. Isabella glissa les mains le long de son dos, caressa chacun de ses muscles et le serra de toutes ses forces dans ses bras. Un gémissement lui échappa quand elle sentit son membre dur contre son ventre.

— Alec... chuchota-t-elle, se grisant du plaisir de prononcer son nom.

— Isabella, voyez ce que vous me faites, dit-il d'une voix rauque en lui prenant la main pour la guider vers son sexe dressé.

Seulement quelques jours auparavant, ce geste aurait figé Isabella de honte. Mais bien des choses s'étaient passées depuis. Alec lui avait appris à aimer vraiment, sans fausse pudeur ni culpabilité.

Elle commença à le caresser lentement, puis déboutonna son pantalon pour libérer le membre frémissant de désir et le serrer entre ses doigts.

— Ô Dieu, Isabella, souffla-t-il en se laissant glisser à terre et en la couchant sous lui avec plus de hâte que de ménagement.

Ses doigts impatients écartèrent la barrière de taffetas qui les séparait encore et il pénétra Isabella avec une force presque brutale. La jeune femme poussa un cri, auquel fit aussitôt écho celui d'Alec. Dans un même mouvement sauvage et passionné, ils s'aimèrent comme si c'était la dernière fois. Très vite, ce fut une explosion de feu dans leurs veines, et ils s'abandonnèrent à cet éblouissement sans cesse renouvelé qui les submergeait à chaque extase.

Haletants, ils restèrent un long moment serrés l'un contre l'autre, leurs deux corps ne formant plus qu'un même univers brûlant et moite de sueur. Puis, ils se séparèrent avec lenteur, le rythme normal de leur respiration revenant peu à peu. Leurs regards se croisèrent et une pensée fit sourire Isabella.

— Qu'y a-t-il de si drôle ?

Les yeux brillants, elle sourit de plus belle.

— Je croyais que vous étiez trop vieux pour m'aimer ailleurs que dans un lit.

Il fronça légèrement les sourcils, puis se souvint et fit la grimace.

— On regrette souvent les paroles trop hâtives.

— L'étaient-elles vraiment ?

— Oui, m'dam. Maintenant, je sais que je pourrais vous faire l'amour n'importe où.

— Vous n'êtes pas trop vieux ? le taquina-t-elle encore en caressant son torse d'une main distraite.

— Avec vous, je me sens capable de tout, déclara-t-il en capturant sa main pour y déposer un baiser. Allons là-haut.

A la lueur de son regard, Isabella comprit que, malgré ce qui venait de se passer, son désir pour elle était loin d'être assouvi.

— Certainement pas. Du moins, pas avant d'avoir dîné. Je suis affamée.

Il lui sourit, se leva d'un mouvement souple et lui tendit la main.

— Moi aussi. Nous demanderons à Shelby de nous monter un plateau. J'espère seulement être capable de patienter jusqu'à la fin du repas.

Elle éclata de rire et rajusta sa robe du mieux qu'elle put.

— Shelby risque de nous trouver scandaleux, dans cette tenue, déclara-t-elle en remettant vaguement de l'ordre dans sa coiffure.

— Je suis sûr que c'est déjà le cas. Cela vous dérange-t-il ?

— Non, répondit-elle spontanément, surprise de sa propre insouciance.

— J'arriverai finalement à faire de vous une femme légère, comtesse, la taquina-t-il en lui adressant un sourire pétillant de malice.

Etroitement enlacés, ils quittèrent la bibliothèque.

Le matin suivant arriva bien trop vite. Consciente de sa stupidité, Isabella ne put s'empêcher de pleurer au moment du départ d'Alec. Quand il vit ses larmes, ce dernier jura entre ses dents et, en dépit des regards intéressés de Shelby et d'une douzaine de ses hommes, vint la serrer dans ses bras, l'embrassant et lui murmurant des paroles de réconfort. Mais sa tendresse ne fit que raviver la peine d'Isabella, qui sanglota de plus belle.

— Je dois y aller, mon amour, dit-il finalement en l'écartant de lui.

Faisant signe au conducteur, il monta dans la voiture. Pour la rassurer, il avait accepté, malgré ses réticences, de voyager dans un véhicule totalement couvert, avec un cocher armé et une escorte.

Mais même ces précautions ne suffirent pas à tranquilliser Isabella. Tandis que la voiture s'éloignait et disparaissait à sa vue, le pressentiment d'un désastre étreignit son cœur. Elle était convaincue qu'elle ne reverrait plus Alec.

Cette nuit-là, Isabella dormit dans le lit d'Alec, serrant son oreiller dans ses bras. Les yeux grands ouverts dans l'obscurité, elle se rendit compte qu'elle ne s'était jamais sentie aussi seule de sa vie.

Avec le jour, son angoisse se dissipa un peu. Après tout, Alec lui avait promis de revenir très vite. Si elle avait de la chance, elle passerait la nuit prochaine dans ses bras. S'accrochant à l'espoir qu'il serait de retour dans l'après-midi, elle se vêtit d'une robe de mousseline rose et soigna particulièrement sa coiffure. Elle chassa de toutes ses forces la petite voix intérieure qui lui soufflait qu'Alec ne reviendrait jamais. Son imagination de femme amoureuse lui jouait des tours. Rien de plus.

Après le déjeuner, elle sortit se promener. Si Alec rentrait ce jour-là, ce ne serait de toute façon pas avant le soir... Les hommes qu'il avait laissés ne la perdaient pas de vue, mais à distance respectueuse, ce qui accentua encore sa sensation de solitude.

C'était une journée de printemps magnifique et, sous l'effet du soleil éclatant, Isabella jugea ses craintes plus absurdes que jamais. Alec serait bientôt là et tout continuerait comme avant.

Elle passa les écuries, fit un signe au palefrenier qui était devenu un ami et poursuivit son chemin jusqu'à la clairière où elle avait donné sa première leçon d'équitation à Alec. Cueillant une fleur pour en sentir le parfum, elle entendit soudain le bruit d'une voiture qui approchait.

Alec ! Il était déjà de retour ! Qui cela pouvait-il être d'autre ?

Un sourire rayonnant aux lèvres, elle se précipita sur le bord de la route. La voiture avançait assez rapidement, mais ralentit en atteignant l'endroit où se tenait Isabella. Bouillant d'impatience, la jeune femme guettait l'apparition du visage d'Alec à la fenêtre.

Ce ne fut que lorsque le véhicule s'arrêta à sa hauteur qu'elle comprit son erreur : ce n'était pas celui d'Alec. Et le cocher lui était totalement inconnu...

La portière s'ouvrit à la volée et un homme sauta à terre. Il était de taille moyenne, trapu, et avait des traits grossiers. Isabella ne l'avait jamais vu de sa vie.

Elle retint son souffle en le voyant s'approcher délibérément d'elle.

— C'est elle ? demanda-t-il par-dessus son épaule.

Un autre homme apparut à la portière du véhicule. A sa vue, le cœur d'Isabella manqua un battement.

— C'est bien elle. C'est ma femme, répondit Bernard d'un ton sarcastique.

Trop choquée, Isabella protesta à peine tandis qu'on la traînait vers son mari.

52

Alec fut vaguement surpris de trouver Paddy et Pearl en train de dîner ensemble dans la suite de celle-ci, au Manège. Heureux de se retrouver « chez lui », il se joignit à eux avec plaisir, mais crut sentir quelque chose de bizarre dans l'air. Puis il se reprocha sa propre stupidité. Isabella lui manquait, mais il n'était plus un gamin et ne devait pas voir tout en noir à cause d'une simple séparation.

— Alec ! s'écria Pearl en s'élançant dans ses bras.

Il l'enlaça et lui donna un baiser plus qu'enthousiaste, mais son cœur et son esprit étaient ailleurs.

— Alec.

L'accueil plus retenu de Paddy ne l'étonna pas. A présent qu'il était amoureux, il voyait plus clairement le penchant que Paddy portait à Pearl. Il était tout à fait normal que son ami ne se réjouisse pas de l'adoration que Pearl lui vouait.

Avec un sourire chaleureux, il serra la main de Paddy et accepta l'offre de Pearl de partager leur repas.

— Alors, comment va la petite comtesse ? demanda Pearl avec une pointe de malice.

— Isabella va très bien, répondit brièvement Alec avant de tourner son regard vers Paddy. Pourquoi voulais-tu me voir ?

— J'ai eu un peu de chance l'autre jour. Un type qui voudrait travailler pour nous m'a révélé des choses : c'est Rothersham qui essaie de t'enterrer.

— Rothersham ! Tu en es sûr ?

Paddy haussa les épaules.

— Tout concorde. Rothersham n'a pas avalé que tu lui aies acheté sa maison. Sa famille y vivait depuis des générations. Il t'avait bien proposé de te la racheter dans un an ou deux, et tu avais refusé ? Eh bien, il n'a pas aimé ça du tout. Alors, en bon gentleman qui ne supporte pas de se salir les mains, il a fait courir le bruit qu'il voudrait bien te voir mort. C'est tombé dans l'oreille de John Ball, qui est entré en contact avec lui, a conclu le marché et payé Hardy Face-de-Rat pour t'assassiner. Tu connais la suite. Sauf que John Ball était au Manège le jour où ta petite comtesse a tenté de s'enfuir. Je suppose qu'il m'a vu moi aussi et en a déduit que tu te cachais ici. D'où sa nouvelle tentative, avec deux tueurs, pour faire bonne mesure. L'ennui, c'est qu'il a encore échoué. Alors il a posté un homme au Manège, qui n'a eu qu'à te suivre quand tu es parti pour Amberwood. Tu l'as bien eu, celui-là. J'ai entendu dire qu'il ne remonterait plus jamais de sa vie sur un cheval. Mais Ball n'était pas loin : il tenait à s'assurer que le travail serait bien fait. Il n'a pas dû croire à sa chance quand il est tombé sur toi à l'auberge. Cette fois, il a lui-même essayé, mais la comtesse lui a tiré dessus. Touché à l'épaule, il s'est enfui, sans pour autant abandonner. Quand je l'ai eu, il faisait des plans pour soudoyer l'un des serviteurs d'Amberwood. Enfin, il est hors d'état de nuire maintenant. Mais tant que Rothersham sera prêt à payer pour avoir ta peau, il trouvera preneur. Si tu ne veux pas être une cible vivante jusqu'à la fin de tes jours, il vaut mieux nous occuper de lui.

— Par tous les diables, marmonna Alec pensivement. Je cherchais vraiment dans la mauvaise direction.

— Moi aussi. Si ce type ne m'avait pas appris tout ça, je chercherais encore.

— Tu as fait du bon travail, Paddy, et je t'en remercie. (Il leva son verre pour appuyer ses paroles, mais ne reçut qu'un timide sourire en retour.) Je suppose que tu sais où trouver Rothersham ?

— Oui, répondit son ami en faisant la grimace et en buvant une gorgée de vin. Il est membre du Boodle et s'y rendra ce soir. Je suggère que l'un des nôtres l'attende à la sortie.

— Non. Je tiens à me charger de lui personnellement.

— Je m'en doutais. Eh bien, ferons-nous une partie de cartes en attendant ? Il ne faut pas compter le cueillir avant minuit.

— Tu m'accompagnes ?

— Et comment ! Tu es trop casse-cou pour que je te laisse y aller seul. Tu as besoin d'une tête froide à tes côtés.

— Et c'est toi ? dit Alec en souriant.

— C'est moi, acquiesça tranquillement Paddy en repoussant sa chaise.

53

La nuit fut, pour le moins, riche en événements. Alec prit un malin plaisir à voir l'expression de Rothersham quand Paddy et lui surgirent de l'ombre et le jetèrent dans leur voiture. Face à ces deux dangers publics de Londres, Rothersham avoua tout en implorant pitié et en pleurant comme un enfant. Paddy était d'avis de le tuer et de jeter son corps dans la Tamise. Alec considéra sérieusement cette suggestion, mais se contenta finalement de donner une bonne correction à Rothersham et de lui faire la peur de sa vie. Peu avant l'aube, ils le laissèrent livré à lui-même dans une des rues les plus malfamées de Whitechapel. Alec était sûr que cette leçon suffirait à le calmer.

— Si quelque chose m'arrive, ou manque de m'arriver, il sait qu'il sera le premier que nous soupçonnerons, déclara-t-il avec nonchalance, tandis que Paddy et lui reprenaient le chemin du Manège. Je ne crois pas qu'il oubliera cette nuit de sitôt.

Paddy secoua la tête.

— Tu es en train de t'adoucir, Alec. Je ne pensais pas que ça arriverait un jour. Est-ce la comtesse ?

Alec lui renvoya son regard le plus sombre et le plus menaçant. Mais Paddy le connaissait trop pour être impressionné. Alec lui adressa alors un sourire hésitant.

— Peut-être. Les femmes sont de vraies ensorceleuses, hein ?

L'air inhabituellement triste, Paddy acquiesça de la tête et garda le silence. La raison de sa mélancolie apparut soudain à Alec.

— Pearl ? demanda-t-il simplement.

Paddy le regarda d'un air presque coupable et rougit légèrement.

— Ouais. On peut dire qu'elle m'a coincé dans ses filets. Est-ce que ça te dérange ?

— Non, répondit Alec sans avoir besoin de réfléchir. Pearl est une bonne fille, l'une des meilleures, mais elle et moi... ça n'a jamais été un véritable amour entre nous. J'ai beaucoup d'affection pour elle, bien sûr, mais je serais heureux que tu sois avec elle.

— Si elle le veut aussi, dit sombrement Paddy. Je sais que c'est idiot, mais je ne supporterais pas qu'elle couche avec quelqu'un d'autre. Tu me vois dire ça à Pearl ? Elle me rirait au nez, et je l'aurais bien mérité. Je la connais assez pour savoir qu'elle fait toujours ce qu'elle veut et qu'elle ne refuse pas une partie de plaisir avec un homme. Même cette idée me rend malade. Y a de quoi rire, hein ?

Alec fit une grimace compatissante.

— Tu es dans un sacré pétrin, mon vieux. Pearl t'aime beaucoup, j'en suis sûr. Mais la fidélité n'a pas de sens pour elle. C'est une coureuse ; on n'y peut rien.

— Ne parle pas d'elle comme ça !

Alec leva la main en signe d'apaisement.

— Tu sais bien que je l'aime comme une sœur et que je ne dis pas ça en mal.

— Oui, je sais, soupira Paddy. Cette histoire me fait perdre la tête.

Avec un autre profond soupir, il sortit une boîte

de cigares de sa poche, en offrit un à Alec et s'en alluma un. Ils restèrent un moment à fumer en silence.

— A ta place, je l'occuperais tellement qu'elle n'aurait même plus le temps de penser à un autre homme, déclara finalement Alec. Fais-lui l'amour matin, midi et soir, jusqu'à épuisement. Si elle se refuse, traîne-la de force au lit. Et là, dis-lui que tu es fou de désir pour elle. Les femmes adorent ça. Il faut marquer ton territoire, mon vieux.

Paddy demeura un instant interdit, puis commença à sourire.

— C'est une idée. Mais si je marque mon territoire et qu'ensuite elle lève les yeux sur un autre — même toi —, je ne pourrais pas m'empêcher de lui tordre le cou. Ou celui de son amant. Ou le tien.

— Nobles sentiments, approuva Alec. Je comprends bien ce que tu ressent. Mais tu ne sauras jamais ce que ressent Pearl si tu ne la mets pas au pied du mur.

— Je le ferai peut-être, dit pensivement Paddy en tirant sur son cigare. Peut-être bien, ouais.

Sur ce, ils arrivèrent au Manège.

Alec, qui voulait rentrer à Amberwood aussitôt après le petit déjeuner, monta vite dans sa chambre pour dormir un peu. Paddy resta en bas, probablement dans l'intention de dénicher Pearl et de mettre en pratique les conseils de son ami. Alec sourit à l'idée du feu d'artifice qui allait éclater, éteignit la lumière et se glissa dans les draps. Mais, malgré l'heure tardive et son intense fatigue, il ne parvint pas à trouver le sommeil. Dieu, comme Isabella lui manquait !

Aussi était-il éveillé quand la porte de sa chambre s'ouvrit sans bruit.

L'obscurité l'empêchait de voir l'intrus qui refermait doucement la porte. Avaient-ils fait une erreur en laissant partir Rothersham ? Allait-on à nouveau essayer de l'assassiner ?

Il grogna presque tout haut. Cette traque incessante commençait vraiment à lui porter sur les nerfs !

Il allait sauter à la gorge de l'inconnu qui approchait du lit, quand un parfum de femme parvint à ses narines. Puis, avant même qu'il ne soit remis de sa surprise, une bouche se posa sur la sienne et des bras l'enlacèrent.

— Bon Dieu, Pearl, tu pourrais prévenir, bougonna-t-il en essayant d'éviter ses caresses plus que suggestives. Tiens-toi tranquille ! Tu te rends compte que j'étais sur le point de t'étrangler ?

— Arrête de râler, Alec, et embrasse-moi. Tu m'as tant manqué, chéri !

Elle s'allongea sur lui et, dans son effort pour lui échapper, il se cogna la tête au mur.

— Laisse-moi... ordonna-t-il, crispé.

— Tu n'as pas envie de m'embrasser ? minauda-t-elle en continuant de se frotter contre lui.

Puis, quand il l'attira à lui comme elle l'avait prévu, elle se libéra et se leva d'un bond.

— Tu n'as pas envie de m'embrasser ! Hein ?

— Ce n'est pas ça, Pearl...

— C'est quoi, alors ?

Elle avait vraiment l'air vexée et Alec chercha désespérément une réponse susceptible de la calmer. Il aurait dû s'attendre qu'elle le rejoigne cette nuit. Depuis des années, Pearl avait été la plus constante de ses maîtresses et elle ne l'avait pas fait simplement par amitié ; il le savait très bien. En temps normal, il l'aurait accueillie les bras ouverts. Mais à présent il y avait Isabella. Et Paddy.

— C'est évident que t'as envie de m'envoyer au

diable, reprit Pearl d'un ton plus aigu. J'aurais juré que ça te ferait un sacré effet de coucher avec une vraie comtesse ! Maintenant, je ne suis plus assez bien pour toi, c'est ça ? Une putain n'est rien à côté d'une lady !

— Calme-toi, Pearl, dit-il d'une voix conciliante.

Il voulait surtout éviter le scandale qui menaçait d'éclater et d'alerter Paddy du même coup.

— Laisse-moi mettre de la lumière, et nous pourrons parler un peu.

— Parler ! jeta-t-elle, tandis qu'il allumait une bougie.

Il leva les yeux vers elle. A la faible lueur de la flamme, ses cheveux et sa peau brillaient d'un magnifique reflet doré. Elle était toujours d'une beauté stupéfiante, mais Alec ne ressentit pas autre chose que de la gêne et du regret d'être obligé de la blesser.

— Assieds-toi, Pearl, s'il te plaît, dit-il en l'invitant à côté de lui.

— Pour que nous parlions ? demanda-t-elle entre ses dents serrées.

Les bras croisés sur la poitrine, elle le fusilla du regard.

— Qu'est-ce que tu pourrais m'apprendre ? Que tu es un salaud, comme d'habitude ? Que la petite comtesse n'est pas vraiment ton genre, mais qu'elle est une lady, après tout ?

— Arrête de me crier aux oreilles, assieds-toi et écoute-moi, ordonna-t-il en la saisissant par la main.

— Lâche-moi !

Pearl n'était pas une faible femme et se libéra facilement.

— Bon sang, Pearl !

Déterminé à éclaircir les choses entre eux, il se

leva, complètement nu, et l'enferma dans ses bras pour la forcer à ne plus bouger.

— Enlève tes sales pattes de moi ou je hurle !

La menace était bien plus considérable qu'elle ne l'imaginait. Alec, lui, voyait bien Paddy débouler dans la chambre et lui envoyer son poing de géant à la figure. Bien sûr, une fois qu'on lui aurait tout expliqué, il serait capable de comprendre que son ami n'était pas fautif. Mais il frapperait d'abord et discuterait ensuite... L'idée d'en venir à cette extrémité avec Paddy força Alec à bâillonner Pearl d'une main.

Elle se débattait comme une tigresse, à tel point qu'il la bascula sur le lit et se coucha sur elle en lui tenant les poignets d'une main.

— Bon Dieu, Pearl, vas-tu te calmer et m'écouter ? lui siffla-t-il au visage.

En réponse, elle essaya de lui envoyer un coup de genou bien placé, qu'il esquiva de justesse. Accentuant sa pression sur elle, il lui lança un regard brûlant de rage.

— Si tu cries, je te bâillonne, menaça-t-il en écartant légèrement la main de sa bouche.

— Tu n'es qu'un sale fils de...

Alec plaqua à nouveau sa main.

— C'est Paddy, dit-il, tandis qu'elle continuait à s'agiter furieusement. Paddy... est fou de toi. Il t'aime, Pearl. Vraiment. Alors, nous devons en tenir compte.

Elle s'était calmée peu à peu, pour s'immobiliser tout à fait. Encouragé par ce progrès, Alec lui libéra la bouche.

— Est-ce que tu me prends pour une novice, Alec Tyron ?

— C'est la pure vérité. Je le jure, Paddy te veut depuis longtemps déjà. Et, cette nuit, il m'a clairement dit qu'il t'aimait. Il m'a dit aussi qu'il tuerait n'importe quel homme qui te toucherait — même moi.

— Paddy n'est qu'un gros lourdaud et tu n'as pas plus peur de lui que de l'air que tu respires, ricana-t-elle. C'est cette foutue Isabella qui est entre nous ! N'essaie pas de me faire croire le contraire ! Elle t'a tourné la tête avec ses airs de sainte nitouche ! Et quand elle t'abandonnera pour retourner dans son beau monde, ne tente pas de me récupérer, parce que ça ne marchera pas !

— Ce que je t'ai dit sur Paddy est vrai, alors laisse Isabella en dehors de tout ça...

Soudain, Pearl poussa un cri enragé et l'écarta violemment d'elle. Bondissant hors du lit, elle le fixa d'un regard meurtrier.

— C'est elle ! Je le sais ! Je l'entends à la manière dont tu parles d'elle ! « Laisse Isabella en dehors de tout ça », mima-t-elle d'un air niais. (Puis son visage reprit une expression de pure rage.) T'es amoureux d'elle, hein, espèce d'idiot ? Eh bien, n'oublie pas ce que je vais te dire : tu ne seras jamais rien d'autre pour elle qu'un bel étalon. Et quand ce sera fini, je ne serai plus là moi non plus, jamais !

— Pearl...

Il se leva et s'approcha d'elle, conscient de l'avoir blessée, mais incapable de trouver un moyen d'arranger les choses. Lui saisissant les mains, il tenta de l'attirer à lui.

— Je t'ai déjà dit d'enlever tes sales pattes de là ! cria-t-elle en se dégageant et en se mettant hors de portée.

Puis, à la grande horreur d'Alec, elle éclata en sanglots. Bon Dieu, ce qu'un homme pouvait endurer en une seule journée !

— Allez, Pearl chérie, ne...

— Tu es tellement pourri que tu pues, Alec Tyron ! Je te hais, tu m'entends ! Et je hais aussi ce sac d'os que tu mets dans ton lit ! Je vous hais !

En hurlant ces derniers mots, elle courut vers la porte, l'ouvrit et se précipita dans le couloir, sa chemise de nuit flottant derrière elle comme un scintillant nuage d'or.

Alec hésita à la rattraper, puis décida qu'il valait mieux la laisser se calmer et réfléchir seule. Une fois ses esprits retrouvés, elle le détesterait pour l'avoir fait pleurer. Pearl possédait une fierté démesurée... Poussant un profond soupir, il referma la porte et alla se coucher, plaignant intérieurement Paddy de s'être entiché d'une femme aussi difficile à vivre.

Quelques heures plus tard, ni Paddy ni Pearl n'apparurent au petit déjeuner. Avec un haussement d'épaules, Alec supposa que Paddy devait être en train de marquer son territoire...

Il mangea rapidement et, après un seul arrêt en ville, prit la route d'Amberwood dans le phaéton qu'il avait acheté avant que sa vie ne soit menacée. Isabella aurait certainement plaisir à visiter la campagne dans ce léger véhicule découvert. S'assurant que le cadeau qu'il lui apportait était bien dans sa poche, il s'étonna de se sentir si nerveux à l'idée de la revoir. A trente ans, il se comportait comme un adolescent amoureux pour la première fois. Complètement stupide ! Mais si agréable...

Un sourire rêveur aux lèvres, il se représenta Isabella courant vers lui à son arrivée et se jetant dans ses bras. Il l'emmènerait au lit et lui donnerait le collier et les boucles d'oreilles d'améthyste. Elle les essaierait devant lui, complètement nue... Cette image fit battre son cœur plus vite.

Il revit ensuite l'exquise bouche d'Isabella, ses

yeux si clairs, sa peau plus douce que de la soie... et son sourire s'évanouit. Quelque chose le dérangeait dans ce tableau délectable. Il pensait à Isabella et sentait...

Son sang se figea dans ses veines quand il reconnut le picotement familier, annonciateur de danger.

54

Suivie de près par Bernard, Isabella entra dans l'auberge du Pélican, à Tunbridge Wells. Elle était glacée de peur, mais tenta de se raisonner ; si Bernard l'emmenait dans un établissement public, il ne pouvait pas avoir l'intention de l'assassiner.

L'endroit était de toute évidence destiné à une clientèle de qualité et l'aubergiste s'empressa de les accueillir, leur offrant ses services avec obséquiosité. Bernard le renvoya d'un geste impatient, puis conduisit Isabella dans un salon privé qu'il avait certainement réservé à l'avance. A l'idée de se retrouver en tête à tête avec lui, la jeune femme faillit céder à la panique. Qu'allait-il arriver, maintenant ?

Si seulement Alec pouvait venir la délivrer ! Il retournerait bientôt à Amberwood et, ne la trouvant pas, se lancerait à sa recherche. Mais comment saurait-il quelle direction prendre ? Supposerait-il qu'elle avait été emmenée par Bernard ? Elle en doutait...

Il s'écoulerait plusieurs heures, voire des jours, avant qu'Alec ne retrouve sa trace, conclut-elle en jetant un regard chargé d'appréhension sur le visage indéchiffrable de Bernard.

Au cours du voyage, il ne lui avait pas adressé une seule fois la parole. Et Isabella, par prudence et par crainte, s'était elle aussi plongée dans un mutisme absolu.

Avec une courtoisie incongrue en de telles circonstances, Bernard ouvrit la porte du salon et s'écarta pour la laisser passer. Même s'il projetait de la tuer, il garderait ses manières de parfait gentleman jusqu'au bout... Avant d'entrer, Isabella jeta un dernier regard désespéré derrière elle. Appellerait-elle à l'aide, tant qu'il était encore temps ?

Non... Bernard ne pouvait pas savoir qu'elle était au courant de ses intentions de la faire assassiner. Jouer l'ignorance serait la meilleure solution, en attendant l'opportunité de s'enfuir.

Inspirant profondément, elle pénétra dans le salon, se composa un visage où la peur ne devait plus apparaître, et fit face à son époux.

Bernard ferma à double tour, puis se retourna, le dos appuyé contre la porte.

— Maintenant, vous allez me dire où et avec qui vous étiez.

Il n'esquissa aucun mouvement vers elle, mais ses yeux brillaient méchamment. Isabella ne l'avait jamais entendu élever le ton durant leurs années de mariage, et il ne venait pas de faillir à cette règle. Cependant, quelque chose de glacial dans sa voix trahissait une rage à peine contenue. Se rappelant la violence dont il était capable, elle manqua perdre son sang-froid, mais se ressaisit. Sa vie en dépendait peut-être.

— J'ai... j'ai été kidnappée. Vous savez sûrement cela.

— En effet. A moins, bien sûr, que vous n'ayez manigancé toute l'affaire — ce que je n'envisageais même pas, avant qu'on m'apprenne que vous viviez incognito avec votre amant. Mais, même en admettant que votre enlèvement fût réel, cela ne me dit pas où et avec qui vous étiez pendant trois mois. La rançon a été payée moins d'une semaine après votre disparition. Et vous n'avez pas réapparu. Votre père et moi craignions que vous ne soyez morte. Pourtant, quand je vous ai retrouvée, vous sembliez tout à fait libre de vos mouvements. Vous seriez rentrée, si vous l'aviez voulu. Alors si vous ne tenez pas à mesurer l'ampleur de ma rage, je vous prie de vous expliquer, madame, et rapidement.

Sa voix trop douce effraya Isabella. Il paraissait capable de n'importe quelle violence...

— Eh bien ? s'impatienta-t-il d'un ton tranchant qui la fit sursauter.

— Je... commença-t-elle, cherchant désespérément une excuse.

La croirait-il si elle lui racontait avoir été victime d'amnésie après le choc de l'enlèvement ? Sûrement pas. Mais elle ne pouvait pas lui dire la vérité sur Alec et elle, sans craindre doublement pour sa vie...

— N'essayez pas d'inventer un mensonge, gronda-t-il en se précipitant sur elle pour la secouer par les épaules. Je sais où vous étiez : avec votre amant. Qui est-ce ? Par Dieu, vous me le direz !

Il scanda ces derniers mots en la soulevant de manière que leurs visages se touchent presque. Terrifiée, Isabella ne put prononcer une seule parole.

— Qui est-il ? Qui...

On frappa à la porte. Isabella n'avait jamais été aussi soulagée de sa vie. Appellerait-elle à l'aide ?

— Qu'est-ce que c'est ? demanda sèchement Bernard.

— Bernard ? Vous êtes là ? Laissez-moi entrer !

— Charles !

— Papa ! s'écria Isabella d'une petite voix tremblante.

Son père ne lui portait pas beaucoup d'affection, mais il ne permettrait certainement pas qu'on l'assassine devant ses yeux. Elle n'avait plus à craindre pour sa vie...

Après un dernier regard noir, Bernard la repoussa avec brutalité et alla ouvrir. Pendant ce temps, Isabella se recomposa une attitude. Le mieux à faire serait de tout raconter à son père, qui saurait la protéger. Le mariage serait peut-être rompu...

— Papa ! s'écria-t-elle encore quand il pénétra dans la pièce.

Elle aurait eu envie de se précipiter dans ses bras, mais l'expression de son visage l'en empêcha. Les bras croisés, il la fixait avec écœurement.

— Ainsi c'était vrai, dit-il avec amertume. Ma propre fille a traîné notre nom dans la boue. Je n'aurais jamais cru cela possible. (Son regard glissa vers Bernard.) Je vous présente mes excuses, Bernard. Je ne l'avais pas élevée pour devenir une catin.

— Papa... le supplia-t-elle presque.

Tous deux l'ignorèrent complètement.

— Je suppose que vous avez vous aussi reçu une lettre vous indiquant où, et dans quelles conditions, elle se cachait, déclara Bernard, d'un ton redevenu parfaitement policé.

— En effet ! Et j'ai aussitôt accouru chez vous, où l'on m'a dit que vous étiez parti ce matin pour l'auberge du Pélican. Pour que vous vous déplaciez jusqu'ici hors saison, il fallait que l'affaire fût sérieuse. J'avais cependant du mal à y croire. Isabella est loin de n'avoir que des qualités, mais qui aurait pensé qu'elle descendrait si bas ? Elle était donc avec un homme ?

Bernard hocha la tête.

— Je ne l'ai jamais vu. Non pas que je n'entende pas lui demander réparation pour avoir déshonoré ma femme — mais je voulais d'abord enlever Isabella de ses griffes, sans risquer d'incident. Je ne m'attendais pas vraiment à la trouver, voyez-vous, aussi n'étais-je pas armé. Mais elle était exactement là où mon correspondant anonyme me l'avait indiqué, se promenant librement à Amberwood. Vous savez, la maison que Rothersham a vendue à un roturier, voilà quelques années. (Les yeux assombris de colère, il ne daigna même pas regarder Isabella en s'adressant à elle.) Comment avez-vous pu vous abaisser à prendre un bourgeois pour amant ? Un duel n'est même pas envisageable ! Ce manant ne mérite que le fouet.

— Papa ! implora Isabella, sans tenir compte de Bernard. Vous devez m'écouter. Je...

— Tais-toi, l'interrompit froidement le duc en lui accordant à peine un regard. Maintenant que vous l'avez récupérée, que comptez-vous faire d'elle ?

— Je ne vois pas d'autre recours qu'un divorce...

A ce mot, le duc blêmit.

— Un divorce est impensable ! Le scandale nous ruinerait tous ! Je sais qu'elle mérite un tel sort, mais ce n'est pas notre cas. Les conséquences seraient graves pour vous, comme pour Sarah et mes pauvres enfants innocents.

Isabella, qui observait la scène avec une horreur croissante, crut saisir une lueur de ruse dans les yeux de Bernard.

— Je ne garderai pas une femme qui m'a trompé ! Imaginez qu'elle soit enceinte ! Devrais-je avoir un bâtard pour héritier ? Je suis désolé, Charles, mais je ne peux me résoudre à une telle infamie.

— Papa...

Le duc la fit taire d'un geste impatient.

— Je sais que je vous demande l'impossible, mais je suis prêt à payer cher pour l'obtenir. Si vous gardez ma fille et nous évitez la honte du scandale, je saurai me montrer très généreux, Bernard.

— Eh bien... il fit semblant de réfléchir.

Isabella voyait bien à son regard dévoré de cupidité qu'il simulait l'embarras d'un gendre soucieux de plaire à son beau-père et ami. Mais le duc, aveuglé par la certitude que Bernard était un vrai gentleman, ne pouvait pas le remarquer.

— Papa, c'est lui qui a préparé mon enlèvement, intervint-elle dans un élan désespéré en s'approchant de lui. Il a payé des hommes pour me kidnapper, et pour qu'ils me tuent, une fois la rançon versée. Il a voulu me faire assassiner de sang-froid ! Une fois l'argent de ma dot englouti dans ses dettes de jeu, je ne représentais plus rien pour lui, et il a décidé de m'éliminer pour épouser une autre héritière. Je suis sûre qu'il en a déjà une en vue.

Elle venait de répéter l'histoire que Molly lui avait racontée et qu'Alec avait accréditée. En récompense, elle obtint enfin l'attention des deux hommes.

Bernard fut le premier à réagir. Son visage, qui s'était d'abord vidé de toute couleur, s'empourpra de rage.

— Vous n'êtes qu'une horrible menteuse... C'est donc ainsi que vous comptez couvrir votre faute ! Personne ne serait assez stupide pour croire une telle fable !

Isabella n'avait pas quitté son père des yeux.

— C'est la vérité, papa. Je le jure sur l'âme de ma mère !

Les lèvres du duc se serrèrent et son regard bleu

devint aussi froid que de la glace. Avant qu'Isabella comprenne ce qui se passait, il la gifla de toutes ses forces.

Elle vacilla, les yeux emplis de larmes, le cœur brisé par tant d'injustice.

— C'est la vérité ! Il les a payés pour me tuer...

— Quelles fadaises ! ricana son père en secouant la tête en direction de Bernard. Je me demande de qui elle tient cela. Notre lignée est pourtant pure.

— Je ne jette pas le blâme sur vous, Charles, soyez-en sûr, déclara Bernard d'un ton affable.

La main sur son visage meurtri, Isabella les regarda tour à tour. Mais ils ne faisaient pas plus attention à elle que si elle eût été un chien.

— Vous écarterez donc l'idée d'un divorce ? Battez-la douze fois par jour, si vous voulez, mais épargnez-nous un scandale. Je vous en conjure.

— Papa, écoutez-moi ! Je...

— Un mot de plus et je vous corrige, l'interrompit Bernard en levant une main menaçante. C'est tout ce que vous méritez.

S'il n'approuvait pas son attitude, le duc n'en montra rien. Isabella recula instinctivement. Supplier encore serait inutile. Elle ne rallierait pas son père à sa cause. Mais à présent qu'elle avait accusé publiquement Bernard d'avoir tenté de la tuer, peut-être renoncerait-il à ses projets...

En tant qu'époux, il pourrait la traiter comme il le souhaitait. La battre, l'enfermer, la priver de nourriture, la violer — et la loi serait de son côté. En revanche, s'il la faisait assassiner, les soupçons se porteraient sur lui. Mais dans ce cas, Isabella ne serait évidemment plus là pour voir la justice rendue...

— Vous devez l'emmener à Paris, déclara son père. Tout le monde est là-bas, à présent que Louis est à nouveau sur le trône. Qui saura qu'elle ne s'y trouvait pas pendant tout ce temps ? Personne ne l'a vue en ville. Il y a bien eu des rumeurs sur sa disparition, mais l'excitation due à la restauration des Bourbons les supplantera très vite. Quel dommage que vous ayez déclaré son décès dans le journal, Bernard !... Je vous avais dit de ne pas vous précipiter.

— Paris ? répéta Bernard. (Il fronça les sourcils, puis hocha la tête.) Cela pourrait marcher. Mais la dépense sera considérable, et mes fonds ne sont pas au mieux pour l'instant. J'ai saisi l'opportunité de la Restauration pour faire quelques investissements, mais ils n'ont pas encore porté leurs fruits.

— Ne vous préoccupez pas de cela, le rassura cordialement le duc. Je prendrai les mesures dont je vous ai parlé tout à l'heure. Paris est la seule solution. Sarah et moi vous y rejoindrons. Ainsi, tout le monde verra qu'Isabella était à Paris avec sa famille. Puis, dans un mois ou deux, vous pourrez la ramener à Blakely Park, et tout sera oublié.

Sur ce, devant le regard de plus en plus écœuré d'Isabella, le duc serra chaleureusement la main de Bernard.

55

Moins de douze heures après avoir quitté le Manège, Alec, en proie à une rage folle, en repassait le seuil.

— Ôte-toi de mon chemin ! gronda-t-il à l'intention de l'obséquieux Sharp, qui venait d'entrouvrir la porte.

Les yeux exorbités, le majordome trébucha en arrière, juste à temps pour éviter de recevoir le battant en pleine figure.

— Où est M. McNally ? demanda Alec, ses yeux étincelant d'une telle fureur que le vieux majordome blêmit.

— Euh, avec Mlle Pearl, Monsieur.

Sans lui laisser une chance d'ajouter un mot, Alec traversa le hall d'un pas décidé.

— Monsieur... euh, ne serait-il pas préférable que j'aille le chercher pour vous ? le rappela Sharp d'un ton désespéré en courant presque derrière lui et en adressant des signes frénétiques aux serviteurs qui observaient curieusement la scène.

En ce tout début de soirée, les salles de jeux n'étaient pas encore pleines, mais les quelques gentlemen venus tenter leur chance s'inquiétèrent visiblement de cette subite agitation. Alec passa devant eux sans les voir, aveugle à tout ce qui ne concernait pas le but de sa visite.

Renonçant à stopper cette tornade vivante, Sharp regagna son poste en haussant les épaules avec fatalisme. Après tout, le Tigre était ici chez lui...

Arrivé devant la suite de Pearl, Alec tourna le loquet, constata que la porte n'était pas fermée et l'ouvrit à la volée. Un juron retentit, suivi d'un cri de femme. Une seconde plus tard, Alec se retrouvait figé sur le seuil, un canon de pistolet pointé sur le front.

— Alec ! souffla Paddy, à la fois abasourdi et soulagé.

Ce dernier nota avec indifférence la totale nudité de son ami, ainsi que celle de Pearl, assise dans le grand lit où ils avaient passé tant de bons moments ensemble. Paddy baissa son arme et secoua la tête.

— T'as perdu l'esprit, vieux ? J'aurais pu te tuer !

— J'ai besoin de ton aide. Isabella est partie.

La boule d'angoisse qui lui serrait la gorge rendait sa voix sourde et rauque.

— Comment ça, partie ?

— Elle a disparu ! Quelqu'un l'a emmenée ! Un des hommes l'a vue se promener près de la route et quand il a regardé à nouveau, elle n'était plus là et une voiture s'éloignait à toute allure. Ils ont essayé de la rattraper, mais n'ont jamais retrouvé sa trace. Comme si elle s'était volatilisée dans la nature !

Il s'interrompit, luttant contre la panique tandis qu'il se demandait pour la centième fois qui pouvait le haïr autant — et le connaître si bien — pour l'attaquer à travers Isabella.

— Tu penses que c'est Rothersham ? demanda Paddy en posant le pistolet sur la table de nuit et en enfilant son pantalon.

— Non. Il a eu bien trop peur et est trop lâche pour prendre un tel risque.

— Alors qui ?

— Bon Dieu, j'ai retourné cette question dans tous les sens, mais je n'arrive pas à trouver de réponse !

— Il n'y a aucune raison de t'inquiéter ainsi, Alec, intervint Pearl. Je suis sûre que la comtesse va très bien.

Elle se leva, superbement insouciante dans sa nudité. Mais le regard noir de Paddy la rappela à l'ordre. Lui adressant une moue conciliante, elle attrapa son déshabillé de soie blanc et l'enfila, tout en s'avançant vers Alec.

— Chéri, qu'est-ce qui te fait croire qu'il lui est arrivé quelque chose ? Qui te dit qu'elle n'en a pas tout simplement eu assez de cette aventure et est rentrée chez elle ? Ou peut-être qu'elle a trouvé un autre amant. Ce sont des choses qui arrivent, tu sais.

A la petite pointe de méchanceté dans sa voix, Alec comprit qu'elle n'avait pas oublié leur récente querelle.

— Ça ne lui ressemble pas, affirma-t-il avec assurance.

Puis, quelque chose dans l'expression de Pearl le mit en alerte. Il la connaissait depuis longtemps et lui avait déjà vu ce sourire-là.

Poussant un juron, il se précipita sur elle et la saisit par les bras.

— Bon Dieu, Pearl, qu'est-ce que tu as fait ?

— Eh, qu'est-ce qui te prend ? intervint Paddy. Enlève tes mains de là !

Alec l'ignora. Pearl avait l'air effrayé à présent. La lueur de méchante satisfaction qui avait brillé dans ses yeux s'était évanouie pour laisser place à une évidente appréhension. Même Paddy put s'en rendre compte.

— Dieu du ciel ! marmonna-t-il.

— Qu'est-ce que tu as fait ? gronda à nouveau Alec.

Comme elle ne répondait pas, il la secoua brutalement.

— Tu vas parler, ou je...

— Tu me fais mal, Alec ! Paddy, défends-moi ! Tu m'as dit que tu m'aimais !

Voyant qu'Alec, fou de rage, était prêt à l'étrangler sur place, Paddy posa une main apaisante sur son épaule.

— Laisse-moi m'en charger.

— Volontiers, rugit Alec en repoussant violemment Pearl.

Paddy la saisit fermement par les bras, mais sans dureté. Elle leva vers lui un regard brûlant de terreur et de culpabilité.

— Pearl ? la questionna-t-il en la fixant dans les yeux.

Elle le regarda un long moment sans rien dire. Puis son visage se décomposa et elle éclata en sanglots.

56

En l'espace d'une semaine, Isabella se retrouva à Paris. La ville était en ébullition, alors que les troupes royalistes recherchaient les derniers bonapartistes. Des soldats arpentaient les rues à toute heure du jour et de la nuit. Les maisons étaient fréquemment fouillées et les arrestations allaient bon train. Les Tuileries, réintégrées par le roi, s'illuminaient chaque nuit des festivités célébrant la restauration des Bourbons.

Le duc de Wellington avait été nommé ambassadeur de Paris, et l'on ne parlait que de la tentative d'assassinat à laquelle il avait échappé de justesse. Isabella, recevant avec sa belle-mère des invités dans le salon de l'élégante maison que Bernard avait louée rue de la Paix, écoutait pour la énième fois le récit qu'en faisait le colonel Tynling.

— L'assassin l'attendait rue Royale, juste devant l'hôtel Nosey. Il a déchargé son pistolet et a réussi à s'enfuir. Le chef de la police a remué ciel et terre pour le retrouver, mais on dit qu'il s'est réfugié en Belgique. Il a certainement été aidé par les hommes qui l'avaient engagé.

— Vous pensez qu'il a été payé ? Qui ferait une chose pareille ? demanda Mlle Brantley, effrayée et fascinée à la fois.

Il était visible que la petite jeune femme rousse était davantage fascinée par le colonel lui-même que par cette histoire.

— Les derniers partisans de Bonaparte, répondit ce dernier d'un ton important. Ils sont prêts à tout pour bouter les Bourbons hors du pays.

— Ô mon Dieu ! hoqueta Mlle Brantley, de toute évidence terrorisée.

Isabella sentit l'écœurement lui monter à la gorge, comme cela lui arrivait souvent depuis son entrée dans la haute société parisienne.

Les six premiers jours avaient été consacrés à un shopping effréné. Escortée de Sarah et d'un « valet » nommé Lambert qu'elle suspectait d'être uniquement là pour la surveiller, Isabella avait arpenté les boutiques les plus chics de la capitale. Mais, en l'absence d'Alec, elle n'avait plus le goût de se faire belle. Elle avait retrouvé sa sage coiffure, choisi des robes simples aux couleurs plutôt ternes, pour redevenir l'effacée, la sensible Isabella.

Un après-midi, elle surprit le commentaire désabusé de Sarah, qui ne comprenait pas pourquoi Charles se donnait tant de mal pour une fille aussi insignifiante.

— Pour protéger notre nom, répondit ce dernier. Voudriez-vous qu'on sache que ma fille a passé plusieurs mois en compagnie d'un autre homme que son mari ? Songez à cela, ma chère, et remerciez le ciel qu'Isabella ne soit pas du genre à attirer l'attention. Personne ne se souviendra de la date de son arrivée à Paris, ce qui ne serait pas le cas si elle était d'une beauté ravageuse.

— Je n'avais pas pensé à cela, dit Sarah en fronçant les sourcils.

Puis leur voiture arriva et ils s'en allèrent. Curieusement, Isabella ne ressentit rien. Elle n'avait jamais aimé sa belle-mère, mais il n'y avait ni haine ni peur dans son cœur. Juste une totale indifférence.

Bernard et elle devaient rejoindre le duc et Sarah à l'Élysée, en fin de soirée, pour présenter leurs respects au roi. Bernard, qui était évidemment absent de la maison, reviendrait juste pour se changer et l'y conduire. Depuis leur dernière entrevue à l'auberge du Pélican, ils n'avaient plus eu un seul tête-à-tête. Apaisé par la coquette somme que lui avait donnée le père d'Isabella, il traitait cette dernière comme par le passé et semblait avoir abandonné toute idée de se débarrasser d'elle. Du moins pour l'instant...

Regardant par la fenêtre, la jeune femme aperçut Lambert, toujours aussi fidèle à son poste de gardien. Comment réagirait-il si elle descendait simplement les marches du perron et s'en allait... vers l'Angleterre, Amberwood... et Alec ?

Il l'arrêterait, bien sûr. Inutile de le tenter pour le savoir.

Soudain, un violent mal de tête lui martela les tempes. Ou était-ce la douleur du désespoir ? Les larmes aux yeux, elle courut se réfugier dans sa chambre.

57

Deux jours plus tard, en fin d'après-midi, Isabella prit part, sur l'insistance de Sarah, à une promenade avec leurs amis sur la place de l'Étoile. Une montgolfière devait être lâchée dans les airs, et une foule impressionnante était déjà amassée sur les lieux quand ils y parvinrent. Isabella descendit de voiture, suivant Mlle Brantley et Sarah qui tenaient à se rapprocher le plus possible de l'étonnante machine volante. Le colonel Tynling et le vicomte de Lile restèrent en arrière, si bien qu'elles s'aventurèrent seules à travers la foule.

Bousculée par les curieux, Isabella fut momentanément séparée des deux autres femmes et sentit soudain une main se refermer sur son bras.

— Je vous prie de me lâcher... commença-t-elle en se retournant pour lancer un regard noir au malotru qui...

Mais les mots s'étouffèrent dans sa gorge et le vacarme de la place sembla s'évanouir autour d'elle.

— Alec, murmura-t-elle, ne pouvant en croire ses yeux.

Il la regarda avec intensité, sans rien dire, puis l'entraîna à travers la foule.

Isabella le suivit, obéissant aveuglément, le cœur battant si fort qu'elle avait du mal à respirer. Alec était enfin venu...

Il la fit pénétrer dans un petit jardin intérieur, près des Champs-Élysées, où il la prit enfin dans ses bras.

— Ô Isabella, j'ai cru devenir fou, souffla-t-il en la dévorant des yeux.

Puis il se pencha pour s'emparer de ses lèvres. S'accrochant à son cou, Isabella se tendit tout entière vers lui. Ils s'embrassèrent avec fougue, comme pour abolir le cauchemar de leur séparation.

Quand leurs bouches se séparèrent, Alec la garda serrée contre lui, le visage enfoui dans sa chevelure.

— C'était Pearl, déclara-t-il. Elle a tout confessé. Elle était folle de jalousie et quand elle a appris que vous seriez seule à Amberwood, elle a envoyé une lettre anonyme à St. Just. Il faut dire, à son crédit, qu'elle en a aussi expédié une à votre père, pour le cas où vous seriez en danger. J'étais sur le point de l'étrangler quand elle a avoué, et seul Paddy m'a retenu. Pearl m'a demandé de vous présenter ses excuses, si je vous retrouvais.

— Ô Alec, murmura-t-elle, tellement étourdie de bonheur qu'elle était incapable de prononcer autre chose que son nom.

— Ce bâtard vous a-t-il fait du mal ?

— Non. Il n'avait plus aucune raison de m'en faire : mon père lui a donné une fortune pour qu'il accepte de ne pas divorcer.

S'écartant légèrement, elle le contempla, suivant des yeux les lignes si parfaites de ce visage aimé. Puis, se haussant sur la pointe des pieds, elle déposa un tendre baiser sur sa bouche.

— Ô Alec, répéta-t-elle en se blottissant à nouveau contre lui. J'ai eu si peur de ne jamais vous revoir.

— Il n'y avait aucune chance, dit-il avec une pointe d'humour. J'ai remué ciel et terre pour vous retrouver. Mais je ne pensais pas à la France. Puis un type m'a rapporté qu'il avait vu une lady correspondant à votre description embarquer à Portsmouth. Ensuite ça a été facile.

— Vous m'avez tellement manqué !

— Vous aussi. A un point que vous ne pouvez pas imaginer... Mais nous aurons tout le temps de parler plus tard. Je veux vous emmener le plus vite possible loin d'ici.

Il déposa un baiser sur ses cheveux, un autre sur le bout de son nez et un troisième sur sa bouche. Puis il abandonna sa taille pour lui prendre la main. Derrière lui, Isabella aperçut la tête de Paddy et celles d'autres hommes à l'extérieur du mur entourant le jardin.

— Non, Alec, dit-elle doucement.

Elle devait refuser de le suivre. Vivre avec lui à Amberwood serait un rêve magnifique, mais cela restait un rêve. Si elle disparaissait avec lui, la réalité ne tarderait pas à les rattraper. Bernard irait la chercher à Amberwood et le scandale éclaterait. Son époux et son père rencontreraient Alec. Ils se battraient sans doute. Alec sortirait probablement vainqueur, mais pourrait-elle encore aller vers lui, s'il avait le sang des siens sur les mains ?

Aussi longtemps que Bernard vivrait, elle devrait rester son épouse. Le mariage était un lien sacré qu'il fallait respecter. Si elle agissait autrement, le nom de sa famille serait à jamais déshonoré.

— Je ne peux pas venir avec vous, poursuivit-elle en retenant ses larmes.

— Quoi ?

— Je ne peux pas vous suivre, répéta-t-elle.

— Bon Dieu ! Pourquoi ?

— Parce que je suis mariée, que cela me plaise ou non. Parce que, bien que je vous aime, ma place est auprès de mon époux.

— Qu'est-ce que c'est que cette mauvaise blague ? gronda-t-il. Votre foutu mari a essayé de vous tuer !

— Je vous l'ai déjà dit : je ne crois pas qu'il recommence, maintenant qu'il a de l'argent.

Alec la fixait, ses yeux dorés la pénétrant jusqu'au fond de l'âme.

— Vous allez venir avec moi. Je sais que vous le voulez.

Aucun argument, tel que la peur du scandale ou du sang versé, ne le convaincrait, elle le savait. Elle devait se résoudre à utiliser la seule arme qui lui restait.

— Écoutez-moi, Alec, dit-elle d'une voix grave et posée, résistant obstinément à son envie folle de le suivre au bout du monde. J'ai vécu des moments magnifiques avec vous. J'en chérirai le souvenir jusqu'à la fin de mes jours, mais il est temps pour moi de me réveiller. Le rêve doit se terminer, dans notre intérêt à tous deux.

— Pourquoi ?

Il avait l'air à la fois abasourdi, blessé et en colère. Ses yeux commençaient à lancer des éclairs. Isabella sentit son cœur se serrer atrocement, tandis qu'elle s'apprêtait à porter le coup final.

— A cause de qui vous êtes... et de qui je suis, dit-elle doucement.

Les éclairs dorés devinrent aussi brûlants que les flammes de l'enfer.

— Parce que je ne suis qu'un chat de gouttière et vous une foutue comtesse, clarifia-t-il d'un ton amer en lui lâchant la main. Pourquoi ne pas appeler les choses par leur nom ?

— Eh bien, oui. C'est la raison.

Son regard meurtrier la toisa avec mépris. S'il souffrait autant qu'elle, il devait être à l'agonie.

— Vous n'êtes qu'une petite garce prétentieuse, lâcha-t-il d'un air mauvais. Je vous souhaite du bon temps avec votre mari, comtesse. Quand il sera à nouveau sur la paille, soyez sûre que je viendrai assister à vos funérailles.

Sur ce, il tourna les talons et s'en alla. Le cœur brisé, Isabella le suivit des yeux jusqu'à ce qu'il disparaisse.

58

Cette nuit-là, dans une petite pension de la rue de la Paix, Alec se soûla consciencieusement. Assis à une table, en face de Paddy qui compatissait à sa douleur en trinquant avec lui, il vidait verre après verre en maudissant le genre féminin.

— Bon Dieu, tu arrives à croire ça ? Elle ne veut pas de moi, Paddy. Elle me l'a dit.

Il marmonnait, comme il l'avait fait toute la soirée, s'adressant davantage au liquide ambré dans son verre qu'à son ami.

— Pearl avait raison. La petite garce voulait seulement que je réchauffe son lit ! Elle pense qu'elle est trop bien pour moi ! Une comtesse peut coucher avec un chat de gouttière, mais pas vivre avec lui !

Il éclata d'un rire amer.

— Ne te mine pas autant, Alec, dit doucement Paddy, désespéré de se sentir si impuissant à calmer sa douleur. Elle ne le mérite pas. Par tous les diables, ce n'est même pas une beauté ! Loin de là ! Quand on rentrera, on te trouvera une vraie poupée, et tu ne comprendras même plus comment ce sac d'os a pu te plaire.

— Ouais, dit Alec en croisant son regard. J'aimerais lui tordre le cou de mes propres mains ! Dire que j'ai maltraité Pearl à cause d'elle ! Et tout ce que j'ai fait pour retrouver cette sale égoïste ! Pearl m'a rendu service en envoyant ces lettres, mais j'étais trop aveuglé pour le voir !

— Pearl a mal agi, rectifia Paddy. Mais tu étais allé un peu trop loin. Tu l'as fait pleurer.

— C'était pas la première fois.

Son cœur était bien trop lourd pour qu'il se préoccupe de la peine des autres.

— Ouais, mais ça m'a pas plu de voir ça.

— Tu es amoureux, mon vieux, nota Alec en se resservant. Attention : c'est un état dangereux.

Paddy trinqua à cette parole puis tourna pensivement son verre entre ses doigts.

— Peut-être que tu devrais retourner la voir demain matin. Les femmes sont bizarres, tu sais. Si ça se trouve, elle ne pensait pas ce qu'elle a dit.

— Oh si, elle le pensait vraiment, ricana Alec avec amertume.

Il vida son verre d'un trait et le remplit pour au moins la douzième fois de la soirée.

— Demain, je serai chez moi. Il est temps que je reprenne mes affaires en main. Oui, je rentre chez moi. Et cette petite garce peut bien aller au diable, elle et sa foutue famille d'assassins !

Au matin, la tête encore lourde d'alcool, Alec et Paddy prirent place dans la voiture qu'ils avaient louée. Le petit groupe d'hommes qu'ils avaient emmenés les suivaient à cheval.

— Au Havre, indiqua Alec au cocher, pendant que Paddy se renfonçait confortablement dans son siège pour terminer sa courte nuit.

Mais ils étaient à peine sortis de Paris qu'Alec se redressa brusquement en poussant un juron.

— Qu'est-ce qu'il y a... s'inquiéta Paddy en sursautant.

Alec l'ignora et hurla au conducteur de s'arrêter. Puis il se retourna vers son ami en grimaçant un sourire. Il n'en fallut pas plus à Paddy pour comprendre...

— Eh bien ? dit-il en croisant patiemment les mains sur la poitrine.

— L'idiot que je suis n'a pas envie de laisser cette petite garce entre les sales pattes de St. Just.

Paddy soupira.

— T'as mis du temps à l'admettre. On fait demi-tour ?

— Non. Toi, tu continues. Je veux que tu prennes soin de Pearl et de mes affaires. Ce serait stupide de rester tous les deux à Paris pour si peu. Mais je prendrai les hommes avec moi, en cas de besoin.

— Tu es sûr que tu ne veux pas que je reste ? Tu ne feras pas de folie, hein ?

— Tu me connais, non ? Allez, vas-y maintenant.

Il sauta de la voiture, fit un dernier signe d'au revoir à Paddy et ordonna au cocher de repartir. Puis, grimpant sur un des chevaux, il reprit la direction de Paris à une allure d'enfer.

59

Trois mois passèrent. Décembre arriva, le temps gris et froid s'accordant exactement à l'humeur d'Isabella. Depuis qu'elle avait repoussé Alec, les occasions où elle avait ri pouvaient se compter sur les doigts d'une main. Patience, se disait-elle chaque jour. La torturante douleur qui étreignait son cœur ne durerait pas éternellement. Aucun être humain ne pouvait endurer une telle souffrance à l'infini.

Elle eut beaucoup de mal à s'accoutumer à la vie mondaine que Bernard et sa famille lui faisaient mener à Paris. C'était un tourbillon de réceptions, de soirées et de bals, où elle se devait de tenir son rôle de comtesse. Habillée simplement, plutôt effacée, elle était néanmoins partout acceptée de bonne grâce et le scandale tant redouté par son père n'éclata jamais.

Isabella s'était même fait quelques amies, la plus proche étant Mlle Brantley, à présent fiancée au colonel Tynling. Sarah lui permettait même d'aller et venir librement en compagnie de la jeune femme, qu'elle trouvait tout à fait fréquentable. Bien sûr, toujours sous la surveillance du discret et non moins vigilant Lambert...

Ses relations avec Sarah s'étaient améliorées. Elles arrivaient maintenant à passer plusieurs heures d'affilée ensemble sans qu'il y ait le moindre problème. Isabella soupçonna que Sarah l'enviait secrètement d'avoir eu le courage de bafouer les conventions en prenant un amant — bien qu'elle criât ses grands dieux que l'adultère était un acte affreux.

Pour la première fois, Isabella prenait pleinement conscience du jeune âge de sa belle-mère. Elle avait à peine trente ans... et son mari soixante. Partager le lit d'un sexagénaire ne devait pas être rose tous les jours. Mais, tout comme Isabella, Sarah s'était résignée à admettre que subir un époux était le lot de toute femme.

Fort heureusement, Bernard semblait avoir renoncé à accomplir ses devoirs conjugaux. Isabella n'aurait su dire comment elle réagirait s'il essayait de la toucher. Seul Alec l'avait vraiment aimée... lui seul avait vraiment le droit de la posséder. Chaque fois qu'elle pensait à lui, son cœur se serrait douloureusement. Et même quand l'image de son visage se dissipait de son esprit, une question, toujours la même, continuait de la hanter. Aurait-elle dû le suivre ce jour-là ? Si c'était à refaire, le repousserait-elle à nouveau ? Ou s'envolerait-elle avec lui vers ce monde magique dont lui seul avait la clé ?

Elle avait fait l'unique choix raisonnable. Mais cela ne l'empêchait pas de souffrir mille morts...

En cet après-midi particulièrement venteux, Isabella se promenait le long des falaises majestueuses bordant la côte de Boulogne-sur-Mer. La mer agitée était aussi grise que le ciel. Au-dessus d'elle, une mouette tournoyait en poussant des cris aigus. La suivant des yeux, elle frissonna et serra le col de son manteau de laine bleue.

Bernard et elle avaient été conviés à passer Noël, avec une douzaine d'autres invités, dans l'ancestral château de la marquise de la Ros. Héloïse (la marquise insistait pour qu'Isabella l'appelât par son prénom) était une jeune veuve d'environ trente-cinq ans. Bien qu'elle ne fût pas d'une beauté remarquable, son élégance n'avait rien à envier aux ladies les plus raffinées d'Angleterre. Bernard et elles avaient très vite sympathisé, et Isabella soupçonnait qu'ils entretenaient autre chose que de simples rapports amicaux. Quoi qu'il en fût, cet endroit était magnifique et Isabella ne regrettait pas d'avoir accepté d'y venir, malgré ses premières réticences.

L'après-midi, chacun se livrait librement à ses occupations favorites. Certains jouaient aux cartes, d'autres discutaient ou faisaient la sieste. Isabella préférait se promener seule dans ce paysage sauvage et envoûtant.

Elle marchait depuis un moment déjà, quand elle eut l'étrange impression de n'être plus seule. Regardant autour d'elle avec inquiétude, elle ne vit pourtant personne. Ni aux abords de la forêt de pins, sur sa gauche, ni sur l'étendue menant au château, derrière elle.

Pourtant, la sensation que quelqu'un l'observait s'accentuait de seconde en seconde. Craignant un danger tapi dans les bois — peut-être un loup —, elle se hâta de retourner sur ses pas, et eut la surprise de voir un homme venir à sa rencontre. Il arrivait de toute évidence du château et était encore trop loin pour qu'elle pût l'identifier.

Puis elle reconnut Bernard et poussa un soupir de soulagement. Même une rencontre avec son mari valait mieux que d'être dévorée par une bête sauvage.

— Isabella, l'accueillit-il avec un évident manque d'enthousiasme.

Malgré leurs relations pour le moins distantes, il restait toujours invariablement courtois envers elle.

— Voudriez-vous faire quelques pas avec moi ? poursuivit-il. J'aimerais discuter de quelque chose avec vous.

— Je rentrais au château...

— C'est assez important, je vous assure. Je tiens à ce que nous ayons cette conversation en privé.

Il lui prit le bras et la reconduisit en direction de la falaise. Isabella serra les dents pour ne pas protester. Il était son mari, après tout, et elle n'allait pas ruiner leur relative entente en refusant quelques minutes de conversation en tête à tête.

Ils marchèrent en silence un moment, jusqu'à ce qu'elle ne puisse plus contenir son impatience.

— Qu'aviez-vous à me dire ? ne put-elle s'empêcher de demander assez sèchement.

Les lèvres de Bernard se crispèrent légèrement. Ses yeux semblaient plus sombres que d'ordinaire, presque noirs, et l'air froid donnait des couleurs inhabituelles à son visage.

— Vous plaisez-vous ici ?

Isabella se contenta de hocher la tête avec raideur. Il n'était certainement pas venu jusqu'ici pour lui poser ce genre de question...

— Moi aussi. Héloïse est une femme charmante.

A nouveau, Isabella hocha simplement la tête.

— Et très riche, aussi. Pas étonnant qu'elle soit le phare de la société parisienne. Tout comme vous, elle est loin d'être une beauté, mais elle a un je-ne-sais-quoi qui vous manque. Je suppose que c'est un don de naissance. On l'a ou on ne l'a pas...

Il poussa un profond soupir, comme s'il regrettait la lacune dont elle était affligée.

Isabella s'arrêta et dégagea son bras.

— Si c'est tout ce que vous aviez à me dire, je vous prierai de m'excuser. Il fait assez froid et je souhaiterais rentrer.

Bernard s'arrêta aussi et lui fit face.

— Ainsi, vous préférez en venir tout de suite au vif du sujet ? demanda-t-il en jetant un regard derrière elle.

Isabella tourna la tête pour voir ce qui attirait sa curiosité, mais les alentours étaient toujours aussi déserts. Cependant, ce coup d'œil lui permit de remarquer qu'ils s'étaient considérablement éloignés de leur point de départ. Ils avaient contourné la falaise, et la petite forêt se trouvait à présent entre eux et le château.

— Oui, répondit-elle, soudain mal à l'aise.

Et, sans même savoir pourquoi, elle recula d'un pas.

— Très bien. Qu'il en soit selon vos désirs. J'ai beaucoup réfléchi ces dernières semaines et j'en suis arrivé à la conclusion que, malgré les prières de votre père en votre faveur, vous ne conveniez plus en tant que comtesse de Blakely. Vous connaissez mes raisons. Charles est un ami, mais même lui ne pourrait me convaincre de garder une épouse adultère. Mon futur héritier doit avoir une mère respectable.

S'il avait eu l'intention de la blesser par ces insultes, il n'avait pas atteint son but. Isabella accueillit au contraire son discours avec soulagement.

— Etes-vous en train de suggérer que... nous divorcions ?

A une époque, l'idée d'un tel scandale l'avait effrayée. Mais ce n'était plus le cas. L'appel de la liberté et l'assurance qu'Alec ne se formaliserait pas de son état de femme divorcée effaçaient toute crainte.

— Non. Je ne suggère rien de tel.

— Quoi alors... ?

Il accrocha son regard. Ses yeux avaient une expression bizarre qu'elle ne sut déchiffrer.

— Un divorce ne va pas sans scandale, dit-il d'un ton de regret en lui prenant soudain la main. Et je dois avant tout penser à l'avenir de mes héritiers. De plus, il y a Héloïse.

— Héloïse ? répéta-t-elle presque stupidement, tant sa manière de la regarder lui faisait froid dans le dos.

Elle n'avait pourtant rien à craindre, se rassura-t-elle. Même si Bernard souhaitait encore sa mort, il détestait trop se salir les mains pour se charger lui-même de cette tâche. Elle n'avait qu'à rentrer au château...

— Je crois qu'elle accepterait de m'épouser, si j'étais libre. Elle est très riche et encore assez jeune pour me donner des enfants.

— Bernard...

Sa certitude qu'il ne la toucherait pas lui-même commençait à faiblir. Quelque chose dans sa voix lui glaçait le sang. Et ses yeux... jamais elle ne leur avait vu une telle expression. Ils brillaient d'une manière inhabituelle et c'étaient leurs pupilles bizarrement dilatées qui les faisaient paraître si sombres.

— Si vous divorcez pour adultère, la honte retombera sur moi. Personne ne vous en blâmera.

Elle devait garder son calme, jusqu'à ce qu'elle soit de nouveau à l'abri du château. Là, elle ferait ses bagages et partirait rejoindre Alec. Son instinct lui soufflait que si elle ne se mettait pas rapidement hors de portée de Bernard, elle courrait un danger mortel. Peut-être était-ce déjà trop tard ?

Elle paniqua soudain en essayant de dégager sa main de son emprise. Mais il la retint durement.

— Je suis désolé, vous savez, déclara-t-il en secouant la tête. Je ne vous ai jamais détestée, au contraire de ma première épouse. (Il haussa les épaules et lui sourit avec une douceur effrayante.) C'est drôle, personne n'a soupçonné que j'avais empoisonné Lydia. Même sa famille était toute prête à mettre sa mort sur le compte d'une crise cardiaque. Quelle tragédie pour ce pauvre Bernard ! disaient-ils tous. Quand je vous ai épousée, j'espérais que la jeune fille que vous étiez deviendrait une belle femme. Mais ce n'est jamais arrivé. Et puis, vous m'avez trompé. Je ne m'attendais pas à cela de votre part. Aucun homme ne se doit de supporter une épouse infidèle. Aussi, je ne vois pas pourquoi j'aurais des scrupules à me débarrasser de vous. Peut-être que Charles est un ami. Mais je doute qu'il vous regrette beaucoup.

Sa main glissa pour se refermer sur son bras comme un étau.

— Bernard, vous ne pense pas à... commença-t-elle, désespérée de s'apercevoir qu'elle s'était bercé de stupides illusions.

Il allait bel et bien la tuer sur-le-champ, de ses propres mains. Une vague de panique la submergea, mais elle se maîtrisa. Sa dernière chance était de rester calme et de continuer à lui parler le plus longtemps possible...

— Venez, Isabella. Je suis désolé, mais il n'y a pas

d'autre solution. Tout cela est votre faute, vous savez.

Sans perdre son apparente courtoisie, il la conduisit vers le bord de la falaise. Isabella comprit alors qu'il avait sombré dans la démence.

— Mon père... Si vous me tuez, il saura que c'est vous. Et il vous fera pendre.

— J'en doute. Songez au scandale. Charles y pense toujours.

Il fut secoué d'un petit rire et la tira à nouveau. En dépit de sa résistance, Isabella se trouvait maintenant à quelques pas du précipice. Inspirant profondément, elle regarda autour d'elle. Mais la campagne était toujours aussi désespérément déserte...

— Avancez.

Avec un autre sourire effrayant de douceur, il la poussa brutalement vers le bord.

— Non ! cria Isabella en tentant frénétiquement de clouer ses pieds au sol. Bernard, attendez ! Pensez à ce que vous êtes en train de faire...

— Vous ne me ferez pas changer d'avis, ma chère. (Son ton était presque compatissant.) Ne vous inquiétez pas. Juste quelques secondes pénibles, et tout sera fini. Ou allez-vous m'obliger à vous faire mal ? Je ne le voudrais pas, mais je n'hésiterai pas si vous m'y forcez.

— Bernard, je vous en supplie...

Il la regarda, les yeux brillant à présent d'une sourde impatience. Abandonnant alors toute idée de retenue, Isabella hurla et planta les ongles dans la main qui la tenait.

Il jura et retira sa main.

Aussi rapide qu'un chat, Isabella courait déjà, plus vite qu'elle n'avait jamais couru de sa vie. Bientôt, le château fut à nouveau en vue. Si seulement elle pouvait l'atteindre...

— Reviens, petite garce ! Ici ! Tu m'entends ?

Elle avait toujours été très rapide, mais Bernard l'était aussi. Finalement, il la saisit par son manteau et elle trébucha, tombant sur les genoux en poussant un cri. Puis Bernard fut au-dessus d'elle.

— Garce !

Isabella cria encore tandis qu'il la relevait et tenta de protéger son visage du coup qu'elle sentait venir. Mais c'était trop tard. Sauvagement, il la frappa d'un puissant coup de poing. Puis il l'emporta dans ses bras...

Dans un suprême effort pour survivre, elle se débattit comme une furie, à coups de pied et de poing. Alors, avec une grimace sadique, il la jeta à terre et la traîna comme un vulgaire sac de grains. Mais les hurlements d'Isabella semblèrent soudain l'agacer et il vint à nouveau se placer au-dessus d'elle. La jeune femme eut juste le temps de voir la pierre dans sa main avant qu'il ne l'abatte sur son crâne. Une fois, deux fois... Étourdie de douleur, elle dut perdre conscience un instant. Lorsqu'elle rouvrit les yeux, elle était à nouveau dans les bras de Bernard.

Et ils n'étaient plus seuls.

— Posez-la à terre, St. Just, ordonna calmement Alec, son pistolet pointé sur la tête de Bernard.

60

— Qui diable êtes-vous ? demanda Bernard, comme s'il n'avait pas dans les bras la femme ensanglantée qu'il venait d'essayer de tuer.

— J'ai dit : posez-la à terre. Tout de suite.

Isabella tenta d'appeler Alec, mais le sang dans sa bouche l'en empêcha. Elle n'était pas encore sauvée. Dans sa démence, Bernard était bien capable de perdre la vie pour se débarrasser d'elle.

— Ne vous ai-je pas déjà vu quelque part ? s'enquit encore Bernard, légèrement intrigué.

Il regardait Alec dans les yeux et ne semblait faire aucun cas du pistolet.

— C'est possible. Posez-la à terre, nous éclaircirons ce mystère ensuite.

— A Londres, je crois... Mais oui ! Au Manège Doré.

— Je vous ai dit de la poser. Je ne le répéterai pas.

Le pistolet se redressa, pour se placer juste entre les deux yeux de Bernard. A si peu de distance, Alec ne pouvait pas rater son coup. Bernard était-il trop fou pour s'en rendre compte ?

Il baissa les yeux sur Isabella, comme s'il se rappelait soudain de son existence. Puis, avec une grimace de regret, il se pencha et la déposa délicatement au sol. Un intense soulagement envahit la jeune femme, et elle resta couchée là, les yeux fermés, sans bouger.

— Isabella ? (La voix d'Alec semblait soudain très lointaine.) Bon Dieu, Isabella, répondez-moi !

— Vous la connaissez ? demanda Bernard avec un froncement de sourcils surpris.

— A-lec, parvint-elle finalement à articuler.

Le regard étincelant d'une fureur sauvage, Alec fixa Bernard.

— Oui, je la connais, espèce d'ordure. Écartez-vous d'elle !

— Mais comment ? Elle n'a jamais été à Londres, n'a jamais quitté Blakely Park. Excepté pour...

Croisant le regard d'Alec, il parut mesurer le danger et recula de quelques pas. Alec avança jusqu'à Isabella et posa un genou à terre en gardant son pistolet pointé sur Bernard. Il lui caressa tendrement le visage, puis grimaça en voyant le sang sur ses doigts.

— Ça va aller, mon amour, murmura-t-il. Je suis là maintenant.

— A-lec.

Le sang dans sa bouche la gênait. Elle se redressa, dans l'espoir de pouvoir parler, mais n'eut même pas la force de garder cette position. Les lèvres d'Alec se serrèrent et il se leva.

— Espèce de vermine, je te conseille de faire ta prière, parce que tu n'en as plus pour longtemps, dit-il d'une voix assourdie par la rage.

Il leva son arme.

— C'était vous ! Vous êtes son amant ! hurla Bernard en se précipitant sur lui.

Alec sourit, et tira.

La balle atteignit Bernard en pleine gorge. Il porta les mains à la blessure d'où le sang coulait déjà à flots, trébucha en arrière et, sans même pousser un cri, bascula dans le vide.

61

— Ô mon Dieu !

C'était le père d'Isabella, suivi de Sarah et de la marquise de la Ros, tout aussi échevelées et essoufflées que lui. Derrière eux, les autres invités accouraient aussi.

— Isabella ! Nous étions dans le jardin et t'avons entendue crier. Nous avons tout vu ! Ô doux Jésus, regardez-la ! Je ne l'aurais jamais cru si je ne l'avais pas vu de mes propres yeux !

Alec rangea le pistolet dans sa ceinture, tandis que le duc et les deux femmes s'agenouillaient près d'Isabella, blêmissant d'horreur à la vue de son visage ensanglanté. Cette dernière les regarda à peine, toute son attention concentrée sur Alec, un peu à l'écart.

— A-lec.

Sa voix était toujours aussi faible, mais il l'entendit et la prit dans ses bras.

— Qui diable... commença son père d'un ton agressif, tandis qu'Alec emportait Isabella vers le château.

— Il lui a sauvé la vie, Charles, le raisonna Sarah en posant une main apaisante sur son bras.

— Oui, je l'ai bien vu. Bon Dieu, je n'aurais jamais cru cela de Bernard ! Elle disait donc la vérité... Mais qui est cet homme ?

Ils suivirent Alec, laissant la marquise seule devant le précipice, le regard fixé sur l'endroit où Bernard avait disparu. Si elle versait une larme, elle serait bien la seule à le faire.

— Alec, murmura faiblement Isabella.

— Ne vous inquiétez pas, mon amour, répondit tendrement Alec en la serrant dans ses bras comme une enfant fragile. Tout ira bien.

— Bernard... ?

— Il est mort. Vous n'aurez plus rien à craindre, désormais.

Elle reposa la tête contre son épaule et ferma les yeux, s'en remettant complètement à lui. Alec la protégeait maintenant... songea-t-elle avant de sombrer dans l'inconscience.

Quand elle rouvrit les yeux, elle était allongée sur un lit et un inconnu — qu'elle supposa être un médecin — terminait de lui bander la tête.

— Alec, s'inquiéta-t-elle.

— N'essayez pas de parler, madame la comtesse. Vous avez été sévèrement blessée et il vous faut du calme et beaucoup de repos.

— Alec, répéta-t-elle obstinément.

Soudain, Sarah apparut derrière le médecin.

— Il est dans le couloir. Il a refusé d'en bouger, tant que monsieur le docteur ne le rassurerait pas sur votre état.

Le médecin s'éloigna pour jeter les compresses qu'il avait utilisées et Sarah en profita pour se pencher tout près d'Isabella.

— Doux Jésus, il est vraiment très beau ! murmura-t-elle. Je peux comprendre que... Mais votre père est scandalisé ! M. Tyron nous a dit qu'il vous surveillait depuis des mois, juste pour le cas où Bernard tenterait de... faire ce qu'il a fait. Il a même infiltré un de ses hommes dans le personnel du château, et un autre était constamment posté dans les bois. C'est d'un romantique ! Quoi que votre père en pense, je ne vous blâme pas !

— Je vous demande pardon, madame, mais madame la comtesse a besoin de repos, pas de bavardage, intervint le médecin d'un ton ferme en revenant au chevet d'Isabella.

— Je vous en prie, Sarah, allez chercher Alec, demanda Isabella avec effort.

Epuisée, elle laissa retomber sa tête sur l'oreiller et ferma les yeux.

— Je vais faire mon possible, mais votre père est aussi dans le couloir et l'ambiance est plutôt tendue entre eux.

Elle toucha tendrement l'épaule d'Isabella, puis traversa la chambre, pendant que le médecin rassemblait ses instruments.

Depuis le couloir, Isabella put entendre la voix du duc s'élever :

— Bon sang, Sarah, vous imaginez-vous que je le laisserai seul avec elle dans la chambre ? Vous savez parfaitement qu'il est...

La suite échappa à Isabella : la porte venait de s'ouvrir et Alec pénétrait dans la pièce. Elle essaya de l'accueillir en souriant, mais même ce simple mouvement représentait un effort insurmontable.

— Vous m'avez sauvé la vie, souffla-t-elle.

— Ne pensez plus à tout ça, dit-il en inspectant ses blessures.

Spontanément, elle lui tendit une main qu'il serra dans la sienne avec tendresse.

— Vous n'étiez pas vraiment parti ?

Parler la faisait souffrir, mais elle avait tant de choses à lui dire...

— Pensiez-vous que je vous abandonnerais aux griffes de ce bâtard ? Un de mes hommes vous surveillait constamment. C'est juste un manque de chance, si nous ne sommes pas venus plus tôt à votre secours. Quand nous vous avons vue repartir vers le château, nous nous sommes enfoncés dans la forêt pour nous reposer un peu. Ensuite, nous avons entendu vos cris... Dieu, j'ai eu si peur de ne pas arriver à temps !

— Vous n'aurez pas d'ennuis ? Pour Bernard ?

Il secoua la tête.

— Il y aura une enquête, bien sûr. Mais tous les témoins ont vu qu'il était prêt à me sauter dessus. C'est un cas de légitime défense. Je lui en rends grâce, parce que de toute façon je l'aurais tué pour ce qu'il vous a fait...

Soudain, le duc entra sans même frapper à la porte.

— Vous devez partir, maintenant, ordonna-t-il à

Alec en s'approchant du lit. Il y aura déjà suffisamment de ragots sans que votre présence dans cette chambre ne les alimente.

— Je suis désolée du scandale, papa, s'excusa Isabella d'une toute petite voix.

Il baissa des yeux inquiets sur elle, puis fronça les sourcils en s'apercevant qu'Alec lui tenait la main.

— C'est moi qui te dois des excuses, ma fille. J'aurais dû savoir que tu ne pouvais pas être une femme adultère. Bien que je ne comprenne pas qui est ce... monsieur.

Avec une indéniable antipathie, il détailla Alec de la tête aux pieds. Ce dernier lui renvoya un regard non moins glacial.

— Alec m'a sauvé la vie. Aujourd'hui, et aussi à la première tentative de Bernard.

— Je comprends cela. Ce que je ne saisis pas, c'est...

— Isabella n'est pas en état de discuter. Pour l'amour du ciel, regardez-la ! Ce maudit mari que vous lui avez imposé l'a presque battue à mort !

— Je ne vous permets pas de me parler ainsi, monsieur ! Et qui vous a donné le droit d'être si familier avec ma fille ? J'aimerais bien le savoir ! Vous dépassez les bornes et...

— Pardon, monsieur le duc, mais si madame la comtesse ne se repose pas, je ne réponds plus des conséquences, intervint le médecin d'un ton réprobateur.

Le duc s'imposa le silence, mais continua de fusiller Alec du regard. Ce dernier l'ignora et porta la main d'Isabella à ses lèvres.

— Je vous laisse vous reposer, maintenant, dit-il en déposant doucement sa main sur la couverture.

Il se retourna pour partir.

— Alec ! paniqua-t-elle en se redressant.

Elle ne lui avait pas dit la moitié de ce qu'elle voulait lui dire...

— Vous devez vous reposer, madame, insista le médecin en l'empêchant de s'asseoir.

Le cœur serré d'angoisse, Isabella suivit des yeux Alec qui s'en allait.

Elle aurait le temps de lui parler plus tard, tenta-t-elle de se rassurer, alors que le docteur la persuadait de prendre un somnifère. Mais ses craintes la tourmentèrent jusqu'à ce qu'un profond sommeil eût raison de sa conscience.

Et elles étaient fondées...

Quand elle se réveilla et demanda à voir Alec, on lui apporta à la place un petit paquet qu'il avait laissé pour elle. Il contenait un superbe tour de cou en or serti d'améthystes, avec des boucles d'oreilles assorties. Un message y était joint.

« Vous êtes libre, maintenant. Soyez heureuse. »

Alec avait l'intention de ne plus jamais la revoir.

62

Deux mois plus tard, mis à part une légère cicatrice sur le front, Isabella s'était complètement remise de ses blessures. Et son rétablissement s'accompagna d'une inflexible volonté de retrouver Alec.

Elle devait le rejoindre, où qu'il fût, et le supplier de l'aimer à nouveau. Rien d'autre ne comptait. Même le mal qu'il lui avait fait en renonçant si noblement à elle était déjà oublié.

Son père s'opposa vivement à ce qu'elle rentre en

Angleterre, invoquant toutes les raisons imaginables pour l'en empêcher. Mais elle resta sourde à ses arguments. Elle se moquait qu'Alec ne fût pas un gentleman et se souciait encore moins de manquer de sagesse. Elle aimait Alec, tout brigand et roturier qu'il fût.

Ayant hérité de la fortune que Bernard n'avait pas eu le temps de dépenser, elle était à présent riche, et son veuvage la rendait libre comme l'air. Elle ne dépendait plus de la volonté de son père, lui fit-elle remarquer à juste titre.

Pour la première fois de sa vie, elle pouvait faire exactement ce qu'elle voulait.

A Londres, elle s'installa dans la maison de St. Just, qui était désormais la sienne, Kirkland, le majordome, ainsi que tout le personnel, l'accueillirent avec tous les égards lui étant dus.

L'après-midi était déjà bien avancé, mais elle ne se sentait pas capable de patienter jusqu'au lendemain pour partir à la recherche d'Alec. S'accordant juste une heure de sieste et un léger dîner, elle se prépara à sortir. Elle prit un soin particulier à sa toilette, revêtant une magnifique robe lavande (la couleur préférée d'Alec) et se coiffant comme elle l'avait appris à Amberwood. Puis elle compléta le tout avec le collier d'améthystes et les boucles d'oreilles.

— Vous êtes ravissante, milady, si je peux me permettre... la complimenta timidement Martha, sa femme de chambre.

Isabella la remercia d'un sourire, jeta un châle sur ses épaules et quitta la chambre. En bas, la voiture aux armoiries de St. Just l'attendait. Si York, le cocher, fut alarmé par l'adresse qu'elle lui indiqua, il n'en montra aucun signe. Après tout, il était exclusivement à son service... et une veuve avait le droit d'aller où elle le souhaitait. Bien qu'Isabella espérât ne pas jouir trop longtemps de cette absolue liberté... Souriant à cette idée, elle s'enfonça confortablement dans son siège.

Peu après, l'imposant attelage s'arrêtait devant la façade faussement respectable du Manège Doré.

— Dois-je attendre milady ? demanda York d'une voix où perçait une certaine inquiétude.

— Oui, s'il vous plaît, répondit Isabella en allant frapper à la massive porte de chêne.

Presque aussitôt, Sharp apparut dans l'entrebâillement.

— Laissez-moi entrer, Sharp. Il faut que je voie Mlle Pearl.

— Mademoiselle, euh, madame... bredouilla-t-il tandis qu'elle pénétrait dans le hall.

A cette heure-ci, les salons de jeu étaient encore déserts. Seuls quelques serviteurs s'affairaient à préparer l'arrivée des clients.

— Y a-t-il un problème, Sharp ? demanda-t-elle en le voyant jeter des regards désespérés derrière elle.

Le frou-frou d'une jupe lui répondit et elle se retourna pour faire face à Pearl.

Pendant un moment, les deux femmes se regardèrent sans rien dire. Une fois de plus, l'époustouflante beauté de Pearl impressionna Isabella. Inutile d'espérer rivaliser avec elle. Mais pour Alec, elle était capable de tout...

— Bonsoir, Pearl, dit-elle tranquillement.

Contre toute attente, Pearl s'avança et la serra contre elle avec chaleur.

— Ô mon ange, me pardonnerez-vous jamais ? déclara-t-elle en s'écartant.

Isabella eut la surprise de voir des larmes briller dans ses yeux.

— J'étais trop folle de jalousie pour me rendre

compte de ce que je faisais. Je ne voulais pas vous porter tort. Je suis désolée. Vraiment.

Tant de candeur émut Isabella. Elle ne pouvait plus en vouloir à Pearl — sauf si celle-ci avait réussi à récupérer Alec depuis ces deux mois...

— Bien sûr, je vous pardonne, dit-elle sans hésiter. (Un petit sourire étira ses lèvres.) A moins qu'Alec ne soit installé dans votre suite...

Soulagée, Pearl lui rendit un sourire rayonnant.

— Paddy aurait une ou deux objections à ça, je crois ! Non, c'est totalement fini entre Alec et moi. De toute façon, il n'est plus le même depuis qu'il vous connaît. Alors, je ne regrette rien...

— Tu as intérêt, gronda une voix, derrière Isabella.

Elle se retourna pour voir Paddy, vêtu d'un costume de soirée d'une élégance incongrue pour ce géant aux manières rudes. Vraiment heureuse de le revoir, elle lui sourit spontanément.

— Il était temps que vous arriviez pour tirer Alec de sa misère. Il a juré que tout était fini entre vous, mais je ne l'ai pas cru une seconde. Vous êtes plutôt du genre fidèle. Pas comme celle-ci, conclut-il en roulant des yeux faussement sévères sur Pearl avant de venir l'enlacer.

— Est-il ici ? demanda-t-elle, la bouche soudain sèche d'appréhension.

— Oui, répondit Paddy. Pearl, si tu l'emmenais chez toi, pendant que je fais descendre Alec ?

— Tu crois qu'il peut encore marcher ? plaisanta Pearl. (Puis elle lui envoya un coup de coude dans les côtes.) Allez, faisons-la monter. Alec a besoin d'être secoué, et Isabella est juste ce qu'il lui faut. (Elle lui sourit.) C'est un vrai ours depuis son retour de France. Si vous arrivez à lui faire quitter sa tanière, la moitié de Londres vous en sera reconnaissante.

— J'essaierai, dit Isabella, lui souriant en retour. Où est-il ?

— Suivez-moi, mon ange.

Pearl se dirigea vers les escaliers.

— Mais, chérie, tu ne crois pas que... protesta Paddy, l'air inquiet.

— Pfff ! Tu n'as jamais rien compris aux affaires de cœur, alors laisse les connaisseurs s'en occuper !

L'air toujours soucieux, Paddy haussa les épaules et retourna dans le salon d'où il avait émergé.

— Qu'est-ce qui le préoccupe autant ? s'enquit Isabella en suivant Pearl.

— Oh, Alec essaie de noyer son chagrin, à la manière des hommes. En fait, il s'y emploie en ce moment même, et Paddy a peur que vous ne réagissiez mal en le voyant. Mais je suis sûre que vous vous en sortirez très bien. Vous savez, je connais Alec depuis très longtemps, et c'est la première fois que je le vois si malheureux à cause d'une femme.

Posant un doigt sur sa bouche, elle s'arrêta devant une porte et l'ouvrit. Regardant par-dessus son épaule dans la chambre somptueusement meublée, Isabella découvrit un spectacle effarant : un homme, dos à la porte, plongé dans une baignoire fumante, un cigare dans une main et un verre dans l'autre, était entouré de deux ravissantes créatures à moitié nues... Ces cheveux aux reflets d'or ne pouvaient appartenir qu'à... Alec ! Le premier choc passé, Isabella faillit s'étouffer de rage. Elle était venue déposer son cœur à ses pieds, et elle le trouvait en train de se vautrer dans la luxure !

A cet instant précis, l'une des deux femmes versait un nouveau seau d'eau chaude dans la baignoire, tandis que l'autre frottait le dos d'Alec. Toutes deux avaient levé les yeux quand la porte s'était ouverte. Quant à Alec, trop occupé à vider son verre, il n'avait de toute évidence rien remarqué. D'un signe, Pearl imposa silence aux deux femmes interloquées et leur indiqua de sortir.

Puis elle poussa Isabella dans la pièce.

— Ne soyez pas trop dure avec lui, mon ange : il a vraiment le cœur brisé, souffla-t-elle en refermant doucement la porte.

63

— Dahlia chérie, où te caches-tu ? Mon dos n'est pas encore propre.

Calant son cigare entre ses dents, il courba ses larges épaules pour mieux s'offrir aux bons soins de sa « Dahlia chérie ». Isabella, soudain ridiculement timide, hésita à s'annoncer, puis décida de le laisser découvrir seul sa présence. Elle s'avança donc jusqu'à la baignoire, prit le gant abandonné par Dahlia et commença à lui frotter le dos en silence.

— Hum, c'est agréable. Peux-tu descendre un peu plus bas ?

Sans attendre de réponse, il se pencha pour qu'elle puisse atteindre ses reins. Isabella regarda ce magnifique dos nu avec une expression mêlée d'amusement et de colère. Il pouvait s'estimer heureux qu'elle ne lui vide pas un seau d'eau bouillante sur la tête !

— J'aime ton parfum, chérie.

Estimant que son dos avait été suffisamment frotté, il se replongea dans l'eau jusqu'au menton en poussant un soupir satisfait. Les yeux fermés, il tirait de longues bouffées de son cigare.

Isabella, que ce jeu de cache-cache commençait à impatienter, lui lava les épaules, frictionna sa poitrine, dans l'espoir qu'il ouvre les yeux et la voie enfin.

— Un peu plus bas... là, murmura-t-il en lui prenant la main pour la diriger vers son sexe déjà à moitié dressé.

— Espèce de débauché ! s'étrangla-t-elle en lui jetant le gant au visage.

— Isabella !

Il se redressa, clignant stupidement des paupières, comme s'il voyait un mirage. Plantée devant lui, les poings sur les hanches, Isabella le fusillait littéralement du regard. Une telle expression de fureur ne pouvait pas être un mirage...

— Isabella ! Mon Dieu, comment êtes-vous arrivée ici ?

Jetant un coup d'œil autour de lui, il constata qu'ils étaient seuls et esquissa un sourire. Elle était le plus beau mirage qu'il ait jamais vu de sa vie, toute grimaçante de fureur qu'elle était. Sortant de la baignoire et jetant son verre par terre, il ôta le cigare d'entre ses dents et s'approcha d'elle.

— Immonde personnage ! Vous étiez sur le point de... de... de faire l'amour avec cette... cette fille !

Elle recula. Si Alec avait encore eu un doute sur la réalité d'Isabella, ces quelques mots venaient de l'effacer. Il n'y avait qu'elle pour employer ce genre de vocabulaire.

— Maintenant que vous êtes ici, je ne le ferai pas, bien sûr, murmura-t-il d'un ton malicieux, sachant que cela l'enragerait encore plus.

Dieu, qu'elle lui avait manqué ! Plus qu'il ne l'aurait cru possible ! Il aimait cette maudite fille, au point d'en perdre la raison.

— Ne vous avisez pas de me toucher ! cingla-t-elle.

Il éclata de rire et la captura dans ses bras en la soulevant du sol.

— Alec... !

Il la fit taire d'un baiser. Quand elle soupira contre sa bouche et s'agrippa à sa nuque, il sut qu'il pouvait la relâcher sans crainte.

— Vous m'avez toute mouillée, dit-elle, vaguement consternée, quand il la libéra enfin.

En la regardant, Alec se rendit compte du spectacle qu'il lui offrait : un idiot amoureux, souriant béatement, et complètement nu. La réalité s'abattit sur lui avec la brutalité d'un coup de tonnerre.

Il recula de quelques pas et son sourire s'évanouit. Comme elle l'avait déjà si bien dit, il était temps de sortir du rêve, aussi douloureux que ce fût.

— Que faites-vous ici ? demanda-t-il calmement en tirant sur son cigare.

— Je pensais que je... vous manquais peut-être, déclara-t-elle avec cette douce innocence qui avait le don de le rendre fou.

— Comme vous avez pu le constater, je ne manque pas de distractions, dit-il avec une froideur dont il se félicita intérieurement.

Les lèvres d'Isabella se crispèrent et ses yeux lancèrent des éclairs de pure rage. Elle n'avait de toute évidence pas apprécié de le trouver en compagnie de Dahlia et de Daisy. L'espace d'une seconde, il maudit Pearl de l'avoir conduite ici. Puis il décida que tout était finalement pour le mieux : Isabella n'avait pas à savoir à quel point il tenait à elle.

— Pearl m'a dit que vous noyiez votre chagrin.

— Vraiment ? lança-t-il, les dents serrées, en

maudissant à nouveau Pearl. Et qu'est-ce que Miss Ragots a encore dit ?

— Que vous aviez le cœur brisé à cause de moi.

Ces mots lui firent l'effet d'un coup de couteau en pleine poitrine. Puis il s'efforça de lancer un rire moqueur.

— Pearl est tellement bavarde qu'elle finit par raconter n'importe quoi. J'ai bien sûr eu un peu de peine, mais j'ai certaines consolations, comme vous avez pu le voir.

Isabella s'humecta les lèvres. Cette seule vision suffit à provoquer une puissante — et visible — réaction chez Alec qui, jurant intérieurement, retourna s'asseoir dans la baignoire.

Elle s'approcha et baissa les yeux sur lui.

— Je ne pensais pas ce que je disais, l'autre jour, aux Champs-Elysées. Je me moque de votre naissance. Je vous aime.

Cela risquait d'être plus difficile qu'il ne le croyait. Pourquoi fallait-il qu'elle prononce maintenant les paroles qu'il rêvait d'entendre depuis des mois ?

— Qu'êtes-vous en train de me dire, Isabella ? demanda-t-il en la fixant dans les yeux. Que vous serez ma maîtresse à chacun de vos passages à Londres ? Diable, cela me convient tout à fait. Déshabillez-vous et mettez-vous au lit ; je vous rejoindrai tout de suite après mon bain.

Ces mots furent appuyés d'un autre petit rire forcé.

Son regard plein de reproches lui serra le cœur. Dieu, qu'il avait envie de l'attirer dans l'eau, de lui faire l'amour jusqu'à ce qu'elle hurle de plaisir, et de ne plus jamais la laisser s'en aller...

Mais, pour la deuxième fois de sa vie, il agirait

guidé par de nobles sentiments. Il la libérerait de lui, même s'il devait en mourir ensuite.

— J'ai dit que je vous aimais, Alec.

— Vous vous bercez d'illusions, Isabella. Tout est fini entre nous. Vous avez besoin d'un gentil et noble mari, et moi j'ai besoin de varier mes plaisirs, avec des filles comme Dahlia et Daisy. Pas avec des demoiselles romantiques qui s'imaginent aimer le premier homme qui leur apprend à passer du bon temps au lit.

— Vous pourriez recommencer.

— Quoi ?

Il doutait d'avoir bien compris.

— Apprenez-moi encore comment passer du bon temps au lit.

Il dut admettre qu'elle l'avait pris par surprise. Et ce n'était pas fini... Les yeux ronds de stupeur, il la vit passer les bras derrière son dos et commencer à déboutonner sa robe.

— Que diable faites-vous ?

— Je me déshabille. Ne m'avez-vous pas dit un jour qu'il fallait être nu pour le faire correctement ?

Si elle avait eu l'intention de le choquer, c'était réussi. Ses yeux s'agrandirent alors qu'elle faisait glisser la robe sur ses hanches. Il ravala sa salive et fronça les sourcils.

— Bon Dieu, Isabella, ne m'avez-vous pas entendu ? Je ne veux pas de vous ! Tout est terminé entre nous !

Elle lui sourit et enleva son jupon. Malgré lui, Alec la contempla. Seulement vêtue d'une fine chemise et de bas de soie blancs, elle était la tentation même. Inspirant profondément, il força son corps à rester de glace.

— Si vous souhaitez seulement une maîtresse, alors je serai votre maîtresse. Mais ce sera plutôt compliqué à expliquer aux enfants.

— Quels enfants ?
— Les nôtres.
Elle ôtait lentement ses bas, à présent. Alec ferma les yeux, mais cela ne l'aida pas. Même sous ses paupières closes, l'image de son corps exquis, nu et si proche de lui, le poursuivait. Dieu, si cela continuait, il allait prendre feu !
La sentant se glisser dans l'eau à côté de lui, il ouvrit subitement les yeux. A moitié couchée sur lui, elle lui souriait d'un air implorant. Il retint sa respiration.
— Aimez-moi, Alec, souffla-t-elle.
Et ce murmure fut la perte d'Alec. Il batailla encore contre ses instincts, mais la lutte était vaine. Maudissant sa propre faiblesse, il fit rouler Isabella sous lui et la posséda dans une étreinte brutale, tandis qu'elle s'agrippait à lui en criant son nom.
Quand ce fut fini, il enfouit le visage dans sa chevelure, s'enivrant de son parfum. Et là, il sut qu'il ne pourrait plus jamais la laisser repartir.
— Avez-vous encore l'intention de me renvoyer chez moi ? chuchota-t-elle à son oreille.
Au son de sa voix, il comprit qu'elle plaisantait. Elle était absolument consciente du pouvoir qu'elle avait sur lui...
— Je ne l'ai jamais voulu, vous le savez, dit-il en s'asseyant pour la regarder. Je pensais tout le temps à vous.
— Partir était très noble de votre part, reconnut-elle sérieusement. Mais n'est-il pas temps de passer à autre chose qu'à de nobles sentiments ?
— Que voulez-vous dire ?
— Epousez-moi, dit-elle, le regard brûlant.
Alec retint son souffle.
— Isabella...

Elle l'interrompit en plantant un baiser sur le bout de son nez.

— M'aimez-vous, oui ou non ?

— Plus que ma vie, avoua-t-il sans hésiter. Mais le mariage... Vous ne pouvez pas m'épouser, mon amour. Je suis un chat de gouttière, ne l'oubliez pas. Les comtesses n'épousent pas les chats de gouttière.

— Ne le voulez-vous pas ? demanda-t-elle, visiblement blessée.

— Bien sûr que je le veux, grogna-t-il en la sortant de la baignoire pour l'emporter vers le lit. Mais...

— Alec Tyron, vous m'avez dit un jour que vous m'épouseriez si j'étais libre. Or, une promesse est une promesse, et je n'ai pas l'intention de vous laisser faillir à votre parole !

— Isabella...

Il se glissa sous les draps avec elle, la tenant blottie contre lui.

— Tiendrez-vous votre promesse, oui ou non ?

Ce petit bout de femme ne manquait pas de persévérance.

— Isabella...

— Voulez-vous cesser de répéter stupidement mon nom et me donner une réponse ? Oui ou non ? Et je vous avertis, si c'est non, je me rhabille tout de suite et je rentre chez moi.

— Bon Dieu... c'est oui, abdiqua-t-il. Je vous épouserai demain, si c'est possible, sinon après-demain, et le reste du monde peut bien aller se faire pendre.

— C'est exactement ce que j'espérais entendre, murmura-t-elle en lui offrant ses lèvres.

Puis ils ne parlèrent plus pendant très longtemps.

Quand Alec refit enfin surface, trop épuisé pour continuer, il s'installa sur le dos, Isabella blottie dans ses bras. Soudain, il lui apparut qu'elle était exactement comme il l'avait imaginée au cours de son dernier voyage entre Londres et Amberwood : nue, mis à part le collier et les boucles d'oreilles qu'il lui avait donnés.

Pour la première fois depuis très longtemps, un large sourire étira ses lèvres.

— Qu'y a-t-il de si drôle ? demanda Isabella d'une voix ensommeillée.

— Rien. Je suis seulement heureux, mon amour, répondit-il en se penchant pour s'emparer de ses lèvres.

Romans sentimentaux

La littérature sentimentale a pour auteur vedette chez J'ai lu la célèbre romancière anglaise Barbara Cartland, qui a écrit plus de 500 romans. A ses côtés, Anne et Serge Golon avec la série des Angélique, Juliette Benzoni et des écrivains anglo-saxons qui savent évoquer toute la force des sentiments (Janet Dailey, Theresa Charles, Victoria Holt...).

AMIEL Joseph	**Les droits du sang** 2966/**8**
BEARN Myriam et Gaston de	**L'or de Brice Bartrès** 2514/**4**
BENZONI Juliette	**Marianne, une étoile pour Napoléon** 2743/**7**
	Marianne et l'inconnu de Toscane 2744/**5**
	Marianne - Jason des quatre mers 2745/**5**
	Toi, Marianne 2746/**5**
	Marianne - Les lauriers de flammes 2747/**8**
BIALOT Joseph	**Elisabeth ou le vent du sud** 3088/**5**
BRISKIN Jacqueline	**Les vies mêlées** 2714/**6**
	Le cœur à nu 2813/**6**
	Paloverde 2831/**8**
BUSBEE Shirlee	**La rose d'Espagne** 2732/**4**
	Le Lys et la Rose 2830/**4**
CARTLAND	
CASATI MODIGNANI Sveva	**Désespérément, Julia** 2871/**4**
CHARLES Theresa	**Le chirurgien de Saint-Chad** 873/**3**
	Inez, infirmière de Saint-Chad 874/**3**
	Un amour à Saint-Chad 945/**3**
	Crise à Saint-Chad 994/**2**
	Pour un seul week end 1080/**3**
	Lune de miel à Saint-Chad 1112/**2**
	Les rebelles de Saint-Chad 1495/**3**
	Les mal-aimés de Fercombe 1146/**3**
	Lake qui es tu ? 1168/**4**
	Le château de la haine 1190/**2**
COOKSON Catherine	**L'orpheline** 1886/**5**
	La fille sans nom 1992/**4**
	L'homme qui pleurait 2048/**4**
	Le mariage de Tilly 2219/**4**
	Le destin de Tilly Trotter 2273/**3**
	Le long corridor 2334/**3**
	La passion de Christine Winter 2403/**3**
	L'éveil à l'amour 2587/**4**
	15e Rue 2846/**3**
	La maison des flammes 2997/**5**
DAILEY Janet	La saga des Calder :
	- La dynastie Calder 1659/**4**
	- Le ranch Calder 2029/**4**
	- Prisonniers du bonheur 2101/**4**
	- Le dernier des Calder 2161/**4**
	Le cavalier de l'aurore 1701/**4**
	La Texane 1777/**4**
	Le mal-aimé 1900/**4**
	Les ailes d'argent 2258/**5**
	Pour l'honneur de Hannah Wade 2366/**3**
	Le triomphe de l'amour 2430/**5**
	Les grandes solitudes 2566/**6**
DALLAYRAC Dominique	**Et le bonheur maman ?** 1051/**3**
DAVENPORT Marcia	**Le fleuve qui tout emporta** 2775/**4**

CARTLAND Barbara (Sélection)

Les seigneurs de la côte 920/**2**
Le valet de cœur 1166/**3**
Seras tu lady Gardenia ? 1177/**3**
Printemps a Rome 1203/**2**
L'épouse apprivoisée 1214/**2**
Le cavalier masqué 1238/**2**
Le baiser du diable 1250/**3**
Le port du bonheur 1522/**2**
L'ingénue criminelle 1553/**2**
La princesse orgueilleuse 1570/**2**
La déesse et la danseuse 1581/**2**
Rhapsodie d'amour 1582/**2**
Rêver aux étoiles 1593/**2**
Sous la lune de Ceylan 1594/**2**
Les vibrations de l'amour 1608/**2**
Duchesse d'un jour 1609/**2**
L'enchanteresse 1627/**2**
La tigresse et le roi 1642/**2**
Un cri d'amour 1657/**2**
Le Lys de Brighton 1672/**2**
Le marquis et la gouvernante 1682/**2**
Un duc à vendre 1683/**2**
Piège pour un marquis 1699/**2**
Le Talisman de jade 1713/**2**
Le fantôme amoureux 1731/**2**
Où vas-tu Melinda ? 1732/**2**
L'amour et Lucia 1806/**2**
L'amour était au rendez-vous 1884/**2**
Le piège de l'amour 2664/**2**
Tempête amoureuse 2665/**2**
Les yeux de l'amour 2688/**2**
L'amour sans trêve 2689/**2**
Lilas blanc 2701/**2**
La malédiction de la sorcière 2702/**2**
Les saphirs du Siam 2715/**2**
Un mariage en Ecosse 2716/**2**
Le jugement de l'amour 2733/**2**
Mon cœur est en Ecosse 2734/**2**
Les amants de Lisbonne 2756/**2**
Passions victorieuses 2757/**2**
Pour une princesse 2776/**2**
Dangereuse passion 2777/**2**
Un rêve espagnol 2795/**2**
L'amour victorieux 2796/**2**
Douce vengeance 2811/**2**
Juste un rêve 2812/**2**
Amour, argent et fantaisie 2832/**2**
L'explosion de l'amour 2833/**2**
Le temple de l'amour 2847/**2**
La princesse des Balkans 2856/**2**
Douce enchanteresse 2857/**2**
L'amour est un jeu 2872/**2**
Le château des effrois 2873/**2**
Un baiser de soie 2889/**2**
Aime-moi pour toujours 2890/**3**
La course à l'amour 2903/**3**
Danger sur le Nil 2916/**3**
Une femme trop fière 2917/**3**
Le duc infernal 2948/**4**
Une folle lune de miel 2949/**2**
Le parfum des dieux 2960/**2**
Un ange passe 2972/**2**
L'amour est invincible 2973/**2**
Le drame de Gilda 3001/**2**
La fuite en France 3002/**2**
Le voleur d'amour 3017/**3**
Musique miraculeuse 3033/**2**
Rêverie nocturne 3034/**2**
Danger pour le duc 3047/**2**
Ah, l'adorable menteuse ! 3048/**2**
Coup de foudre à Penang 3058/**2**
Idylle au Ritz 3068/**2**
Tendre Lydia 3069/**2**
Le caroussel de l'amour 3089/**2**
La découverte du bonheur 3090/**2**
Les ailes de l'amour 3108/**4**
La sérénité d'un amour 3109/**2**
Une fuite éperdue 3125/**3**
Le lien magique 3126/**2**

GOLON Anne et Serge

Angélique, marquise des Anges 2488/**7**
Angélique. le chemin de Versailles 2489/**7**
Angélique et le Roy 2490/**7**
Indomptable Angélique 2491/**7**
Angélique se révolte 2492/**7**
Angélique et son amour 2493/**7**
Angélique et le Nouveau Monde 2494/**7**
La tentation d'Angélique 2495/**7**
Angélique et la Démone 2496/**7**
Le complot des ombres 2497/**5**
Angélique à Québec 2498/**5** & 2499/**5**
Angélique La route de l'espoir 2500/**7**
La victoire d'Angélique 2501/**7**

DESMAREST Marie-Anne	Torrents 970/**3**
	Jan Yvarsen 1024/**2**
	Jan et Thérèse 1112/**3**
	Le fils de Jan 1148/**3**
	Le destin des Yvarsen 1230/**2**
EBERT Alan	Traditions 2947/**8**
FORSYTHE HAILEY Elizabeth	Le mari de Joanna et la femme de David 2855/**5**
FURSTENBERG et GARDNER	Miroir, miroir 3016/**7**
HEAVEN Constance	La maison Kouraguine 812/**3**
	Interroge le vent 869/**3**
HEIM Peter	La clinique de la Forêt-Noire 2752/**4**
HOLT Victoria	La maison aux mille lanternes 834/**4**
	La porte du rêve 899/**4**
	L'orgueil du paon 1063/**4**
	Le galop du Diable 1113/**4**
	La nuit de la septième lune 1160/**4**
	Le masque de l'enchanteresse 1643/**4**
	La légende de la septième vierge 1702/**3**
	Sables mouvants 1764/**3**
	Les sortilèges du tombeau égyptien 2778/**3**
HULL E.M.	Le Cheik 1135/**2**
	Le fils du Cheik 1216/**2**
IBBOTSON Eva	Une comtesse à l'office 1931/**4**
KEVERNE Gloria	Demeure mon âme à Suseshi 2546/**6**
LAKER Rosalind	Reflets d'amour 2129/**4**
	La femme de Brighton 2190/**4**
	Le sentier d'émeraudes 2351/**5**
	Splendeur dorée 2549/**4**
	Les neiges de Norvège 2687/**4**
	Le sceau d'argent 3032/**5**
LINDSEY Johanna	Le vent sauvage 2241/**3**
	Un si cher ennemi 2382/**3**
McBAIN Laurie	Les larmes d'or 1644/**4**
	Lune trouble 1673/**4**
	L'empreinte du désir 1716/**4**
	Le Dragon des mers 2569/**4**
	Les contrebandiers de l'ombre 2604/**4**
	Splendeur et décadence 2663/**5**
MICHAEL Judith	Prête-moi ta vie 1844/**4** & 1845/**4**
MONSIGNY Jacqueline	L'amour dingue 1833/**3**
	Le palais du désert 1885/**2**
	Les nuits du Bengale 1375/**3**
MOTLEY Annette	Le pavillon des parfums verts 2810/**8**
MULLEN Dore	Entre ciel et enfer 1557/**4**
	Le lys d'or de Shanghai 2525/**3**
	La violence du destin 2650/**4**
PAETRO Maxine	Besoin d'aimer 3124/**6**
PARETTI Sandra	L'oiseau de paradis 2445/**4**
	L'arbre du bonheur 2628/**5**
RASKIN Barbara	Bouffées de jeunesse 2888/**5**
ROGERS Rosemary	Amour tendre, amour sauvage 952/**4**
	Jeux d'amour 1371/**4**
	Au vent des passions 1668/**4**
	La femme impudique 2069/**4**
	Le métis 2392/**5**

	Esclave du désir 2463/**5**
	Insolente passion 2557/**6**
	Le feu et la glace 2576/**6**
RUGGIERI François	*Au cas où Solange reviendrait* 3042/**4**
STANFILL Francesca	*Une passion fatale* 2320/**4**
THOMAS Rosie	*Le passé en héritage* 2794/**5**
	La vie ne sera plus jamais la même 2918/**6**
	Amy, pour les amis 3132/**5** & 3133/**5**
WOODIWISS Kathleen E.	*Quand l'ouragan s'apaise* 772/**4**
	Le loup et la colombe 820/**4**
	Une rose en hiver 1816/**5**
	Shanna 1983/**5**

Littérature

extrait du catalogue

Cette collection est d'abord marquée par sa diversité : classiques, grands romans cotemporains ou même des livres d'auteurs réputés plus difficiles, comme Borges, Soupault. En fait, c'est tout le roman qui est proposé ici, Henri Troyat, Bernard Clavel, Guy des Cars, Frison-Roche, Djian mais aussi des écrivains étrangers tels que Colleen McCullough ou Konsalik.

Les classiques tels que Stendhal, Maupassant, Flaubert, Zola, Balzac, etc. sont publiés en texte intégral au prix le plus bas de toute l'édition. Chaque volume est complété par un cahier photos illustrant la biographie de l'auteur.

ADLER Philippe	***Bonjour la galère*** 1868/**2**
	Les amies de ma femme 2439/**3**
	Graine de tendresse 2911/**3**
	Qu'est-ce qu'elles me trouvent ? 3117/**3**
AGACINSKI Sophie	***La tête en l'air*** 3046/**5**
AMADOU Jean	***La belle anglaise*** 2684/**4**
AMADOU - COLLARO - ROUCAS	**Le Bêbête show** 2824/**5** & 2825/**5** Illustrés
ANDERSON Peggy	***Hôpital des enfants*** 3081/**7**
ANDREWS Virginia C.	*Fleurs captives :*
	- Fleurs captives 1165/**4**
	- Pétales au vent 1237/**4**
	- Bouquet d'épines 1350/**4**
	- Les racines du passé 1818/**4**
	- Le jardin des ombres 2526/**4**
	- Les enfants des collines 2727/**5**
	La saga de Heaven :
	- L'ange de la nuit 2870/**5**
	- Cœurs maudits 2971/**5**
	- Un visage du paradis 3119/**5**
APOLLINAIRE Guillaume	***Les onze mille verges*** 704/**1**
	Les exploits d'un jeune don Juan 875/**1**
ARCHER Jeffrey	***Le pouvoir et la gloire (Kane et Abel)*** 2109/**7**
	Faut-il le dire à la Présidente ? 2376/**4**
ARSAN Emmanuelle	***Les débuts dans la vie*** 2867/**3**
ARTUR José	***Parlons de moi, y a que ça qui m'intéresse*** 2542/**4**
ATWOOD Margaret	***La servante écarlate*** 2781/**4**
	Œil-de-chat 3063/**8**
AURIOL H. et NEVEU C.	***Une histoire d'hommes/Paris-Dakar*** 2423/**4**
AVRIL Nicole	***Monsieur de Lyon*** 1049/**3**
	La disgrâce 1344/**3**
	Jeanne 1879/**3**
	L'été de la Saint-Valentin 2038/**2**
	La première alliance 2168/**3**
	Sur la peau du Diable 2707/**4**
	Dans les jardins de mon père 3000/**3**
AZNAVOUR-GARVARENTZ	***Petit frère*** 2358/**3**
BACH Richard	***Jonathan Livingston le goéland*** 1562/**1** Illustré
	Illusions/Le Messie récalcitrant 2111/**2**
	Un pont sur l'infini 2270/**4**
BAILLY Othilie	***L'enfant dans le placard*** 3029/**2**

BALLARD J.G.	**Le jour de la création** 2792/**4**
BALZAC Honoré de	**Le père Goriot** 1988/**2**
BANCQUART Marie-Claire	**Photos de famille** 3015/**3**
BARREAU Jean-Claude	**Oublier Jérusalem** 3121/**3**
BARRET André	**La Cocagne** 2682/**6**
BATS Joël	**Gardien de ma vie** 2238/**3** Illustré
BAUDELAIRE Charles	**Les Fleurs du mal** 1939/**2**
BÉARN Myriam et Gaston de	Gaston Phébus :
	1 - Le lion des Pyrénées 2772/**6**
	2 - Les créneaux de feu 2773/**6**
	3 - Landry des Bandouliers 2774/**5**
BEART Guy	**L'espérance folle** 2695/**5**
BEAULIEU PRESLEY Priscilla	**Elvis et moi** 2157/**4** Illustré
BECKER Stephen	**Le bandit chinois** 2624/**5**
BELLEMARE Pierre	**Les dossiers d'Interpol** 2844/**4** & 2845/**4**
BELLEMARE P. et ANTOINE J.	**Les dossiers extraordinaires** 2820/**4** & 2821/**4**
BELLETTO René	**Le revenant** 2841/**5**
	Sur la terre comme au ciel 2943/**5**
	La machine 3080/**6**
BELLONCI Maria	**Renaissance privée** 2637/**6** Inédit
BENZONI Juliette	**Un aussi long chemin** 1872/**4**
	Le Gerfaut des Brumes :
	- Le Gerfaut 2206/**6**
	- Un collier pour le diable 2207/**6**
	- Le trésor 2208/**5**
	- Haute-Savane 2209/**5**
BERBEROVA Nina	**Le laquais et la putain** 2850/**2**
	Astachev à Paris 2941/**2**
	La résurrection de Mozart 3064/**1**
BERG Jean de	**L'image** 1686/**1**
BERTRAND Jacques A.	**Tristesse de la Balance...** 2711/**1**
BEYALA Calixthe	**C'est le soleil qui m'a brûlée** 2512/**2**
	Tu t'appelleras Tanga 2807/**3**
BISIAUX M. et JAJOLET C.	**Chat plume (60 écrivains...)** 2545/**5**
	Chat huppé (60 personnalités...) 2646/**6**
BLAKE Michael	**Danse avec les loups** 2958/**4**
BLIER Bertrand	**Les valseuses** 543/**5**
BORGEN Johan	**Lillelord** 3082/**7**
BORY Jean-Louis	**Mon village à l'heure allemande** 81/**4**
BOULET Marc	**Dans la peau d'un Chinois** 2789/**7** Illustré
BRADFORD Sarah	**Grace** 2002/**4**
BRAVO Christine	**Avenida B.** 3044/**3**
	Les petites bêtes 3104/**2**
BRUNELIN André	**Gabin** 2680/**5** & 2681/**5** Illustré
BURON Nicole de	**Les saintes chéries** 248/**3**
	Vas-y maman 1031/**2**
	Dix-jours-de-rêve 1481/**3**
	Qui c'est, ce garçon ? 2043/**3**
	C'est quoi, ce petit boulot ? 2880/**4**
CARDELLA Lara	**Je voulais des pantalons** 2968/**2**
CARRERE Emmanuel	**Bravoure** 2729/**4**

CARS Guy des	La brute 47/3
	Le château de la juive 97/4
	La tricheuse 125/3
	L'impure 173/4
	La corruptrice 229/3
	La demoiselle d'Opéra 246/3
	Les filles de joie 265/3
	La dame du cirque 295/2
	Cette étrange tendresse 303/3
	La cathédrale de haine 322/4
	L'officier sans nom 331/3
	Les sept femmes 347/4
	La maudite 361/3
	L'habitude d'amour 376/3
	La révoltée 492/4
	Amour de ma vie 516/3
	Le faussaire 548/4
	La vipère 615/4
	L'entremetteuse 639/4
	Une certaine dame 696/5
	L'insolence de sa beauté 736/3
	L'amour s'en va-t-en guerre 765/3
	Le donneur 809/3
	J'ose 858/3
	La justicière 1163/2
	La vie secrète de Dorothée Gindt 1236/2
	La femme qui en savait trop 1293/3
	Le château du clown 1357/4
	La femme sans frontières 1518/3
	Le boulevard des illusions 1710/3
	La coupable 1880/3
	L'envoûteuse 2016/5
	Le faiseur de morts 2063/3
	La vengeresse 2253/3
	Sang d'Afrique 2291/5
	Le crime de Mathilde 2375/4
	La voleuse 2660/4
	Le grand monde 2840/8
	La mère porteuse 2885/4
	L'homme au double visage 2992/4
CARS Jean des	Sleeping story 832/4
	Elisabeth d'Autriche (Sissi) 1692/4
	La princesse Mathilde 2827/6
CASSAR Jacques	Dossier Camille Claudel 2615/5
CATO Nancy	L'Australienne 1969/4 & 1970/4
	Les étoiles du Pacifique 2183/4 & 2184/4
	Lady F. 2603/4
CESBRON Gilbert	Chiens perdus sans collier 6/2
	C'est Mozart qu'on assassine 379/3
CHABAN-DELMAS Jacques	La dame d'Aquitaine 2409/2
CHAILLOT N. et VILLIERS F.	Manika une vie plus tard 3010/2

3142

Impression Brodard et Taupin
à La Flèche (Sarthe) le 12 décembre 1991
6991E-5 Dépôt légal décembre 1991
ISBN 2-277-23142-8
Imprimé en France
Editions J'ai lu
27, rue Cassette, 75006 Paris
diffusion France et étranger : Flammarion